GALLIMARD

William Faulkner

Sanctuaire

Traduit de l'anglais
par R. N. Raimbault et Henri Delgove

Traduction revue
par Michel Gresset

Préface
d'André Malraux

NOUVELLE ÉDITION

Gallimard

Titre original :

SANCTUARY

PRÉFACE

Faulkner sait fort bien que les détectives n'existent pas ; que la police ne relève ni de la psychologie ni de la perspicacité, mais bien de la délation ; et que ce n'est point Moustachu ni Tapinois, modestes penseurs du quai des Orfèvres, qui font prendre le meurtrier en fuite, mais la police des garnis ; car il suffit de lire les mémoires des chefs de police pour voir que l'illumination psychologique n'est pas le fort de ces personnes, et qu'une « bonne police » est une police qui a su mieux qu'une autre organiser ses indicateurs. Faulkner sait aussi que le gangster est d'abord un marchand d'alcool. Sanctuaire est donc un roman d'atmosphère policière sans policiers, de gang aux gangsters crasseux, parfois lâches, sans puissance. Mais l'auteur acquiert par là une sauvagerie que le milieu justifie, et la possibilité de faire accepter, sans quitter un minimum de vraisemblance, le viol, le lynchage, l'assassinat, les formes de la violence que l'intrigue fera peser sur tout le livre.

Sans doute est-ce une erreur que de voir dans l'intrigue, dans la recherche du criminel, l'essentiel du roman policier. Limitée à elle-même, l'intrigue serait de l'ordre du jeu d'échecs — artistiquement nulle. Son importance vient de ce qu'elle est le moyen le plus efficace de traduire un fait éthique ou poétique dans toute son intensité. Elle vaut par ce qu'elle multiplie.

Que multiplie-t-elle ici ? Un monde inégal, puissant, sauvagement personnel, non sans vulgarité parfois. Monde où l'homme n'existe qu'écrasé. Il n'y a pas d' « homme » de Faulkner, ni de valeurs, ni même de psychologie, malgré les monologues intérieurs de ses premiers livres. Mais il y a un Destin dressé, unique, derrière tous ces êtres différents et semblables, comme la mort derrière une salle des incurables. Une obsession intense broie en les heurtant ses personnages, sans qu'aucun d'eux l'apaise ; elle reste derrière eux, toujours la même, et les appelle au lieu d'être appelée par eux.

Un tel monde fut longtemps matière de conte ; même si les échos américains ne nous répétaient complaisamment que l'alcool fait partie de la légende personnelle de M. Faulkner, le rapport entre son univers et celui d'Edgar Poe ou d'Hoffmann serait évident. Matériel psychanalytique semblable, haines, chevaux, cercueils, obsessions semblables. Ce qui sépare Faulkner de Poe, c'est la notion qu'ils ont l'un et l'autre de l'œuvre d'art ; plus exactement, c'est que l'œuvre d'art existait pour Poe, et primait la volonté d'expression — sans doute est-ce là ce qui provisoirement l'écarte le plus de nous. Il créait des objets. Le conte, terminé, prenait pour lui l'existence indépendante et limitée du tableau de chevalet.

Je vois dans l'affaiblissement de l'importance

8

accordée aux objets l'élément capital de la transformation de notre art. En peinture, il est clair qu'un tableau de Picasso est de moins en moins « une toile », de plus en plus la marque d'une découverte, le jalon laissé par le passage d'un génie crispé. En littérature, la domination du roman est significative, car, de tous les arts (et je n'oublie pas la musique), le roman est le moins gouverné, celui où le domaine de la volonté se trouve le plus limité. Combien Les Karamazoff, Les Illusions perdues, dominent Dostoïewsky et Balzac, on le voit de reste en lisant ces livres après les beaux romans paralysés de Flaubert. Et l'essentiel n'est pas que l'artiste soit dominé, mais que depuis cinquante ans il choisisse de plus en plus ce qui le domine, qu'il ordonne en fonction de cela les moyens de son art. Certains grands romans furent d'abord pour leur auteur la création de la seule chose qui pût le submerger. Et, comme Lawrence s'enveloppe dans la sexualité, Faulkner s'enfouit dans l'irrémédiable.

Une force sourde, parfois épique, se déclenche chez lui dès qu'il parvient à affronter un de ses personnages et l'irrémédiable. Et peut-être l'irrémédiable est-il son seul vrai sujet, peut-être ne s'agit-il jamais pour lui que de parvenir à écraser l'homme. Je ne serais nullement surpris qu'il pensât souvent ses scènes avant d'imaginer ses personnages, que l'œuvre fût pour lui, non une histoire dont le déroulement détermine des situations tragiques, mais bien, à l'opposé, qu'elle naquît du drame, de l'opposition ou de l'écrasement de personnages inconnus, et que l'imagination ne servît qu'à amener logiquement des personnages à cette situation conçue d'abord. C'est, soit d'une impuissance d'esclave pleinement ressentie

9

(la jeune fille dans la maison des gangsters), soit de l'absurde irrémédiable (le viol avec l'épi de maïs, l'innocent brûlé, Popeye en fuite mais stupidement condamné pour un délit qu'il n'a pas commis ; dans Tandis que j'agonise le fermier qui soigne son genou malade en l'enrobant de ciment, le magnifique monologue de haine) que jaillit chez Faulkner l'exaltation tendue qui fait sa force, et c'est l'absurdité qui donne à ses personnages secondaires, presque comiques (la maîtresse du bordel avec ses chiens), une intensité comparable à celle de Chtchédrine. Je ne dirai pas de Dickens ; car, même autour de tels personnages rôde le sentiment qui fait la valeur de l'œuvre de Faulkner : la haine. Il ne s'agit pas ici de cette lutte contre ses propres valeurs, de cette passion de fatalité par quoi presque tous les grands artistes, de Baudelaire au Nietzsche à demi aveugle qui chante la lumière, expriment l'essentiel d'eux-mêmes ; il s'agit d'un état *psychologique sur quoi repose presque tout l'art tragique, et qui n'a jamais été étudié parce qu'il ne ressortit pas à l'esthétique : la fascination. De même que l'opiomane ne rencontre son univers qu'après la drogue, le poète tragique n'exprime le sien que dans un état particulier, dont la constance montre la nécessité. Le poète tragique exprime ce qui le fascine, non pour s'en délivrer (l'objet de la fascination reparaîtra dans l'œuvre suivante) mais pour en changer la nature ; car, l'exprimant avec d'autres éléments, il le fait entrer dans l'univers relatif des choses conçues et dominées. Il ne se défend pas contre l'angoisse en l'exprimant, mais en exprimant autre chose avec elle, en la réintroduisant dans l'univers. La fascination la plus profonde, celle de l'artiste, tire*

sa force de ce qu'elle est à la fois l'horreur, et la possibilité de la concevoir.

Sanctuaire, c'est l'intrusion de la tragédie grecque dans le roman policier.

André Malraux

I

Caché derrière l'écran des broussailles qui entouraient la source, Popeye regardait l'homme boire. Un vague sentier venant de la route aboutissait à la source. Popeye avait vu l'homme, un grand sec, tête nue, en pantalon de flanelle grise fatigué, sa veste de tweed sur le bras, déboucher du sentier et s'agenouiller pour boire à la source.

La source jaillisait à la racine d'un hêtre et s'écoulait sur un fond de sable tout ridé par l'empreinte des remous. Tout autour s'était développée une épaisse végétation de roseaux et de ronces, de cyprès et de gommiers, à travers lesquels les rayons d'un soleil invisible ne parvenaient que divisés et diffus. Quelque part, caché, mystérieux, et pourtant tout proche, un oiseau lança trois notes, puis se tut.

A la source l'homme buvait, son visage affleurant le reflet brisé et multiplié de son geste. Lorsqu'il se releva, il découvrit au milieu de son propre reflet, sans avoir pour cela entendu aucun bruit, l'image déformée du canotier de Popeye.

En face de lui, de l'autre côté de la source, il aperçut une espèce de gringalet, les mains dans les poches de son veston, une cigarette pendant sur son menton. Son complet était noir : veston cintré à taille haute, pantalon au repli encroûté de boue tombant sur des chaussures crottées. Son visage au teint étrange, exsangue, semblait vu à la lumière électrique. Sur ce fond de silence et de soleil, avec son canotier sur le coin de l'œil et ses mains sur les hanches, il avait la méchante minceur de l'étain embouti.

Derrière lui, l'oiseau chanta de nouveau, trois mesures monotones, constamment répétées : un chant à la fois dépourvu de sens et profond, qui s'éleva du silence plein de soupirs et de paix dans lequel le lieu semblait s'isoler, et d'où surgit, l'instant d'après, le bruit d'une automobile qui passa sur la route et mourut dans le lointain.

Ayant bu, l'homme restait à genoux près de la source. « C'est un revolver que tu as dans cette poche ? » fit l'autre.

De l'autre côté de la source, les yeux de Popeye fixaient l'homme, semblables à deux boutons de caoutchouc noir et souple. « Je te parle, tu entends, reprit Popeye. Qu'est-ce que tu as dans ta poche ? »

L'homme avait toujours son veston sur le bras. Il allongea une main vers le veston. D'une poche dépassait un chapeau de feutre bouchonné, et de l'autre un livre. « Laquelle ? dit-il.

— Inutile de me faire voir, fit Popeye, suffit de me le dire. »

La main s'arrêta dans son geste. « C'est un livre.

— Quel livre ? demanda Popeye.

— Un livre, simplement. Un livre comme tout le monde en lit. Il y a des gens qui lisent.

— Tu lis des livres ? » dit Popeye.

La main de l'homme s'était figée au-dessus du

14

veston. Leurs regards se croisaient de part et d'autre de la source. La mince volute de la cigarette se tordait devant la figure de Popeye que la fumée faisait grimacer d'un côté, comme un masque où le sculpteur eût représenté deux expressions simultanées.

De sa poche-revolver, Popeye sortit un mouchoir crasseux qu'il déploya sur ses talons. Puis il s'accroupit, face à l'homme, de l'autre côté de la source. C'était un après-midi de mai ; il était environ quatre heures. Accroupis de part et d'autre de la source, ils restèrent ainsi pendant deux heures. Par intervalle, derrière, dans le marécage, l'oiseau chantait, comme actionné par un mécanisme d'horlogerie. Deux fois encore d'invisibles autos passèrent sur la grand-route et moururent dans le lointain. De nouveau, l'oiseau chanta.

« Et, naturellement, fit l'homme de l'autre côté de la source, vous ne savez pas son nom. Vous ne seriez pas capable de reconnaître un oiseau, à moins qu'il ne chante en cage dans le hall d'un hôtel ou ne vaille quatre dollars sur un plat. » Popeye ne répondit pas. Il restait accroupi, dans son complet noir étriqué, sa poche droite déformée par une bosse contre son flanc, à tortiller et pincer des cigarettes entre ses minuscules mains de poupée, tout en crachant dans la source. Sa peau était d'une pâleur terreuse, cadavérique, son nez légèrement aquilin ; il n'avait pas de menton du tout. Le bas de son visage coulait littéralement, comme celui d'une poupée de cire que l'on eût oubliée auprès d'un feu ardent. Une chaîne de platine barrait son gilet, comme une toile d'araignée. « Dites donc, dit l'autre, je suis Horace Benbow, avocat à Kinston. Avant, j'habitais là-bas, à Jefferson. C'est justement là que je vais. Tout le monde, dans le comté, peut vous dire que je ne suis pas dangereux. Si c'est pour le whisky, vous pouvez bien en fabriquer, en vendre ou en acheter autant que vous voudrez, peu m'importe. Je m'étais arrêté ici pour boire une gorgée d'eau. Tout ce que je désire, c'est me rendre à la ville, à Jefferson. »

Les yeux de Popeye avaient l'air de deux boutons de caoutchouc enfoncés d'un coup de pouce et revenus à leur place marqués d'empreintes concentriques.

« Je voudrais bien arriver à Jefferson avant la nuit, reprit Benbow. Vous n'allez tout de même pas me retenir ici comme ça. »

Popeye, sans retirer sa cigarette, cracha dans la source.

« Vous n'allez tout de même pas m'empêcher comme ça de partir, fit Benbow. Et si je me sauvais... »

Popeye colla sur Benbow ses yeux de caoutchouc. « Tu veux te sauver ? »

— Non », dit Benbow.

Popeye ôta son regard. « Eh bien, alors, reste tranquille. »

De nouveau, Benbow entendit l'oiseau et essaya de se rappeler le nom que lui donnaient les gens du pays. Sur l'invisible grand-route une autre voiture passa, s'évanouit dans le lointain. Entre leur échange de paroles et le bruit de la voiture, le soleil avait presque complètement disparu. De la poche de son pantalon, Popeye sortit une montre à un dollar, la regarda, et la laissa tomber dans sa poche, comme une pièce de monnaie.

A l'endroit où le sentier venant de la source

16

rejoignait le chemin de traverse sablonneux, un arbre, récemment abattu, obstruait le passage. Ils escaladèrent l'arbre et prirent le chemin, laissant maintenant la grand-route derrière eux. Dans le sable se voyaient deux ornières peu profondes et parallèles, sans traces de sabots. A l'endroit où le ruisseau issu de la source se répandait à travers le chemin, Benbow aperçut les empreintes de pneus d'une automobile. Popeye marchait devant lui, semblable, avec son veston étriqué et son chapeau rigide, tout en angles, à un lampadaire art nouveau.

Le sable cessa. Le chemin montait en tournant et sortait de la brousse. Il faisait presque nuit. Popeye jeta un regard rapide par-dessus son épaule. « Allonge un peu, mon gars ! lança-t-il.

— Pourquoi est-ce qu'on n'a pas coupé au plus court, en grimpant la colline ? demanda Benbow.

— A travers tout ce tas d'arbres ? » dit Popeye. Et son chapeau oscilla, jetant dans le crépuscule une lueur mate et méchante, pendant qu'il regardait le bas de la colline, où déjà la brousse s'étendait comme un lac d'encre. « Ben, bordel de Dieu ! »

Il faisait presque nuit. Popeye avait ralenti le pas. Il marchait maintenant à côté de Benbow, et celui-ci pouvait voir les à-coups perpétuels du chapeau à droite et à gauche lorsque Popeye regardait autour de lui, l'air craintif et méchant. Le chapeau arrivait juste au menton de Benbow.

Alors quelque chose, une ombre déformée par la vitesse, fondit sur eux, passa, avec un silencieux glissement d'ailes étendues, dans un remous d'air qui les frappa au visage, et Benbow sentit Popeye se plaquer contre lui de tout son corps et se cramponner à son veston. « Ce n'est qu'un hibou, dit

Benbow, rien qu'un hibou. » Puis il ajouta : « Cet oiseau de Caroline s'appelle martin-pêcheur. C'était ça le nom que je ne pouvais pas trouver tout à l'heure. » Popeye, toujours collé à lui et s'agrippant à son veston, sifflait entre ses dents, comme un chat. Il sent le noir, pensa Benbow ; il sent comme cette chose noire qui sortit de la bouche de Madame Bovary et se répandit sur son voile de mariée quand on lui souleva la tête[1].

Un instant après, au-dessus de la dentelure noire et massive d'un bouquet d'arbres, la maison dressa contre le ciel pâlissant sa carrure sombre et trapue.

Carcasse croulante, elle émergeait, sombre et délabrée, d'un bouquet de cyprès à l'état sauvage. C'était un lieudit, la vieille maison du Français qui datait d'avant la Guerre de Sécession ; une habitation de planteur élevée au milieu d'une étendue de champs de coton, de pelouses et de jardins depuis longtemps retournés à la brousse. Durant cinquante ans, les gens du voisinage l'avaient démolie morceau par morceau pour en extraire du bois de chauffage et l'avaient fouillée avec un optimisme sporadique et secret, dans l'espoir d'y découvrir l'or que son constructeur passait pour avoir caché quelque part dans la bâtisse, à l'époque où Grant avait traversé le comté, lors de sa campagne de Vicksburg[2].

1. « Il fallut soulever un peu la tête, et alors un flot de liquides noirs sortit, comme un vomissement, de sa bouche » (*Madame Bovary*, éd. Louis Conard, p. 456-457).
2. La chute de Vicksburg, le 4 juillet 1863, porta un coup terrible aux Confédérés, qui se trouvèrent coupés en deux.

Trois hommes étaient assis sur des sièges à l'un des bouts de la galerie. Dans les profondeurs du corridor béant, on apercevait une faible lueur. Le corridor traversait la maison d'un bout à l'autre. Les trois hommes regardèrent Popeye monter les marches avec son compagnon. « Voilà le professeur », fit Popeye sans s'arrêter. Il entra dans la maison, enfila le corridor, traversa la galerie de derrière, tourna et pénétra dans la pièce où était la lumière. C'était la cuisine. Debout devant le fourneau se tenait une femme en robe d'indienne passée. Une vieille paire de brodequins d'homme, délacés, claquait à chaque pas sur ses chevilles nues. Elle se retourna vers Popeye, puis revint à son fourneau où crépitait une poêlée de viande.

Popeye restait planté dans l'embrasure de la porte, son chapeau sur les yeux. Sans sortir le paquet, il prit une cigarette dans sa poche, la roula, la tripota, puis, la portant à sa bouche, frotta une allumette sur son ongle. « Y a un type là-bas sur le devant », dit-il.

La femme ne broncha pas. Elle retourna sa viande. « Pourquoi que tu me dis ça ? fit-elle. C'est pas moi qui sers les clients de Lee.

— C'est un professeur », dit Popeye.

La femme se tourna vers lui, une fourchette de fer à la main. Derrière le fourneau, dans l'ombre, il y avait une caisse en bois. « Un quoi ?

— Professeur, répondit Popeye. Il a un livre sur lui.

— Qu'est-ce qu'il fiche ici ?

— Sais pas. Pas pensé à lui d'mander. C'est p't'être pour lire son bouquin.

— Il venait ici ?

— J' l'ai trouvé à la source.

— Est-ce qu'il cherchait la maison ?

— Sais pas, dit Popeye, j'ai pas pensé à lui d'mander. » La femme le regardait toujours. « J' vais l'envoyer à Jefferson par le camion, ajouta-t-il. Il a dit qu'il voulait y aller.

— Pourquoi qu' tu me dis tout ça ? demanda la femme.

— C'est toi qui fais la cuisine. Il va vouloir manger.

— Ah oui, fit la femme en se retournant vers le fourneau. J' la fais la cuisine. J' la fais pour des gouapes, des soulards et des crétins. Et comment que j' la fais !... »

De la porte, les mains dans les poches, la fumée de la cigarette lui vrillant la figure, Popeye la suivait des yeux. « Tu peux toujours partir. J' te ramènerai dimanche à Memphis. Tu pourras t' remettre au turbin. » Il jeta un regard sur sa croupe. « Tu te fais du gras, à prendre le vert comme ça à la campagne. J'irai pas le raconter à ceux de Manuel Street[1]. »

La femme se retourna, la fourchette à la main. « Salaud ! dit-elle.

— Pour sûr que j'irai pas leur dire que la Ruby Lamar[2] elle s'est mise au vert, et qu'elle porte une paire de godasses dont Goodwin ne veut plus, et qu'elle casse elle-même son bois pour faire le feu.

1. Faulkner a inventé Manuel Street, mais celle-ci désigne clairement Mulberry Street, qui donna son nom au quartier réservé de Memphis à cette époque (1930).
2. Ruby porte un nom très connu dans le Sud : Lucius Quintus Cincinnatus Lamar (1825-1893), homme politique du Mississippi, a donné son nom à la rue principale d'Oxford.

Non, pour sûr. J' leur dirai que Goodwin est plein
aux as.

— Salaud, répéta la femme, salaud !

— Pour sûr », dit Popeye. Puis il tourna la tête.
On entendait un frottement de pieds sur la galerie.
Un homme entra. Un homme aux épaules voûtées,
en salopette. Il était pieds nus. C'étaient ses pieds
qu'on venait d'entendre. Sa tignasse embroussaillée
et crasseuse était décolorée par le soleil. Il avait des
yeux pâles et furieux, et une courte barbe soyeuse
couleur d'or terni.

« Hein, quel numéro, quand même ! fit-il.

— Qu'est-ce que tu veux ? » demanda la femme.
L'homme en salopette ne répondit pas. En passant,
il jeta à Popeye un coup d'œil à la fois mystérieux et
goguenard, comme s'il était sur le point de rigoler
d'une bonne blague et qu'il attendait le moment de
s'esclaffer. Il traversa la cuisine avec la démarche
incertaine d'un ours, ayant toujours cet air de
mystère alerte et guilleret, puis, à leur nez, il enleva
du parquet une planche mobile et retira une cruche
d'un gallon[1]. Popeye le suivait de l'œil, les index
dans son gilet, sa cigarette — qu'il avait fumée
jusqu'au bout sans y porter une seule fois la main —
déroulant ses volutes devant sa figure. L'expression
de sa physionomie était cruelle, presque sinistre,
pendant qu'il regardait l'homme en salopette retra-
verser le plancher, avec une sorte de méfiance
amusée, la cruche maladroitement dissimulée derrière le dos, observant Popeye avec cet air de gaieté
prête à éclater, jusqu'à ce qu'il fût sorti de la pièce.

1. Un gallon américain vaut 3,785 l.

21

De nouveau, on entendit sur la galerie le frottement de ses pieds nus.

« Pour sûr, reprit Popeye, que j'irai pas leur dire, aux gars de Manuel Street, que Ruby Lamar fait la cuisine pour un abruti et un crétin.

— Salaud, dit la femme, salaud ! »

II

La femme, portant un plat de viande, entra dans la salle à manger. Popeye, l'homme à la cruche et l'étranger étaient déjà à table, une table faite de trois planches grossières clouées sur deux tréteaux, et sur laquelle une lampe était posée. Lorsque la femme pénétra dans le rayon de la lampe, la lumière décela un visage encore jeune, à l'air morose, au regard froid. Elle posa le plat sur la table, s'immobilisa un instant avec ces yeux mi-clos des femmes qui vérifient si tout est bien sur la table, puis se dirigea vers une caisse d'emballage ouverte dans un coin de la pièce, y prit une assiette et un couvert supplémentaires, revint à la table, et, avec une sorte de décision brusque, exempte de précipitation, les plaça devant Benbow, dont elle frôla l'épaule avec sa manche. Pas une seule fois, Benbow, qui l'observait ne rencontra son regard.

A ce moment, Goodwin entra, combinaison maculée de boue, face maigre, tannée, joues couvertes d'un poil noir et rude, tempes grisonnantes. Il guidait par le bras un vieillard dont la longue barbe blanche était salie autour de la bouche. Benbow le vit asseoir le vieux sur une chaise, où il demeura

23

docilement, avec l'avidité attentive et servile de quelqu'un à qui il ne reste plus qu'un plaisir et que le monde ne peut atteindre que par un seul sens, car il était à la fois aveugle et sourd. C'était un petit homme au crâne chauve, à la figure ronde et pleine, dans laquelle les yeux éteints par la cataracte ressemblaient à deux crachats coagulés. Benbow le regarda tirer de sa poche une guenille crasseuse, y régurgiter le résidu presque incolore de ce qui avait été une chique de tabac, replier soigneusement la guenille et la remettre dans sa poche. La femme lui servit une assiettée de ce qu'il y avait dans le plat. Les autres étaient déjà en train de manger, silencieux et appliqués, mais le vieux restait assis là-bas, la tête penchée au-dessus de son assiette, la barbe agitée d'un léger mouvement. Il chercha l'assiette à tâtons, d'une main tremblante et mal assurée, y découvrit un petit morceau de viande et se mit à le sucer, jusqu'à ce que la femme vînt lui taper sur les doigts. Alors, il reposa le morceau sur l'assiette, et Benbow vit la femme lui découper ses aliments, viande et pain mélangés, et verser du sorgho sur le tout. Puis, Benbow cessa de regarder. Le repas fini, Goodwin reconduisit le vieux dehors. Benbow les vit tous deux franchir la porte et les entendit traverser le corridor.

Les hommes retournèrent sur la galerie. La femme desservit et emporta la vaisselle à la cuisine. Elle la déposa sur sa table, puis elle s'approcha de la caisse placée derrière le fourneau et se tint un instant penchée dessus. Elle se releva, mit son propre dîner sur une assiette, s'assit à la table, mangea, alluma une cigarette à la lampe, lava la vaisselle et la rangea. Alors elle traversa le corridor, mais sans sortir sur la galerie, et se tint en deçà de la porte, à écouter la conversation des hommes, les paroles de l'étranger, et le glouglou profond, étouffé, de la cruche passant de main en main. « Cet imbécile, dit la femme, qu'est-ce qu'il vient faire ici ? » Elle écoutait la voix de l'hôte, un débit rapide, avec une pointe d'accent étranger, la voix d'un homme habitué à parler beaucoup mais qui ne savait faire que cela. « Pas à boire, en tout cas, pensa la femme immobile derrière la porte, il ferait mieux de filer où il va, là où ses femmes pourraient s'occuper de lui. »

Elle écoutait ce qu'il disait. « De ma fenêtre, je pouvais voir la vigne vierge, et, en hiver, j'apercevais aussi le hamac. C'est à cela que nous reconnaissons que la nature est femme, à cause de cet accord entre la chair de la femme et la saison femelle. Ainsi, tous les printemps, je pouvais assister au renouveau de l'antique sève qui me dissimulait le hamac, leurre verdoyant, présage de déplaisir. La vigne n'a pas d'autres fleurs : presque rien, un épanchement onctueux, effréné, plus feuille que fleur, qui me cachait chaque jour davantage le hamac, au point que, vers la fin de mai, au crépuscule, sa voix, la voix de Little Belle, était comme le murmure même de la vigne vierge. Elle ne disait jamais, « Horace, voici Louis, ou Paul ou Untel », mais seulement, « ce n'est qu'Horace ». Ce n'est que cela, voyez-vous, dans sa petite robe blanche, au crépuscule, toutes deux très graves, et toutes joyeuses, et un peu impatientes. Et je ne me serais pas senti plus étranger à sa chair si je l'avais procréée moi-même.

« Ce matin donc — non, c'était il y a quatre jours, c'est jeudi qu'elle est rentrée du collège — ce jeudi-là, j'ai dit : Ma mignonne, si tu l'as rencontré dans letrain, c'est sans doute qu'il appartient à la compagnie. Tu ne peux donc pas le prendre à la compagnie, c'est contraire au règlement, comme pour les isolateurs des poteaux télégraphiques.

" — Il te vaut bien. Il va à Tulane[1].

" — Mais dans le train, ma mignonne, dis-je.

" — J'en ai rencontré dans des endroits bien pires que le train.

" — Je sais, dis-je. Moi aussi. Mais ce n'est pas une raison pour les amener à la maison, tu sais. Tu n'as qu'à les enjamber et passer ton chemin. On ne salit pas ses petits souliers, tu sais. "

« Nous étions à ce moment dans le living-room. C'était juste avant le dîner. Nous n'étions que tous deux à la maison ; Belle était descendue en ville.

« " Ça te regarde, les visites que je reçois ? Tu n'es pas mon père. Tu n'es que... que...

" — Que quoi ? dis-je. Que quoi au juste ?

" — Dis-le à mère, alors, dis-lui. C'est ce que tu veux faire. Dis-le-lui !

" — Voyons, dans le train, mon petit, repris-je. S'il était entré dans ta chambre à l'hôtel, je le tuerais, tout simplement. Mais dans le train, ça me dégoûte. Renvoyons-le et recommençons.

" — Ça te va bien de parler de ce qu'on trouve dans le train ! Oui, ça te va bien ! Crevette ! Crevette ! " »

« Il est cinglé », dit la femme, immobile sur le pas de la porte. La voix de l'étranger poursuivait toujours, heurtée, rapide, diffuse.

« " Non ! Non ! " dit-elle ; et moi je m'accrochais

---

1. Tulane, première université privée de la Nouvelle-Orléans, tient son nom d'un riche donateur de la ville.

à elle, et elle se cramponnait à moi. " Je n'ai pas voulu dire ça ! Horace ! Horace ! " Et je respirais les fleurs assassinées, le subtil parfum des fleurs mortes, et les larmes. Alors, j'aperçus son visage dans la glace. Il y avait une glace derrière elle et une autre derrière moi. Elle se regardait dans celle qui était derrière moi, ne pensant pas à l'autre où je pouvais voir son visage, la voir qui observait ma nuque avec une impeccable hypocrisie. Voilà pourquoi la nature est femme et le progrès homme. La nature a créé la vigne vierge, mais le progrès a inventé le miroir. »

« Il est cinglé », dit la femme de l'autre côté du seuil. Et elle continua d'écouter.

« Mais ce n'était pas tout à fait ça. Je pensais que c'était le printemps, ou peut-être mes quarante-trois ans, qui m'avaient fait perdre la tête. Je me disais que peut-être je retrouverais mon équilibre si j'avais une colline où m'étendre un moment... C'était la faute de ce sacré pays. Plat, riche et corrompu, au point que les vents mêmes semblent y engendrer de l'argent, et qu'on apprendrait sans surprise que l'on peut échanger dans les banques pour de l'argent comptant les feuilles tombées des arbres. Ce delta. Cinq mille miles carrés sans la moindre colline, si ce n'est les tertres que les Indiens ont élevés pour s'y réfugier lorsque le fleuve débordait [1].

« Je me disais donc que c'était tout simplement une colline qu'il me fallait ; ce n'était pas Little Belle qui me faisait fuir. Savez-vous ce que c'était ? »

1. Un mile terrestre (*statute mile*) vaut 1 609 mètres. « Ce delta » est celui qu'on appelle « Mississippi Delta » ; il désigne la basse vallée du fleuve par opposition au « Delta of the Mississippi », qui désigne plus strictement l'embouchure du fleuve.

« Il l'est bien ! dit la femme sur le seuil. Lee ne devrait pas laisser… »

Mais Benbow n'avait pas attendu la réponse. « C'était un chiffon avec du rouge dessus. Avant même d'entrer dans la chambre de Belle, je savais que je le trouverais là. Il y était, en bouchon derrière la glace, un mouchoir avec lequel elle avait, en s'habillant, essuyé l'excès de rouge à lèvres, et qu'elle avait fourré entre la glace et le mur, au-dessus de la cheminée. Je le mis dans ma valise, je pris mon chapeau et je sortis. Avant même de m'apercevoir que j'étais parti sans argent, j'étais grimpé dans un camion. Cela aussi faisait partie du programme, voyez-vous : impossible de toucher un chèque. Impossible de descendre du camion pour rentrer en ville et aller chercher de l'argent. Je ne pouvais pas faire ça. Aussi, depuis ce temps, n'ai-je cessé de cheminer à pied et de me faire véhiculer à l'œil. J'ai couché une nuit sur un tas de sciure dans une scierie, une autre dans la cabane d'un nègre, une autre dans un wagon de marchandises sur une voie de garage. Tout ce que je demandais c'était une colline pour m'y étendre, vous voyez. Alors, tout irait bien. Quand vous épousez votre femme à vous, vous partez de zéro et vous commencez à suer. Mais quand vous épousez la femme d'un autre, vous partez de zéro avec peut-être dix ans de retard et vous héritez la sueur de l'autre. Tout ce que je demandais, c'était une colline pour m'y étendre un instant. »

« Quel idiot, dit la femme. Quel pauvre idiot. » Elle se tenait toujours à la porte. Popeye traversa le corridor et survint par-derrière. Il passa près d'elle sans un mot, et sortit sur la galerie.

« Allons, dit-il, faut qu'on charge. » Elle entendit les trois hommes s'éloigner. Elle resta plantée, immobile, à la même place. Puis elle entendit Benbow se lever péniblement de son fauteuil et traverser la galerie. Elle l'aperçut alors, silhouette imprécise sur le ciel, sur l'obscurité moins dense : un homme maigre, aux vêtements en désordre, aux cheveux rares et dépeignés, complètement ivre. « On ne lui donne pas à manger son content », dit la femme.

Elle était immobile, légèrement appuyée contre le mur, nez à nez avec lui. « Ça vous plaît, cette vie-là ? dit-il. Pourquoi faites-vous ça ? Vous êtes encore jeune ; vous pourriez retourner dans les villes et faire votre chemin en un clin d'œil. » Elle ne bougea pas, toujours appuyée au mur, les bras croisés. « Le pauvre trouillard, le pauvre idiot », dit-elle.

« Voyez-vous, reprit-il, je manque de courage : c'est une chose que la nature a oublié de me donner. La mécanique est là, mais elle refuse de fonctionner. » Sa main errait gauchement sur la joue de la femme. « Vous êtes encore jeune. » Elle ne bougea pas. Elle sentait la main de Benbow se promener sur sa figure et palper sa chair, comme s'il eût voulu déterminer la place des os et la consistance des tissus. « Vous avez, autant dire, toute la vie devant vous. Quel âge avez-vous ? Vous n'avez pas encore dépassé la trentaine. » Sa voix était basse, presque un murmure.

Lorsqu'elle parla, elle ne baissa nullement le ton. Elle n'avait pas fait un mouvement, ses bras toujours croisés sur sa poitrine. « Pourquoi vous avez plaqué votre femme ? demanda-t-elle.

— Parce qu'elle mangeait des crevettes, dit-il. Je

ne pouvais... voyez-vous, c'était un vendredi, et je me suis dit qu'à midi il me faudrait aller à la gare chercher au train la caisse de crevettes, la rapporter à pied à la maison, en la changeant de main tous les cent pas, et...

— Vous faisiez ça tous les jours ? demanda la femme.

— Non, le vendredi seulement. Mais je l'ai fait pendant dix ans ; depuis que nous sommes mariés. Et je ne peux toujours pas supporter l'odeur des crevettes. Ce n'est pas tant de les rapporter à la maison qui me déplaisait, mais la caisse coule. Tout le long du trajet jusque chez moi, elle ne cesse de couler, au point que j'en suis arrivé à me suivre moi-même à la gare, où je m'écarte pour regarder Horace Benbow retirer le colis du train et repartir chez lui avec, en le changeant de main, tous les cent pas ; je le suis et, à chacune des petites flaques dont le chapelet puant s'évapore sur un trottoir du Mississippi, je me dis : Ci-gît Horace Benbow.

— Ah », dit la femme. Elle respirait avec calme, les bras croisés. Elle s'en alla. Il lui céda le pas et la suivit dans le corridor. Ils pénétrèrent dans la cuisine où brûlait la lampe. « Faudra excuser ma mise », fit la femme. Elle se dirigea vers la caisse placée derrière le fourneau, l'attira et se tint penchée dessus, les mains cachées dans le pli de sa robe. Benbow se tenait debout au milieu de la pièce. « Je suis forcée de le garder là-dedans pour empêcher les rats de l'atteindre, dit-elle.

— Quoi ? fit Benbow. Qu'est-ce que c'est ? » Il s'approcha pour voir ce qu'il y avait dans la caisse. Elle contenait un enfant endormi, un enfant d'un an à peine. Il laissa tomber sur la petite figure ratatinée un regard placide.

« Tiens, dit-il, vous avez un fils ? » Et ils contemplèrent tous deux la figure souffreteuse de l'enfant endormi. Un bruit parvint du dehors. Des pas approchaient sur la galerie située derrière la maison. D'un coup de genou, la femme repoussa la caisse dans son coin, Goodwin venait d'entrer.

« Ça va, dit Goodwin, Tommy va vous montrer le chemin pour aller au camion. » Puis il traversa la pièce et pénétra dans la maison.

Benbow regarda la femme. Elle avait toujours les mains cachées dans sa robe. « Merci pour votre dîner, dit-il. Peut-être qu'un jour... » Il la regarda ; elle continuait de le fixer de son même air, impassible et froid plutôt que renfrogné. « Peut-être pourrai-je faire quelque chose pour vous à Jefferson. Vous envoyer quelque chose dont vous ayez besoin... »

D'un geste qui tournoya comme un battement d'ailes, elle retira ses mains du pli de la robe, puis les cacha de nouveau. « Avec toute cette eau de vaisselle et ces lessives... Vous pourriez peut-être m'envoyer un polissoir », dit-elle.

L'un derrière l'autre, Tommy et Benbow s'éloignèrent de la maison, descendirent la colline et suivirent le chemin abandonné. Benbow regarda en arrière. La carcasse délabrée de la maison se profilait sur le ciel, obscure, désolée, mystérieuse, au-dessus de la masse enchevêtrée des cyprès. Le sentier n'était qu'une ravine, une balafre du sol, trop profonde pour un chemin, trop droite pour un fossé, éventrée par les rigoles de l'hiver, encombrée de feuilles pourries et de branchages. A la suite de Tommy, Benbow avançait sur un vague sentier où les pas avaient usé jusqu'à la glaise la végétation croupissante. Au-dessus, une double rangée d'arbres se refermait comme une voûte, dont le sommet moins dense s'estompait sur le ciel.

La descente devint plus raide ; le chemin tournait. « C'est à peu près à cet endroit que nous avons vu un hibou », dit Benbow.

Devant lui, Tommy éclata d'un gros rire : « Il a dû avoir une sacrée trouille, hein ?

— Je vous crois », fit Benbow. Il suivait la silhouette falote de Tommy, tout en s'efforçant de marcher droit, de parler correctement, avec cette application fastidieuse des ivrognes.

« Du diable si j'ai jamais vu un blanc avoir plus la trouille que lui, dit Tommy. Il était là qui montait l'sentier pour venir à la galerie, et c' cabot qui sort de d'sous la maison et qui vient lui r'nifler les talons, comme ça fait, les chiens. Et du diable s'y n'a pas ressauté comme si ç'avait été un mocassin[1], et qu'il aurait été pieds nus. Et qu'il a sorti son p'tit ortomatique et qu'il l'a abattu raide comme balle. Du diable si c'est pas vrai.

— A qui était ce chien ? demanda Benbow.

— C'était l' mien », dit Tommy. Il pleurnicha : « Un pauv' vieux cabot qu'aurait pas fait d' mal à une puce s'il avait pu. »

Le chemin cessa de descendre : on était en terrain plat. Benbow marchait toujours avec précaution ;

1. Le mocassin (*moccasin*) est un serpent très venimeux de l'Amérique du Nord.

ses chaussures crissaient dans le sable. Sur le sol clair, il pouvait voir maintenant Tommy avancer avec la démarche hésitante et maladroite d'un mulet dans le sable, mais sans effort apparent. A chacun de ses pas, le creux de ses pieds nus renvoyait en arrière avec un chintement une petite pluie de sable.

L'ombre massive de l'arbre abattu étendait sa tache sombre en travers du chemin. Tommy l'escalada. Benbow suivit, toujours avec la même attention précautionneuse, se hissant dans le feuillage encore plein de sève et sentant le vert. « V'là encore..., fit Tommy. Pouvez-vous y arriver ?

— Ça va », répondit Horace. Il retrouva son équilibre et Tommy repartit.

« C'est encore un coup à Popeye, déclara Tommy. A quoi que ça sert d'avoir bloqué c'te route comme ça ? Il a arrangé ça pour qu'on ait à faire un mile pour aller aux camions. J'y avais pourtant dit : v'là maintenant quatre ans que les gens viennent acheter chez Lee et personne l'a encore embêté. Sans compter qu'y faut encore la sortir, la bagnole, grosse comme elle est. Mais y a pas eu moyen d' l'empêcher. Que l' diab' m'emporte si son ombre lui fout pas la trouille.

— J'en aurais peur moi aussi, dit Benbow, si son ombre était la mienne. »

Tommy étouffa un gros rire. Le chemin était maintenant un tunnel noir où s'étendait, comme un revêtement, l'éclat impalpable et mortuaire du sable. « C'est à peu près ici que prenait ce sentier qui mène à la source », se dit Benbow, en essayant de discerner l'endroit où le sentier faisait brèche dans le mur de brousse. Ils continuèrent :

33

« Qui est-ce qui conduit le camion ? demanda Benbow. Encore un de ces types de Memphis ?

— Sûr, dit Tommy. C'est le camion de Popeye.

— Pourquoi donc ces gens de Memphis ne peuvent-ils pas rester chez eux et vous laisser fabriquer votre alcool en paix ?

— C'est là qu'est l' fric, répondit Tommy. Y en a point à gagner par ici avec ces p'tits rien du tout d' quarts et d' moitiés d' gallons. Lee fait ça rien que pour obliger, pour gagner un ou deux dollars de rab. C'est à fabriquer et à livrer son stock en vitesse qu'on gagne de l'argent.

— Ah oui, fit Benbow. Eh bien, je crois que j'aimerais encore mieux crever de faim que d'avoir ce type-là dans mes alentours. »

Tommy eut un gros rire. « Popeye est réglo. Il est seulement un peu drôle. » Il continuait de marcher, forme indécise sur la lueur silencieuse du chemin sablonneux. « Mais comme numéro, celui-là, il se pose là, hein ?

— Oui, dit Benbow, tout à fait. »

Le camion attendait à l'endroit où le chemin, redevenu d'argile, commençait à monter vers la route de gravier. Deux hommes étaient assis sur le pare-chocs, fumant des cigarettes. Au-dessus, les arbres s'amenuisaient contre les étoiles. Il était plus de minuit.

« Vous y avez mis le temps, dit l'un des hommes. Non ? J' devrais déjà être à mi-chemin de la ville à c't' heure. Y a une femme qui m'attend.

— C'est ça ; elle t'attend sur l' dos, fit l'autre. » Son camarade lui lança une injure.

— On est venu aussi vite qu'on a pu, dit Tommy. Pourquoi donc, les gars, qu' vous n'avez pas d'

34

lanterne ? Si c't' homme-là et moi on avait été les flics, on vous aurait eus, de vrai.

— Va donc grimper aux arbres, gueule de teigneux », cria le premier des deux hommes. Ils jetèrent leurs cigarettes et montèrent dans le camion. Tommy rigolait à mi-voix. Benbow se retourna et lui tendit la main.

« Au revoir, dit-il, et avec tous mes remerciements, Monsieur...

— Je m'appelle Tawmmy », fit l'autre. Sa main calleuse et mollasse se mit maladroitement dans celle de Benbow, la secoua une fois, comme un levier de pompe, cérémonieusement, puis se retira d'un geste gauche. Il resta planté là, silhouette trapue et indécise sur la lueur pâle du chemin, pendant que Benbow levait la jambe à la recherche du marchepied. Il le manqua. Se rattrapa.

« Gare la casse, l' chef », dit une voix dans la cabine du camion. Benbow grimpa. L'autre homme posait un fusil de chasse contre le dossier du siège. Le camion démarra, mordant furieusement la pente ravinée, parvint sur la route de gravier et vira en direction de Jefferson et de Memphis.

III

Le lendemain après-midi, Benbow était chez sa sœur. Elle habitait à la campagne, à quatre miles de Jefferson, la maison des parents de son mari. Elle était restée veuve avec un fils âgé de dix ans maintenant, et résidait dans cette vaste demeure avec lui et la grand-tante de son mari, une femme de quatre-vingt-dix ans, qui passait sa vie dans un fauteuil roulant et que l'on appelait Miss Jenny. Benbow, avec elle à la fenêtre, regardait sa sœur qui se promenait dans le jardin avec un jeune homme. Il y avait dix ans que sa sœur était veuve.

« Pourquoi ne s'est-elle jamais remariée ? demanda Benbow.

— Je vous poserais la même question, fit Miss Jenny. Une femme a besoin d'un homme.

— Oui, mais pas de celui-ci », répondit Benbow. Il regarda le couple. L'homme était en pantalon de flanelle et veston bleu. C'était un jeune homme gros et gras, à l'air avantageux, vaguement l'allure d'un étudiant. « Elle semble avoir du goût pour les enfants. Peut-être parce qu'elle en a maintenant un à elle. Qui est donc ce garçon-là ? Est-ce le même que l'an dernier ?

— C'est Gowan Stevens, dit Miss Jenny. Vous devriez vous rappeler Gowan.

— Ah, fit Benbow. J'y suis maintenant. Je me rappelle le mois d'octobre dernier. » A cette époque-là, traversant Jefferson en rentrant chez lui, il avait passé une nuit chez sa sœur. Par la même fenêtre, Miss Jenny et lui avaient observé le même couple se promenant dans le même jardin où s'épanouissaient alors des fleurs tardives, éclatantes, pleines du parfum poussiéreux d'octobre. A ce moment-là, Stevens était habillé en marron, et n'était encore qu'un inconnu pour Horace.

« On le voit seulement depuis qu'il est revenu chez lui, retour de Virginie, au printemps dernier, dit Miss Jenny. Celui de ce temps-là, c'était ce jeune Jones... Herschell. C'est bien ça, Herschell.

— Ah oui, fit Benbow. Une vieille famille de Virginie, ou seulement un infortuné de passage ?

— Un étudiant de l'Université. Il y suivait les cours. Vous ne vous souvenez pas de lui, parce qu'il portait encore des couches-culottes lorsque vous avez quitté Jefferson.

— N'allez pas dire cela à Belle, surtout », répondit Benbow. Il vit sa sœur et le jeune homme approcher et disparaître derrière la maison. Un instant après, ils montèrent l'escalier et pénétrèrent dans la pièce. Stevens entra, cheveux gommés, figure ronde, l'air satisfait Miss Jenny lui tendit une main qu'il baisa en s'inclinant lourdement.

« Vous rajeunissez chaque jour, et chaque jour vous devenez plus charmante, fit-il. J'étais justement en train de dire à Narcissa que si seulement vous quittiez ce fauteuil et consentiez à être mon flirt, elle n'aurait plus qu'à se retirer.

— Ce sera pour demain, dit Miss Jenny. Narcissa... »

Narcissa était une forte femme aux cheveux noirs, à la figure large, stupide et sereine. Elle portait son éternelle robe blanche. « Horace, dit-elle, je te présente Gowan Stevens. Gowan, je vous présente mon frère.

— Comment allez-vous, Monsieur ? » fit Stevens. Puis il serra la main de Benbow, d'une étreinte rapide, sèche, énergique, empressée. A ce moment entra le petit garçon, Benbow Sartoris, le neveu de Benbow. « J'ai souvent entendu parler de vous, assura Stevens.

— Gowan est allé à l'Université de Virginie [1], fit l'enfant.

— Ah oui, dit Benbow. On me l'avait dit.

— Merci, répondit Stevens. Mais tout le monde ne peut pas aller à Harvard.

— Merci également, dit Benbow. C'était à Oxford.

— Horace raconte toujours qu'il est allé à Oxford pour laisser croire aux gens qu'il s'agit de l'Université de l'État et pour les détromper ensuite, commenta Miss Jenny.

— Gowan va sans arrêt à Oxford, interrompit le gamin. Il y a une petite amie. Il l'emmène au bal. Pas vrai, Gowan ?

1. Conçue par Thomas Jefferson, l'Université de Virginie à Charlottesville a longtemps été l'une des plus cotées du Sud.
Harvard est la plus ancienne des institutions universitaires américaines.
Quant au quiproquo suivant, il s'explique par l'existence de l'Université du Mississippi (*Ole Miss*), qui se trouve à moins d'un mile du centre d'Oxford.

— Exact, mon petit gars, fit Gowan. Une rousse.

— Tais-toi, Bory », coupa Narcissa. Elle se tourna du côté de son frère. « Comment vont Belle et Little Belle ? » Elle fut sur le point d'ajouter autre chose, mais elle se retint, tout en fixant sur son frère un regard grave et pénétrant.

« Si tu gardes l'espoir de le voir lâcher Belle, tu peux être tranquille, déclara Miss Jenny. Il le fera bien un jour. Mais cela ne suffirait pas à Narcissa, même à ce moment-là, ajouta-t-elle. Il y a des femmes qui ne veulent pas qu'un homme en épouse une autre. Mais toutes les femmes sont furieuses de voir leur homme les plaquer.

— Taisez-vous, voyons, fit Narcissa.

— Parfaitement, continua Miss Jenny, voilà pas mal de temps déjà que Horace tire sur le licol. Mais il ne faudrait tout de même pas tirer trop fort, Horace, car il pourrait bien lâcher à l'autre bout. »

De l'autre extrémité du vestibule parvint le son d'une clochette. Stevens et Benbow se précipitèrent ensemble sur la poignée du fauteuil roulant. « Voulez-vous me permettre, Monsieur, dit Benbow, puisqu'il paraît que je suis l'invité.

— Allons, Horace, dit Miss Jenny. Narcissa, voudrais-tu envoyer chercher dans la malle du grenier les pistolets de combat ? » Elle se retourna vers le petit garçon. « Et toi, file devant et dis-leur de commencer la musique et de préparer deux roses.

— Quelle musique ? demanda le gamin.

— Il y a des roses sur la table, dit Narcissa. C'est Gowan qui les a envoyées. Allons dîner. »

Par la fenêtre, Benbow et Miss Jenny observaient le couple, Narcissa toujours en blanc et Stevens en pantalon de flanelle et veston bleu, qui se promenaient dans le jardin. « Ce gentleman de Virginie nous a raconté ce soir à souper comment on lui avait appris à boire en gentleman. Mettez un cafard dans l'alcool et vous aurez un scarabée. Mettez un Mississippien dans l'alcool et vous aurez un gentleman... »

— Gowan Stevens », ajouta Miss Jenny. Ils les regardèrent disparaître tous les deux derrière la maison. Il s'écoula quelques intants avant qu'ils les entendissent marcher dans le vestibule. Quand ils entrèrent, le petit garçon avait remplacé Stevens.

« Il n'a pas voulu rester, dit Narcissa. Il part pour Oxford. Il doit y avoir un bal vendredi soir à l'Université. Il a rendez-vous avec une jeune fille.

— Il trouvera là-bas une fameuse occasion de boire en gentleman, fit Horace. De faire n'importe quoi en gentleman. C'est sans doute pour ça qu'il est si pressé de rentrer.

— Il emmène au bal une vieille copine, dit l'enfant. Y va samedi à Starkville [1] pour le match. Il a dit qu'il m'emmènerait, mais tu veux pas m' laisser y aller. »

---

1. Starkville se trouve à cent miles au sud-est d'Oxford. C'est le siège de la Mississippi State University, rivale traditionnelle d'Ole Miss en football américain.

IV

Les gens de la ville qui faisaient leur promenade d'après dîner dans les jardins de l'Université, le professeur distrait qui s'en allait en rêvassant, ou le candidat à la licence qui se rendait à la bibliothèque, auraient pu voir Temple, portant sur le bras un manteau saisi à la diable, ses longues jambes blondes agitées d'une hâte fébrile, profiler en coup de vent sa silhouette sur les fenêtres éclairées du « Poulailler » — c'est ainsi qu'on appelait le dortoir des jeunes filles —, s'évanouir dans l'ombre au pied de la bibliothèque, et, dans un rapide envol de dessous féminins, bondir et s'installer finalement dans la voiture qui attendait ce soir-là, moteur en marche. Les voitures appartenaient aux jeunes gens de la ville. Il était interdit aux étudiants de l'Université de posséder une auto. Tête nue, avec leurs culottes de golf et leurs chandails aux teintes éclatantes, ils s'en dédommageaient en regardant de haut, avec une supériorité rageuse, les jeunes gens de la ville, leurs chapeaux rigides collés sur leurs têtes pommadées, leurs vestons un peu trop ajustés et leurs pantalons un peu trop larges.

Il en était ainsi les soirs ordinaires. Mais lors du

bal du Club des Lettres, qui avait lieu le samedi soir tous les quinze jours, ou à l'occasion des trois galas annuels, les garçons de la ville qui faisaient les cent pas d'un air détaché et agressif, avec leur éternel chapeau et leur col relevé, regardaient Temple pénétrer dans le gymnase, au bras sombre de quelque étudiant, et disparaître dans un éblouissement tourbillonnant, au milieu d'un tourbillon éblouissant de musique, portant haute sa fine tête, son visage aux lèvres peintes et hardies, au menton harmonieux, aux yeux errant vaguement à droite et à gauche, froids, voraces, avisés.

Puis, lorsque la musique geignait à travers les vitres, ils la regardaient passer rapidement à tour de rôle d'une paire de manches noires à la suivante, sa taille mince et provocante se profilant dans l'intervalle, ses pieds remplissant de musique les silences du rythme. Ils se baissaient pour boire aux flacons dissimulés dans leur poche et allumer des cigarettes, puis, redressés de nouveau, immobiles contre la lumière, cols relevés et chapeaux sur la tête, ils avaient l'air d'une rangée de bustes, coiffés et emmitouflés, découpés dans de la tôle noircie et cloués au rebord des fenêtres.

Au moment où l'orchestre attaquait *Home, Sweet Home,* il y en avait toujours trois ou quatre à faire les cent pas aux alentours de la sortie, l'air froid, provocant, les traits légèrement tirés par l'insomnie, pour regarder les couples partir dans un blême regain de mouvement et de bruit. Ils étaient trois ou quatre, cette nuit-là, qui regardaient Temple et Gowan Stevens s'en aller à l'heure glaciale avant-courrière de cette aube de printemps. Temple venait de se repoudrer ; son visage était tout pâle, les boucles de ses cheveux roux pendaient, déroulées. Ses yeux vides, tout en pupilles, se posèrent sur eux un instant. Puis elle esquissa de la main un geste vague, à leur adresse peut-être. Ils ne répondirent pas. Pas la moindre étincelle dans leur regard glacé. Ils virent Gowan glisser son bras sous celui de Temple, perçurent une fugitive vision de flanc et de cuisse, lorsque celle-ci monta dans la voiture. C'était un roadster long et bas, avec un phare orientable.

« Qui c'est c' fils d' putain ? demanda l'un d'eux.

— Mon père est juge, répondit le second avec une voix de fausset, aigre et goguenarde.

— On s'en fout. Retournons en ville. »

Ils s'éloignèrent. Une voiture arrivait, ils la hélèrent, mais elle passa sans s'arrêter. Sur le pont qui enjambait la tranchée du chemin de fer, ils firent halte et burent chacun son tour à une bouteille. Le troisième s'apprêtait à l'envoyer par-dessus le parapet, lorsque le second lui saisit le bras.

« Passe-la-moi », dit-il. Puis il cassa la bouteille avec soin et en répandit les morceaux sur la route. Les autres le regardaient faire.

« Mon pauvre salaud, t' es pas assez chic pour aller à un bal d'étudiants, dit le premier.

— Mon père est juge », reprit l'autre en disposant les tessons tranchants, la pointe en l'air, sur la chaussée.

« Voilà une voiture, avertit le troisième.

Elle avait trois phares. Ils s'appuyèrent contre le parapet, rabattant leurs chapeaux sur leurs yeux à cause de la lumière, et ils virent passer Temple et Gowan. Temple avait la tête baissée, invisible. La voiture marchait à faible allure.

« T' es qu'un pauvre salaud, reprit le premier.

— J' suis un salaud, moi ? » fit le second. Il sortit quelque chose de sa poche et leur claqua sous le nez un chiffon vaguement parfumé. « J' suis un salaud ?

— J' te le fais pas dire.

— Doc a pris cette combinaison à Memphis, dit le troisième, chez une sacrée putain.

— Sacré salaud d' menteur ! s'écria Doc. »

Ils virent le faisceau de lumière, le rubis de la lanterne arrière, diminuer au loin, puis s'arrêter au « Poulailler ». Les phares s'éteignirent. Au bout d'un moment, la portière de la voiture claqua, les feux se rallumèrent, la voiture démarra. Elle approcha de nouveau. Ils étaient appuyés en rang d'oignons contre le parapet, leurs chapeaux inclinés pour éviter l'éblouissement. Le verre brisé reluisait en étincelles éparses. La voiture ralentit, puis stoppa devant eux.

« Vous rentrez en ville, Messieurs ? » demanda Gowan en ouvrant la portière. Ils restèrent appuyés au parapet. « Vous êtes bien aimable », dit le premier d'un ton renfrogné. Puis ils montèrent, deux dans le spider, le premier près de Gowan.

« Serrez de ce côté, dit-il. Il y a une bouteille cassée par là.

— Merci », fit Gowan. La voiture repartit. « Est-ce que vous allez au match à Starkville, demain, Messieurs ? »

Ceux du spider ne répondirent pas.

« Je ne sais pas, fit le premier. Je ne crois pas.

— Je suis de passage ici, reprit Gowan. Je me suis trouvé à court de gnôle, ce soir, et j'ai rendez-vous demain matin à la première heure. Sauriez-vous me dire où je pourrais me procurer une bouteille ?

— Il est bougrement tard », dit le premier. Puis,

se tournant vers les autres : « Tu connais quelqu'un qui lui en vendrait à cette heure-ci ?

— Peut-être Luke, répondit le troisième.

— Où habite-t-il ? demanda Gowan.

— Continuez, dit le premier, je vous montrerai. »

Ils traversèrent la place, sortirent de la ville et roulèrent pendant un demi-mile environ.

« C'est la route de Taylor, n'est-ce pas ? demanda Gowan.

— Oui, répondit le premier.

— Il va falloir que j'y passe de bonne heure ce matin, dit Gowan ; que j'y sois avant l'arrivée du train spécial. Vous n'allez pas au match, dites-vous, Messieurs ?

— J' crois pas, répondit le premier. Arrêtez. »

Un talus escarpé montait, couronné de petits chênes rabougris. « Attendez-moi ici. » Gowan éteignit les phares. Il entendit l'homme gravir péniblement le talus.

« Luke a-t-il de la bonne gnôle ? demanda Gowan.

— Pas mauvaise. Aussi bonne que n'importe quelle autre, je suppose, grogna le troisième.

— Si vous ne la trouvez pas de votre goût, vous n'êtes pas forcé de la boire », ajouta Doc. Gowan se retourna lourdement pour le regarder.

« Elle vaut bien celle que vous avez bue cette nuit, reprit le troisième.

— Vous n'étiez pas non plus forcé de la boire, celle-là, continua Doc.

— J'ai peine à croire qu'on puisse en fabriquer par ici d'aussi bonne que celle qu'on fait à l'Université, dit Gowan.

— D'où êtes-vous ? demanda le troisième.

47

— De Virginie... je veux dire de Jefferson, mais j'ai été étudiant à l'Université de Virginie. On vous apprend à pinter, là-bas. »

Les deux autres ne répondirent pas. Le premier revint, précédé d'une menue avalanche de terre qui dévala le talus. Il avait à la main un bocal à fruits. Gowan le prit, l'éleva à hauteur d'œil sur le ciel. Le liquide était incolore, d'aspect parfaitement inoffensif. Il ôta le couvercle et tendit le bocal.

« Buvez. »

Le premier but une lampée et le tendit à ceux du spider.

« Buvez. »

Le troisième but également, mais Doc refusa. Gowan but à son tour.

« Bon Dieu, dit-il, comment faites-vous, les gars, pour boire une saleté pareille ?

— Nous autres, c'est pas du tord-boyaux qu'on boit en Virginie », fit Doc. Gowan se retourna sur son siège en le dévisageant.

« Ta gueule ! Doc, dit le troisième. Faites pas attention à lui, il a eu mal au ventre toute la nuit.

— Enfant de garce, grogna Doc.

— Comment m'as-tu appelé ? demanda Gowan.

— Mais non, il n'a pas dit ça, fit le troisième. Doc est réglo. Allons, Doc, bois un coup.

— Et puis j' m'en fous, jeta Doc. Aboule ».

Ils rentrèrent en ville. « Le bistrot va être ouvert, dit le premier. A la gare. »

C'était une buvette-restaurant. Personne dedans, à l'exception d'un homme en tablier crasseux. Ils allèrent au fond de la pièce et entrèrent dans un cabinet où il y avait une table et quatre chaises. L'homme apporta quatre verres et des coca-cola.

« Patron, dit Gowan, pourrais-je avoir du sucre, de l'eau et un citron ? » L'homme apporta ce qu'il avait commandé. Les autres regardèrent Gowan confectionner un *whisky sour*. « C'est comme ça qu'on m'a appris à le boire », dit-il. Ils le regardèrent boire. « C'est pas assez fort pour mon goût », fit-il en remplissant son verre au bocal. Puis il but de nouveau.

« Ça, vous savez vous l'envoyer, dit le troisième.

— J'ai appris à bonne école. » Il y avait dans la pièce une haute fenêtre. Derrière, le ciel était pâle et neuf. « On remet ça, Messieurs », dit-il en emplissant de nouveau son verre. Les autres se servirent avec modération. « Là-bas, à l'Université, on considère qu'il vaut mieux rouler sous la table que de faire semblant de boire », déclara-t-il. Ils le regardèrent boire et virent ses narines s'emperler d'une sueur subite.

« Il a son compte aussi, fit Doc.

— Qui est-ce qui dit ça ? » demanda Gowan. Il versa un doigt d'alcool dans son verre. « Si seulement nous avions de la gnôle potable. Je connais un type dans mon comté, un nommé Goodwin, qui fabrique…

— C'est ça qu'on appelle boire, à votre université ? interrompit Doc.

Gowan le regarda fixement : « Vous croyez ça ? Regardez un peu. » Il se versa de l'alcool. Les autres regardaient monter le niveau du liquide.

« Attention, mon gars », fit le troisième. Gowan emplit son verre ras bord, le leva, le vida d'un trait. Il se souvint d'avoir reposé le verre avec soin, puis il se vit simultanément au grand air, dans une aube grise et froide où une locomotive haletait sur une voie de garage en tête d'une sombre file de wagons, occupé à raconter péniblement à quelqu'un qu'il avait appris à boire en gentleman. Puis il se retrouva, toujours s'évertuant à raconter, dans un endroit sombre, exigu, puant l'ammoniaque et la créosote, occupé à vomir dans un trou, tout en s'efforçant d'expliquer aux autres qu'il devait être à Taylor à six heures trente, pour l'arrivée du spécial. La crise s'atténua. Il ressentait une extrême lassitude, une immense faiblesse, un désir de s'étendre qui ne pouvait matériellement se satisfaire, puis, à la lueur d'une allumette, il s'appuya au mur, tandis que ses yeux s'accommodaient lentement sur un nom écrit au crayon. Toujours accoté au mur, vacillant et bavant, il ferma un œil et lut le nom. Alors, il regarda ses compagnons en branlant la tête.

« Nom de femme... de femme que je connais. Bonne fille. Brave copine. Rendez-vous pour l'emmener à Stark... Starkville. Sans chap'ron, v' comprenez ? » Appuyé au mur, bavant et bafouillant, il s'endormit.

Tout de suite, il se mit à lutter contre le sommeil. Il lui sembla que c'était tout de suite, et, malgré cela, il avait conscience du temps qui s'écoulait, et que ce temps était l'une des raisons pour lesquelles il ne fallait pas dormir sous peine d'avoir une surprise désagréable. Pendant un bon moment, il se rendit compte qu'il avait les yeux ouverts avant d'avoir recouvré la vue. Puis il vit de nouveau, sans se rendre compte immédiatement qu'il était éveillé.

Il était couché, complètement immobile. Il lui semblait qu'en s'arrachant au sommeil, il avait atteint le but pour lequel il voulait s'éveiller. Il gisait en chien de fusil sous une voûte basse, regardant la

50

façade d'une bâtisse inconnue au-dessus de laquelle couraient d'insignifiants petits nuages rosés par le soleil. Enfin, ses muscles abdominaux vinrent à bout de la nausée qui lui avait fait perdre la notion des choses. Il se souleva, rampa comme il put, alla s'affaler sur le marchepied de la voiture, sa tête heurtant la portière. Le coup le fit revenir complètement à lui. Il ouvrit la portière, faillit s'étaler par terre, se roidit, se mit à courir vers la gare en titubant. Il tomba. A quatre pattes, il regarda avec incrédulité et désespoir la voie de garage déserte et le ciel plein de soleil au-dessus de lui. Il se remit debout et reprit sa course avec son smoking tout souillé, son faux col arraché et ses cheveux en broussaille. « Quelle cuite ! » se dit-il avec une sorte de rage. « Quelle cuite ! »

Sur le quai, à part un nègre qui balayait, personne. « Bon Dieu, des Blancs », s'écria le nègre.

« Le train ? demanda Gowan. Le spécial ? Celui qui était sur cette voie ?

— L'est parti y'a pas cinq minutes. » Le balai en suspens, il regarda Gowan faire demi-tour, revenir en courant à la voiture et s'y affaler.

Le bocal gisait sur le tapis. Il l'écarta d'un coup de pied et mit le moteur en marche. Il éprouvait le besoin de se sentir quelque chose dans l'estomac, mais le temps faisait défaut. Il jeta un coup d'œil sur le bocal. Ses boyaux se tordaient impitoyablement ; il empoigna le bocal et but goulûment, manqua s'étouffer, se fourra une cigarette dans la bouche pour atténuer la réaction. Presque aussitôt il se sentit mieux...

Il traversa la place à quarante miles à l'heure. Il

était six heures et quart. Il prit la route de Taylor [1] en accélérant la vitesse, sans ralentir, but de nouveau au bocal, arriva à Taylor juste comme le train démarrait, et s'arrêta pile entre deux charrettes au moment où la dernière voiture passait. La porte du couloir s'ouvrit. Temple sauta et courut quelques pas le long de la voiture, tandis qu'un employé se penchait en lui montrant le poing.

Gowan était descendu. Temple fit demi-tour et vint vers lui d'un pas rapide. Puis elle ralentit, s'arrêta, repartit, considérant sa face hagarde, ses cheveux en broussaille, son faux col et sa chemise en lambeaux.

« Tu es ivre, dit-elle. Espèce de porc. Espèce de sale porc.

— Une rude nuit ; t'en d'vines pas la moitié. »

Elle regarda autour d'elle la gare lugubre et jaune, les hommes en combinaison qui l'observaient en mâchant lentement leur chique. Elle regarda le train décroître au loin sur les rails et les quatre bouffées de vapeur déjà presque dissipées lorsque le son du sifflet lui parvint. « Sale cochon, fit-elle. Tu ne peux aller nulle part dans cet état. Tu n'as même pas changé de costume. » Arrivée à la voiture, elle s'arrêta de nouveau. « Qu'est-ce qu'il y a derrière toi ?

— Ma gourde, dit Gowan. Monte. »

La bouche outrageusement écarlate, les yeux attentifs et froids sous son petit chapeau sans bord, une mèche de cheveux roux en accroche-cœur, Temple regardait Gowan. Elle se retourna de nou-

1. Taylor est un tout petit hameau à quelques miles au sud-ouest d'Oxford.

veau vers la gare laide et massive dans la fraîcheur du matin, puis, d'un bond, sauta dans la voiture et replia ses jambes sous elle. « Filons », dit-elle. Gowan mit l'auto en marche et la fit tourner. « Tu ferais mieux de me ramener à Oxford », fit Temple. Elle se détourna pour regarder la gare baignée maintenant dans l'ombre d'un nuage qui courait rapidement tout là-haut. « Tu ferais mieux », répéta-t-elle.

Deux heures, cet après-midi-là. La voiture roulait à belle allure à travers la désolation murmurante des grands pins. Tout à coup, quittant la route, Gowan s'engagea dans un chemin encaissé entre des talus ravinés, qui descendait vers un fond couvert de cyprès et de gommiers. Sous son smoking, il portait une chemise de cotonnade bleue, telle qu'en ont les ouvriers. Ses yeux bouffis étaient injectés de sang, ses joues couvertes d'un poil rude et bleuâtre. En l'observant, roide et rencognée, tandis que la voiture plongeait et rebondissait parmi les ornières défoncées, Temple pensait : Sa barbe a poussé depuis que nous avons quitté Dumfries[1]; c'est la lotion capillaire qu'il a bue. Il a acheté à Dumfries un flacon de lotion capillaire et il l'a bue.

Il la regarda, cherchant ses yeux. « Allons, ne fais pas la tête comme ça. J'en ai pas pour dix minutes à aller chez Goodwin chercher une bouteille. J'en ai pas pour dix minutes. J' t'ai dit que je te ramènerai à Starkville avant le train et je le ferai. Tu ne me crois pas ? »

Elle ne répondit rien. Elle pensait au train pavoisé

1. Il n'existe aucune localité de ce nom dans l'État du Mississippi.

53

d'oriflammes et qui était déjà à Starkville ; aux tribunes bariolées ; à l'orchestre avec le gouffre étincelant du tuba ; au carré de verdure parsemé de joueurs accroupis poussant des cris brefs et glapissants comme des oiseaux de marais dérangés par un alligator, qui, incertains d'où vient le danger, immobiles, prêts à s'envoler, s'encouragent l'un l'autre avec de brusques appels, absurdes, plaintifs, circonspects, éperdus.

« Faut pas m' la faire, avec ton air de Sainte-Nitouche. Te figure pas que j'ai passé pour rien la nuit avec quelques-uns de tes gigolos pommadés. Te figure pas que c'est seulement parce que j'ai bon cœur que je leur ai rempli la panse avec ma gnôle. Mademoiselle fait la sucrée et se figure qu'elle peut batifoler toute la semaine avec le premier bouseux fringué au décrochez-moi ça, pourvu qu'il possède une Ford, et que le samedi je n'y vois que du bleu, n'est-ce pas ? Tu t'imagines que je n'ai pas vu ton nom, là où il est écrit, sur le mur des chiottes ? Ça t'épate ? »

Elle ne répondit pas. Elle restait roide et crispée pendant que la voiture lancée trop rapidement embardait d'un bord à l'autre du chemin. Gowan, sans essayer de redresser la direction, la regardait toujours.

« Nom de Dieu, je voudrais bien voir la femme qui pourrait... » Le chemin s'aplanissait dans le sable, complètement recouvert, complètement muré par une jungle de ronces et de broussailles. La voiture embardait de droite et de gauche dans les ornières molles.

Elle aperçut l'arbre qui obstruait le passage, mais elle se contenta de se cramponner plus solidement.

C'était, lui semblait-il, le dénouement logique et désastreux de la série d'événements dans laquelle elle s'était trouvée engagée. Elle demeurait assise, raidie, calme, attentive, tandis que Gowan, qui, vraisemblablement regardait droit devant lui, entrait dans l'arbre à vingt miles à l'heure. La voiture buta, rebondit en arrière, fonça de nouveau sur l'arbre et se renversa sur le côté.

Elle se sentit projetée en l'air, emportant avec elle une sourde douleur à l'épaule et la vision de deux hommes en observation à la lisière des ronces, sur le bord du chemin. Elle parvint à se remettre sur ses pieds, et, en tournant la tête, elle les vit déboucher dans le chemin, l'un en complet noir étriqué et en chapeau de paille, fumant une cigarette, l'autre tête nue, en salopette, porteur d'un fusil de chasse, le visage barbu, bouche bée d'étonnement. Elle se mit à courir. Ses os lui semblaient se liquéfier ; toujours courant elle s'abattit de tout son long, la face contre terre.

L'élan la fit tournoyer sur elle-même et elle se retrouva assise, à bout de souffle, les lèvres ouvertes, en une lamentation muette. L'homme en salopette, la bouche béante d'un niais ébahissement dans sa barbe soyeuse et courte, la regardait toujours. L'autre, son veston étriqué lui remontant dans le dos, était penché sur la voiture culbutée. Le moteur s'arrêta. En l'air, la roue avant continua de tourner à vide en ralentissant progressivement.

V

L'homme en salopette était pieds nus. Il marchait devant Temple et Gowan, balançant à bout de bras son fusil de chasse. Ses pieds larges et plats semblaient glisser sans effort sur le sable où Temple enfonçait à chaque pas jusqu'à la cheville. De temps en temps, il regardait par-dessus son épaule la figure ensanglantée et ses vêtements maculés de Gowan et Temple luttant et vacillant sur ses hauts talons.

« C'est point commode de marcher, dit-il. Si la dame elle enlevait ses souliers, ça irait ben mieux.

— Et comment ! » dit Temple. Elle s'arrêta, et, appuyée sur Gowan, se tenant sur un pied, puis sur l'autre, elle retira ses escarpins. L'homme la regardait faire, louchant sur les souliers.

« J' s'rais point foutu d' couler deux d' mes doigts dans un de ces trucs-là, dit-il. J' peux-t-y les voir ? » Elle lui en donna un. Il le retourna dans sa main avec précaution. « Cré nom ! » fit-il. Il fixa de nouveau sur Temple son regard pâle et vide. Sa tignasse nature, semblable à un pailler, décolorée au sommet, s'assombrissant en boucles crasseuses autour des oreilles et dans le cou. « Y a pas à dire, c'est un beau brin de fille, déclara-t-il, avec ses jambes fines.

Combien qu'elle pèse ? » Temple tendit la main. D'un geste lent, il rendit le soulier, l'œil fixé sur le ventre et les reins de Temple. « Ça n'a point encore pondu, pas vrai ?

— Allons, dit Gowan, venez, ne nous attardons pas. Il faut que nous trouvions une voiture pour nous mener à Jefferson ce soir. »

Le sable disparut. Temple s'assit et remit ses escarpins. Elle surprit le regard de l'homme sur sa cuisse relevée, et, rabattant vivement sa jupe, elle se leva d'un bond. « Eh bien, dit-elle, en route. Vous ne connaissez pas le chemin ? »

La maison surgit au-dessus du boqueteau de cyprès. Entre les troncs noirs, on apercevait, plus loin, un verger de pommiers illuminé par cet après-midi ensoleillé. Elle occupait le centre d'une cour d'herbe pelée entourée de communs abandonnés et de bâtiments croulants. Nulle part la moindre trace d'entretien. Pas de charrue, pas d'outils, et, de quelque côté qu'on se tournât, aucun vestige de culture. Rien qu'une ruine lugubre, délabrée par les éléments, au milieu d'un bouquet d'arbres sombres à travers lesquels le vent passait avec un murmure désolé. Temple s'arrêta.

« Je n'irai pas plus loin, déclara-t-elle. Vous, allez devant, et tâchez de nous trouver une voiture, ordonna-t-elle à l'homme. Nous attendrons ici.

— Il a dit qu' fallait qu' vous veniez tous à la maison, dit l'homme.

— Qui cela, *il* ? demanda Temple. Est-ce que ce type en noir se figure qu'il va pouvoir me dicter ce que j'ai à faire ?

— Viens donc, dit Gowan. Allons voir Goodwin

et chercher une voiture. Il commence à être tard. Mrs. Goodwin est là, n'est-ce pas?

— Ben sûr, elle doit y être, répondit l'homme.

— Allons », fit Gowan. Et ils se dirigèrent vers la maison. L'homme gravit la galerie et déposa son fusil de chasse derrière la porte.

« Elle est quèque part par-là », dit-il. De nouveau, il regarda Temple. « Ça n'est point une raison pour que vot' femme elle se fasse de la bile, ajouta-t-il. Lee va sûrement vous ramener en ville. »

Temple tourna les yeux vers lui. Ils se considérèrent mutuellement avec la gravité de deux enfants ou de deux chiens. « Comment vous appelez-vous? » demanda Temple. « J' m'appelle Tawmmy, dit-il. C'est pas la peine de vous faire de la bile, allez. »

Le corridor béait à travers la maison. Temple entra.

« Où vas-tu? demanda Gowan. Pourquoi n'attends-tu pas dehors? » Sans répondre, elle continua d'avancer. Derrière elle, elle pouvait entendre la voix de Gowan et celle de l'homme. Au bout du corridor, la galerie de derrière était baignée de lumière, et un rais de soleil s'enchâssait dans la porte. Au-delà, Temple aperçut une pente envahie de broussailles et une vaste grange défoncée, béant placidement dans la désolation ensoleillée. A droite de la porte, on voyait le coin d'un bâtiment isolé ou d'une aile de la maison. Pas un bruit, sauf les voix qui parvenaient du devant de la demeure.

Lentement, elle avança, puis s'arrêta soudain. Sur la carré de soleil qu'encadrait la porte s'étendait l'ombre d'une tête humaine. Temple esquissa un mouvement de retraite. Mais l'ombre n'avait pas de chapeau. La jeune fille se retourna et, sur la pointe des pieds, alla jusqu'à la porte et regarda autour d'elle. Un homme était là, assis au soleil dans une chaise défoncée, ne présentant à Temple qu'une nuque chauve frangée de cheveux blancs, ses mains croisées sur un bâton noueux. Elle s'avança sur la galerie.

« Bonjour », dit-elle. L'homme ne bougea pas. Elle avança encore, jetant par-dessus son épaule un regard rapide, car elle avait cru voir un filet de fumée filtrer sous la porte de la pièce située au coin de l'L formé par la galerie, mais il avait disparu. Devant cette porte, à une corde tendue entre deux poteaux, pendaient trois draps carrés, humides, flasques, comme d'une récente lessive, et une combinaison de femme, en soie rose passée. On l'avait lavée si souvent que la dentelle, réduite en charpie, n'avait plus l'air que d'être la frange même de l'étoffe dépenaillée. On l'avait rapiécée soigneusement à l'aide d'un morceau de calicot blanc. Temple, de nouveau, regarda le vieillard.

Pendant un instant, elle crut qu'il avait les yeux clos, puis elle douta même qu'il eût des yeux et que ce fussent ces deux espèces de billes d'un jaune sale, immobiles entre les paupières. « Gowan », murmura-t-elle. « Gowan », appela-t-elle d'une voix angoissée. Puis elle rebroussa chemin, se mit à courir, en retournant la tête, car, juste à ce moment, derrière la porte par où elle avait cru voir sortir de la fumée, une voix parla :

« Il ne peut pas vous entendre. Qu'est-ce que vous voulez ? »

Elle pirouetta de nouveau, sans ralentir, les yeux toujours fixés sur le vieillard, puis, sautant de la galerie, elle alla s'enfoncer des mains et des genoux dans un tas de cendres, de boîtes de conserve et d'os blanchis. A ce moment, elle aperçut Popeye qui, de l'angle de la maison, la considérait, les mains dans les poches, sa cigarette plantée de biais et lui envoyant des volutes de fumée à travers la figure. Alors, reprenant sa course, Temple se rua vers la galerie et s'engouffra dans la cuisine où une femme était assise, près de la table, tenant entre ses doigts une cigarette allumée, les yeux fixés sur la porte.

VI

Popeye, continuant son chemin, fit le tour de la maison. Gowan était appuyé à la balustrade de la galerie, palpant avec précaution son nez sanguinolent. Contre le mur, accroupi sur ses talons, se tenait l'homme aux pieds nus

« Bon Dieu de bon Dieu, fit Popeye, tu peux donc pas l'emmener pour le nettoyer un peu ? Ça t' plaît qu'y reste toute la journée à traîner ici avec sa gueule de cochon égorgé ? » Il lança sa cigarette dans les herbes, s'assit sur la dernière marche en haut de l'escalier, et se mit en devoir de gratter ses chaussures crottées avec un canif à manche platiné suspendu à sa chaîne de montre.

L'homme aux pieds nus se leva.

« Vous avez dit quelque chose sur… ? dit Gowan.

— Psst ! » fit l'autre, indiquant à Gowan d'un clin d'œil et d'un geste de tête le dos de Popeye.

« Et puis tu redescendras sur la route, dit Popeye. T'entends ?

— J' croyais qu' vous aviez l'idée d'aller jeter un coup d'œil par là-bas, répondit l'homme.

— T'as pas à croire », dit Popeye en grattant le revers de son pantalon. « Tu t'en es bien passé

63

pendant quarante ans. T'as qu'à faire c' que j' te dis. »

Gowan et l'homme suivirent la galerie. En arrivant derrière la maison, l'homme aux pieds nus parla. « Y n' peut souffrir personne, dit-il. Comme drôle de mec, c'lui-là ! Du diable si n' s'rait pas mieux dans un cirque... Y peut pas sentir que quelqu'un boive ici, excepté Lee. Lui y' n' boit pas une goutte. C'est tout juste s'y m' laisse prendre une petite lampée, et ça le fout dans une de ces rognes !

— Il a dit que vous avez quarante ans ? interrogea Gowan.

— Pas tant que ça, répondit l'homme.

— Combien avez-vous alors ? Trente ans ?

— J'en sais rien. C'est toujours pas autant qu'y dit. » Le vieux était toujours assis sur sa chaise, au soleil. « C'est le grand-père », dit l'homme. L'ombre bleue des cyprès avait atteint les pieds du vieillard. Elle parvenait presque au niveau de ses genoux. Sa main glissa en tâtonnant le long de ses genoux, s'enfonça dans l'ombre, s'immobilisa, plongée dans l'ombre jusqu'au poignet. Puis il se leva, empoigna la chaise, et, tapotant devant lui avec son bâton, il se dirigea, d'un pas hâtif et traînant, droit sur Gowan et l'homme, qui n'eurent que le temps de se ranger. Il traîna la chaise en plein soleil, puis se rassit, la figure levée dans la lumière, les mains croisées sur la poignée du bâton. « C'est le grand-père, répéta l'homme. L'est sourd et aveugle à la fois. Du diable, si ça m' plairait d'être dans un état où que j' pourrais rien dire et même point savoir c' que j' mange. »

Sur une planche fixée entre deux poteaux reposait un seau galvanisé, une bassine étamée et une assiette fêlée contenant un pain de savon noir. « Très peu pour l'eau, fit Gowan. Eh bien, et c' coup de gnôle ?

— M'est avis qu' vous n'en avez déjà qu' trop bu. Que j' soye foutu si vous n'avez pas m'né c'te voiture carrément en plein dans c't' arbre.

— Allons. Vous en avez bien de cachée quelque part ?

— P't'être bien une goutte dans la grange. Mais faudrait point qu'y nous entende, ou bien il la dénicherait et la foutrait en l'air. » Il revint sur ses pas jeter un coup d'œil dans la salle. Ils descendirent de la galerie et, traversant ce qui avait été jadis le potager, étouffé depuis sous les rejetons de cyprès et de chênes nains, ils se dirigèrent vers la grange. Deux fois l'homme regarda derrière lui. La seconde fois, il dit :

« Y a vot' femme qui cherche quèque chose ».

Temple était debout à la porte de la cuisine. « Gowan », appela-t-elle. « Faites lui signe ou quèque chose, dit l'homme. Si elle ne se tait point y va nous entendre. » Gowan lui fit un signe de la main. Ils poursuivirent et pénétrèrent dans la grange. Près de l'entrée se dressait une échelle grossière. « Vaudrait mieux qu' vous attendiez que j' soye monté, fit l'homme. Elle est quasi vermoulue. Elle nous porterait p't'être point tous les deux.

— Pourquoi ne l'arrangez-vous pas alors ? Est-ce que vous ne vous en servez pas tous les jours ?

— Elle a ben t'nu jusqu'à c't' heure », dit l'autre. Il monta le premier, puis Gowan suivit et se glissa par la trappe dans l'obscurité zébrée de barres dorées par les rayons de soleil qui pénétraient horizontalement par les trous des murs et du toit. « Marchez où que j' marche, dit l'homme. Autre-

65

ment vous mettriez le pied sur une planche qui n'
tient plus, et vous vous trouveriez en bas avant
d'vous en être rendu compte. » Il avança avec
précaution sur le plancher, et alla dénicher une
cruche de terre derrière des tas de foin qui pourris-
saient dans un coin. « C'est un endroit où qu'y n'ira
point chercher, dit-il. Il aurait la trouille d'abîmer
ses mains de fille. »

Ils burent. « J' vous ai déjà vu par ici, dit
l'homme ; mais j' peux point m' rappeler vot' nom.

— Je m'appelle Stevens. Ça fait trois ans que
j'achète de la gnôle à Lee. Quand est-ce qu'il va
rentrer ? Il faut que nous allions jusqu'à la ville.

— Y ne va pas tarder. J' vous r'connais ben. Y a
un aut' gars de Jefferson qu'était là y a trois ou
quatre soirs. J' peux pus m' rappeler son nom à çui-
là non plus. Pour sûr qu'y savait causer. Y n'a fait
que d' raconter qu'il v'nait d' plaquer sa femme.
Encore un coup ? » fit-il. Puis il se tut, s'accroupit
tout doucement, la cruche dans sa main levée, la tête
penchée pour écouter. Au bout d'un instant, une
voix héla d'en bas, dans l'aire :

« Jack. »

L'homme regarda Gowan. Sa mâchoire béait avec
une expression de stupide jubilation, découvrant les
quelques dents qui lui restaient, noires et pourries,
au milieu de sa barbe cotonneuse couleur d'or sale.

« Hé, Jack. T' es là-haut ? reprit la voix.

— V' l'entendez ? » chuchota l'homme, secoué
d'une joie silencieuse. « Y m'appelle Jack et j' me
nomme Tawmmy.

— Allons, viens, fit la voix, je sais qu' tu es là.

— J' crois qu'on f'rait mieux de descendre, souffla Tommy. Y nous foutrait une balle à travers le plancher comme rien du tout.

— Nom de Dieu ! fit Gowan. Pourquoi ne m'avez-vous pas ?... Voilà ! cria-t-il. On vient ! »

Popeye se tenait sur la porte, les pouces aux entournures de son gilet. Le soleil était déjà couché. Lorsqu'ils descendirent et apparurent à l'entrée de la grange, Temple descendait elle-même de la galerie située derrière la maison. Elle s'arrêta, les regarda, puis dégringola le monticule et se mit à courir.

« J' t'avais pas dit de redescendre sur la route ? interrogea Popeye.

— Lui et moi on n'est là que depuis une minute, dit Tommy.

— Est-ce que j' t'avais dit de descendre sur cette route, oui ou non ?

— Voui, répondit Tommy. Tu m' l'as dit. » Popeye tourna les talons sans même accorder un regard à Gowan. Tommy le suivit, le dos encore secoué d'une joie secrète. A mi-chemin de la maison, Temple rencontra Popeye. Sans cesser de courir, elle eut l'air de s'arrêter. Le pan de son manteau qui battait derrière elle n'eut pas le temps de la rattraper ; toutefois, pendant une fraction de seconde, elle regarda Popeye en face avec un sourire aguichant et crispé, qui découvrit ses dents. Il continua son chemin sans arrêter le délicat balancement de son dos étriqué. Temple se remit à courir. Elle passa devant Tommy et saisit Gowan par le bras.

« Gowan, j'ai peur ! Elle a dit qu'il ne fallait pas que je... Tu as encore bu. Tu n'as même pas lavé ton sang... Elle a dit qu'il fallait qu'on s'en aille. » Ses yeux étaient sombres, sa figure mince et blême dans le crépuscule. Elle regarda du côté de la maison. Popeye venait d'en tourner le coin. « Elle doit faire à pied tout le chemin jusqu'à une source pour chercher de l'eau ; elle... Ils ont le plus mignon des petits bébés dans une caisse derrière le fourneau. Gowan, elle a dit qu'il ne fallait pas que je reste ici une fois la nuit venue. Elle a dit de lui demander. Il a une auto. Elle a dit qu'elle ne pensait pas qu'il...

— Demander à qui ? » fit Gowan. Tommy s'était retourné pour les regarder, puis il poursuivit son chemin.

« A cet homme en noir. Elle a dit qu'elle ne savait pas s'il voudrait mais qu'il consentirait peut-être. Allons. » Ils se dirigèrent vers la maison. Un sentier en faisait le tour et aboutissait sur le devant. La voiture était rangée entre le sentier et la maison, dans les hautes herbes. La main posée sur la portière, Temple se tourna de nouveau vers Gowan. « Ça ne lui prendra pas beaucoup de temps là-dedans. Je connais un jeune homme chez moi qui en a une pareille. Ça fait du 80 miles à l'heure. Pourvu qu'il nous conduise à une ville, cela suffirait, parce qu'elle a demandé si nous étions mariés et il a bien fallu lui répondre que oui. Rien qu'à une gare. Peut-être y en a-t-il de plus près que Jefferson », murmura-t-elle, les yeux fixés sur lui, en caressant de sa main le haut de la portière.

« Ah oui, fit Gowan. Il faut que ce soit moi qui le lui demande ? C'est bien ça ? Vous êtes folles, toutes les deux ! Et tu te figures que ce macaque va marcher ? J'aimerais mieux rester huit jours ici que d'aller où que ce soit avec lui.

— Elle l'a dit. Elle a dit qu'il ne fallait pas que je reste ici.

— Tu es complètement dingue. Allons, viens.

— Tu ne veux pas lui demander ? Tu ne veux pas ?

— Non, attends que Lee soit de retour, je te dis. Il nous trouvera une voiture. »

Ils continuèrent de suivre le sentier. Popeye était appuyé contre un poteau, en train d'allumer une cigarette. Temple escalada en courant les marches branlantes de la galerie. « Dites, fit-elle. Vous ne voudriez pas nous conduire à la ville ? »

Il tourna la tête, la cigarette à la bouche, protégeant l'allumette dans le creux de ses mains. Les lèvres de Temple s'étaient figées en un sourire crispé. Popeye approcha sa cigarette de la flamme. « Non, dit-il.

— Allons, reprit Temple, soyez chic. Ça ne vous prendra qu'un moment avec cette Packard. Qu'est-ce que vous en dites ? On vous paiera. »

Popeye aspira longuement. D'une chiquenaude, il envoya l'allumette dans les herbes. Puis, de sa voix fluette et glaciale : « Veux-tu dire à ta putain de me foutre la paix, Jack. »

Gowan s'ébranla, pesamment, comme un cheval placide et débonnaire sous un coup de fouet inattendu. « Dites donc, vous », dit-il Popeye souffla sa fumée qui fusa vers le sol en deux minces filets. « Je n'aime pas beaucoup ces manières-là, continua Gowan. Savez-vous à qui vous parlez ? » Et il continuait à gesticuler, lourdement, comme s'il ne pouvait ni s'arrêter, ni aboutir. « Je n'aime pas beaucoup ces manières-là. » Popeye tourna la tête et regarda Gowan. Puis il cessa de le regarder et Temple dit soudain :

« Dans quelle rivière est-ce que vous êtes tombé, avec votre complet collant ? Est-ce qu'il faut que vous le rasiez pour le quitter, le soir ? » Et elle se dirigea vers la porte, claquant des talons, avec un regard en arrière, la main de Gowan sur ses reins. Popeye était appuyé contre le poteau, immobile, la tête tournée de profil par-dessus son épaule.

« Est-ce que tu veux ?..., souffla Gowan.

— Petit salaud, va ! cria Temple. Petit salaud » !

Gowan la poussa dans la maison. « Tu tiens donc à ce qu'il te foute une beigne ? dit-il.

— Tu as peur de lui ! brava Temple. Tu as peur !

— Ta gueule ! » dit Gowan. Et il se mit à la secouer. Leurs pieds raclaient le plancher comme s'ils avaient exécuté une danse incohérente. Accrochés l'un à l'autre, ils allèrent se cogner au mur. « Fais donc attention, grogna-t-il, tu vas encore me faire dégueuler toute cette gnôle. » D'un mouvement brusque, elle se dégagea et s'enfuit en courant. Gowan, accoté au mur, la regarda sortir, silhouette indécise, par la porte du fond.

Elle se précipita dans la cuisine. Tout était noir, sauf une fente lumineuse autour de la porte du fourneau. Elle pivota sur elle-même, sortit en courant et aperçut Gowan qui descendait le raidillon et se dirigeait vers la grange. Il va encore boire, pensa-t-elle. Il est encore en train de se saouler. Ça va faire trois fois aujourd'hui. Dans le corridor, l'obscurité devenait de plus en plus dense. Temple demeura sur la pointe du pied, l'oreille tendue. J'ai faim, se disait-elle. Je n'ai pas mangé de toute la journée. Elle pensait au collège, aux fenêtres éclairées, aux couples se dirigeant lentement vers la cloche du dîner. Elle pensait à son père, chez lui, les pieds sur la balustrade de la galerie, en train de regarder un nègre tondre le gazon. Tout doucement, sur la pointe des pieds, elle avança. Dans le coin, derrière la porte, était appuyé le fusil de chasse ; elle se pelotonna dans l'angle à côté de lui et se mit à pleurer.

Tout de suite, elle s'arrêta, retint son souffle. De l'autre côté du mur auquel elle était appuyée quelque chose remuait. Cela traversa la pièce, avec des bruits menus et gauches, précédés d'un tapotement sec. Cela pénétra dans le corridor ; elle poussa un cri, sentit ses poumons vides longtemps après en avoir chassé tout l'air, s'efforçant encore de crier alors qu'elle n'avait plus rien dans sa poitrine, et vit le vieux s'engager dans le couloir d'un trot maladroit, jambes écartées, son bâton dans une main, l'autre sur la hanche, le coude en angle aigu. Elle passa en courant à côté de cette silhouette confuse et grotesque, dressée au bord de la galerie, rentra précipitamment dans la cuisine et se rua dans le coin derrière le fourneau. Accroupie, elle attira la caisse, la poussa devant elle. Ses mains touchèrent le visage de l'enfant, puis elle jeta ses bras autour de la caisse, l'étreignit, le regard fixé, au-delà, sur la pâle lumière de la porte, et elle s'efforça de prier. Mais elle ne put retrouver dans sa pensée un seul nom à donner au père céleste, et se mit à répéter à plusieurs reprises : « Mon père est juge ; mon père est juge », jusqu'à ce que Goodwin pénétrât sans bruit dans la pièce. Il frotta une allumette, la tint en l'air, et regarda Temple affalée sur la caisse, jusqu'à ce que la flamme lui brûlât les doigts.

« Hé ! », fit-il. Elle l'entendit faire deux pas rapides et légers, puis de la main il lui toucha la joue et la souleva, l'enleva de derrière la caisse par la peau du cou, comme un petit chat. « Qu'est-ce que vous fichez chez moi ? » fit-il.

VII

De quelque part hors de la pièce éclairée par la lampe lui parvenaient les voix : un mot, de temps en temps un rire ; celui d'un homme enclin à tourner en dérision jeunesse ou vieillesse, rire amer, sarcastique, dont l'éclat mordant dominait le crachotement de la viande en train de frire sur le fourneau devant lequel se tenait la femme. A un moment elle entendit deux d'entre eux traverser le vestibule avec leurs gros souliers, puis, un instant après, le flac de la puisette dans le seau galvanisé, et l'homme qui avait ri proférer un juron. Serrant contre elle les pans de son manteau, elle s'approcha de la porte, regarda avec l'immense et timide curiosité d'un enfant, et vit Gowan avec un autre homme en culotte kaki. Il est encore en train de se saouler, pensa-t-elle. Il s'est saoulé quatre fois depuis que nous avons quitté Taylor.

« C'est votre frère ? dit-elle.

— Qui ? répondit la femme. Mon quoi ? » Elle retourna la viande dans la poêle sifflante.

« Je pensais que votre jeune frère était peut-être ici.

— Bon Dieu », fit la femme en retournant la

viande avec une fourchette en fil de fer. « J'espère bien que non.

— Où est votre frère ? poursuivit Temple. Moi j'ai quatre frères. Il y en a deux qui sont avocats et un qui est journaliste. L'autre est encore étudiant à Yale. Mon père est juge. Le juge Drake, de Jackson [1]. » Et elle vit en pensée son père assis sur la véranda, en complet de toile, un éventail en feuille de palmier à la main, regardant le nègre tondre la pelouse.

La femme ouvrit la porte du four et regarda à l'intérieur. « Personne ne vous avait priée de venir ici. Je ne vous ai pas demandé de rester. Je vous ai dit de vous en aller pendant qu'il faisait jour.

— Comment aurais-je pu ? Je lui ai demandé. Gowan ne voulait pas ; c'est moi qui ai dû lui demander. »

La femme ferma le four, se retourna à contre-jour et regarda Temple. « Comment vous auriez pu ? Savez-vous comme je fais, moi, pour avoir de l'eau ? Je vais la chercher à pied. Un mile. Six fois par jour. Calculez. Et c'est pas parce que je suis quelque part où j'ai peur de rester. » Elle alla à la table, y prit un paquet de cigarettes, en fit sortir une en le secouant.

« Puis-je en prendre une ? » demanda Temple. La femme jeta le paquet sur la table. Elle saisit la lampe sur la cheminée et alluma sa cigarette à la mèche. Temple prit le paquet et resta immobile, écoutant Gowan rentrer avec l'autre homme dans la maison. « Il y a tellement d'hommes ici... », dit-elle d'un ton pleurard en regardant la cigarette s'écraser lentement entre ses doigts. « Mais peut-être puisqu'il y en

1. Jackson est la capitale de l'État du Mississippi.

74

a tellement... » La femme était revenue au fourneau et retournait de nouveau la viande. « Gowan n'a pas cessé de boire. Cela fait trois fois qu'il s'est saoulé aujourd'hui. Il était déjà saoul quand je suis descendue du train à Taylor, et je suis en danger d'être renvoyée du collège, et je lui avais prédit ce qui arriverait et j'ai essayé de lui faire jeter le bocal, et lorsque nous nous sommes arrêtés à cette petite boutique de village, pour acheter une chemise, il s'est encore saoulé. Comme nous n'avions rien mangé, nous nous sommes arrêtés à Dumfries, et il est entré dans un restaurant, mais j'étais trop inquiète pour manger et je ne pouvais plus le retrouver ; et, alors il est arrivé par une autre rue et j'ai senti la bouteille dans sa poche avant même qu'il me donne un coup sur la main pour me la faire lâcher. Il répétait toujours que j'avais son briquet, et alors, quand il l'a perdu et que je lui ai dit que c'était lui qui l'avait, il a juré qu'il n'en avait jamais eu de sa vie. »

La viande sifflait et crépitait dans la poêle. « Il a pris trois cuites l'une après l'autre, poursuivit Temple. Trois cuites de suite le même jour. Buddy — c'est Hubert, mon plus jeune frère — a dit que si jamais il me prenait avec un type saoul, il me foutrait une dégelée à tout casser. Et maintenant, me voilà avec un type qui se saoule trois fois dans la même journée. » La hanche appuyée à la table, écrasant entre ses doigts sa cigarette, elle éclata de rire. « Vous ne trouvez pas ça drôle ? » fit-elle. Son rire s'arrêta soudain, elle retint son souffle ; elle pouvait entendre le léger grésillement de la lampe, le bruit de la friture dans la poêle, le sifflement de la bouilloire sur le fourneau, et les voix, des voix d'hommes, des syllabes dures, brusques, dépourvues de sens, qui lui parvenaient de la maison. « Et alors, il faut que tous les soirs vous fassiez la cuisine pour eux tous ? Tous ces hommes qui mangent ici, une pleine maison le soir, dans le noir... » Elle laissa tomber la cigarette écrasée. « Puis-je prendre le bébé ? Je sais comment faire ; je, le tiendrai bien. » Elle courut à la caisse, se baissa et souleva l'enfant endormi. Il ouvrit les yeux, se mit à pleurnicher. « Allons, allons, c'est Temple qui te tient. » Elle le berça, le tenant haut et maladroitement entre ses bras grêles. « Écoutez, dit-elle en regardant le dos de la femme, voulez-vous lui demander ? à votre mari, j'entends. Il peut se procurer une voiture et m'emmener quelque part. Voulez-vous ? voulez-vous lui demander ? » L'enfant avait cessé de geindre. Ses paupières couleur de plomb découvraient une mince ligne du blanc de l'œil. « Je n'ai pas peur, dit Temple. Des choses comme ça, ça n'arrive jamais, n'est-ce pas ? Ils sont comme tout le monde. Vous êtes exactement comme tout le monde. Avec un petit enfant. Et puis, mon père, est ju-uge. Le gou-ouverneur vient manger chez nous... Quel joli petit b-bébé », pleurnicha-t-elle en soulevant l'enfant à hauteur de son visage ; « si des méçants veulent faire du mal à Temple, nous le dirons aux soldats du gouverneur, n'est-ce pas ?

— Comme tout le monde ? » demanda la femme en retournant la viande. « Est-ce que vous vous figurez que Lee n'a rien de mieux à faire que de courir après toutes celles de votre acabit, espèce de petite... » Elle ouvrit la porte du foyer, y jeta sa cigarette et la referma d'un coup. Tout en cajolant le bébé, Temple avait repoussé son chapeau en arrière, et il penchait instable et canaille, au-dessus de ses boucles emmêlées.

« Pourquoi êtes-vous venue ici ?

— C'est la faute de Gowan. Je l'ai pourtant supplié. Nous avions déjà manqué le match de base-ball, mais je l'ai supplié de me conduire seulement à Starkville avant que le train spécial en soit reparti. On n'aurait pas su que je n'étais pas dedans, parce que ceux qui m'avaient vue en descendre n'auraient rien dit. Mais il n'a pas voulu. Il a dit qu'on ne s'arrêterait ici qu'une minute pour reprendre du whisky et il était déjà saoul à ce moment-là. Il s'était encore saoulé depuis que nous étions partis de Taylor. Je lui ai dit que j'étais sur le point d'être renvoyée et que papa en mourrait, tout simplement. Mais il n'a rien voulu savoir. Il s'est encore saoulé alors que je le suppliais de me conduire à une ville, n'importe où, et de me laisser partir.

— Renvoyée ? demanda la femme.

— Oui, du collège. Pour avoir découché. En effet, seuls les jeunes gens de la ville ont le droit d'avoir des autos ; alors, quand vous avez un rendez-vous avec un garçon de la ville le vendredi, le samedi ou le dimanche, ceux du collège sont obligés de se brosser parce qu'eux n'ont pas le droit d'avoir des voitures. Aussi, il a fallu que je file en douce, et une fille qui me déteste m'a mouchardée au doyen, parce que j'avais un rendez-vous avec un type pour qui elle a le béguin et qui après le premier rancart l'a laissée tomber. Il a bien fallu.

— Si vous n'aviez pas filé, vous ne seriez pas allée vous balader en voiture, dit la femme. N'est-ce pas ? Et maintenant que vous avez filé une fois de trop, vous pleurnichez.

77

— Gowan n'est pas un garçon de la ville. Il est de Jefferson. Il est étudiant en Virginie. Il n'a fait que raconter qu'on lui avait appris à boire en gentleman. Je l'ai supplié de me laisser descendre n'importe où et de me prêter de quoi prendre mon billet, car je n'avais sur moi que deux dollars, mais il...

— Oh ! je vous connais, vous autres, fit la femme. Des filles honnêtes. Trop supérieures pour frayer avec les gens du commun. Vous voulez bien aller courir la nuit avec des gamins, mais qu'un homme se présente... » Elle remua la viande dans la poêle. « Vous voulez bien tout prendre, mais ne rien donner. Moi, je suis une fille convenable. Je ne fais pas ces choses-là, vous voulez bien défiler avec des gamins, leur faire brûler leur essence et vous faire payer à dîner, mais qu'un homme vous reluque seulement et vous vous trouvez mal sous prétexte que ça ne plairait sans doute pas à votre juge de père et à vos quatre frères. Et s'il vous arrive un pépin, auprès de qui venez-vous chialer ? Nous, qui ne sommes même pas bonnes à lacer les souliers du juge tout-puissant. » Par-dessus l'enfant, le visage comme un petit masque pâle sous le chapeau en équilibre, Temple regardait fixement le dos de la femme.

« Mon frère avait bien dit qu'il tuerait Frank, continua la femme. Il m'avait dit qu'il me flanquerait une raclée s'il me trouvait avec lui. Il avait dit qu'il tuerait ce sacré fils de garce dans son cabriolet jaune, mais mon père a engueulé mon frère en disant qu'il était encore capable d'être le maître chez lui. Il m'a ramenée à la maison, m'y a enfermée et est descendu au pont attendre Frank. Mais je n'étais pas trouillarde. Je me suis laissée glisser par la gouttière, je suis allée au-devant de Frank et je l'ai prévenu. Je l'ai supplié de s'en aller, mais il a dit qu'on partirait tous les deux. Quand nous sommes revenus dans le cabriolet, je savais qu'on ne se reverrait plus jamais. Je le savais et je l'ai supplié de partir, mais il a dit qu'il me ramènerait à la maison pour prendre ma valise et dire un mot à mon père. Il n'avait pas la trouille, lui non plus. Mon père était assis à la porte. Il a dit : « Descends de ce cabriolet. » Et je suis descendue et j'ai supplié Frank de ne pas s'arrêter, mais il est descendu également et nous avons pris l'allée. Alors mon père a été chercher son fusil qui était derrière la porte. Je marchais devant Frank et mon père a dit : « T'en veux, toi aussi ? » J'ai essayé de rester par-devant, mais Frank m'a poussée derrière lui et m'y a maintenue. Alors mon père lui a tiré dessus en me criant : « Descends de là, putain, et bouffe ton fumier ! »

Temple tenait toujours, haut entre ses bras grêles, l'enfant endormi. « On m'a appelée comme ça, moi aussi », murmura-t-elle, le regard fixé sur le dos de la femme.

« Mais vous autres, les filles convenables : toutes des petites garces. Vous ne donnez rien. Mais quand vous êtes prises... Savez-vous maintenant où vous vous êtes fourrée ? » dit-elle en lançant un coup d'œil par-dessus son épaule, la fourchette toujours à la main. » Est-ce que vous vous figurez que c'est des gamins que vous trouvez ici, maintenant ? Des gamins qui se demandent si ça vous chante ou non ? Que j' vous dise chez qui vous êtes venue sans crier gare. Qui est-ce qui va tout plaquer pour vous ramener là d'où vous n'auriez jamais dû partir ? Quand il était soldat aux Philippines, il a tué un copain pour une de ces négresses de là-bas, et on l'a envoyé à Leavenworth [1]. Puis, la guerre est venue, et on l'a relâché pour l'expédier au front. Il a gagné deux médailles, et, quand elle a été finie, on l'a refourré à Leavenworth jusqu'à ce que l'avocat ait pu le faire sortir, grâce à un député. Alors, j'ai pu enfin plaquer le turbin.

— Le turbin ? » murmura Temple, et, tout en tenant l'enfant, elle ressemblait elle-même, dans son minimum de robe avec son chapeau en arrière, à un enfant étiré et tout en jambes.

« Oui, pauvre connasse ! fit la femme. Comment crois-tu donc que j'ai pu payer l'avocat ? Et penses-tu que ces hommes-là vont s'inquiéter tant que ça... » ; la fourchette toujours à la main, elle s'approcha, et, avec un claquement de doigts à la fois doux et méchant sous le nez de Temple, « ... de ce qui vous arrive. Et toi, petite saloperie, gueule de Sainte Nitouche, est-ce que tu crois pouvoir venir dans une pièce où il y a un homme sans qu'il... » Sous le corsage passé, sa poitrine se soulevait, pleine et profonde. Les mains sur les hanches, elle regarda Temple, et ses yeux glacés lançaient des éclairs. « Un homme ? T'en as jamais vu de vrai. Tu ne sais pas ce que c'est quand un homme, un vrai, vous veut. Et heureusement pour toi que ça ne t'est jamais arrivé et que ça ne t'arrivera jamais, car tu verrais alors au juste ce que vaut ta petite gueule de mie de pain et tout le reste auquel tu te figures tenir tellement alors que t'as tout simplement la frousse. Et s'il est assez homme pour te traiter de putain, tu

1. Le plus grand et le pire des pénitenciers militaires américains, dans l'État du Kansas.

diras : « oui, oui », et tu te traîneras à poil dans la boue et le fumier pour qu'il te le redise... Donnez-moi ce gosse. » Temple tendit l'enfant. Elle regardait la femme avec hébétement et sa bouche remuait comme si elle eût dit « oui, oui, oui ». La femme lança sa fourchette sur la table. « Lâchez-le », ordonna-t-elle en enlevant l'enfant. Il ouvrit les yeux et se mit à pleurer. La femme attira une chaise et s'assit, l'enfant sur ses genoux. « Voulez-vous me passer une de ces couches, sur cette corde là-bas ? » dit-elle. Temple restait debout, ses lèvres remuant toujours. « Vous avez la frousse d'aller dehors, hein ? » fit la femme. Elle se leva.

« Non, dit Temple. Je vais...

— J'y vais, moi. » Les brodequins délacés se traînèrent à travers la cuisine. Elle revint, attira une autre chaise auprès du fourneau, étendit dessus les deux draps qui restaient ainsi que la combinaison, se rassit et allongea l'enfant sur ses genoux. Il hurla. « Chut, fit-elle, allons, tais-toi. » Son visage, dans la lumière de la lampe, revêtait une maternelle sérénité. Elle changea l'enfant et le recoucha dans la caisse. Puis elle alla chercher un plat dans un placard fermé par un rideau fait d'un sac d'emballage ouvert en deux, ramassa la fourchette et revint se planter devant Temple qu'elle dévisagea de nouveau.

« Écoutez un peu. Si je vous trouve une voiture, allez-vous filer d'ici ? » dit-elle. Temple la regarda fixement, remuant les lèvres comme si elle voulait se rendre compte du goût des mots. « Voudrez-vous sortir par la porte de derrière, monter dans la bagnole, ficher le camp n'importe où et ne jamais remettre les pieds ici ?

— Oui, murmura Temple, n'importe où ; je ferai tout ce que vous voudrez. »

Sans paraître mouvoir si peu que ce fût ses yeux froids, la femme inspecta Temple du haut en bas. Temple sentit tous ses muscles se recroqueviller, comme un sarment de vigne vierge coupé au soleil de midi. « Pauvre petite imbécile qui n'a rien dans le ventre », dit la femme de sa voix basse et glaciale. « Tu veux jouer à ce petit jeu !

— Ce n'est pas vrai. Ce n'est pas vrai.

— Tu vas avoir de quoi leur raconter aux autres maintenant, quand tu seras rentrée, hein ? » Face à face, leurs voix étaient comme des ombres sur deux murs nus et proches. « Tu veux jouer à ce petit jeu !

— Je ferai tout ce que vous voulez. Mais que je m'en aille. N'importe où.

— C'est pas de Lee que j'ai peur. Penses-tu qu'il va faire le toutou avec toutes les petites chiennes en chaleur qui se présentent ? C'est de toi.

— Oui. J'irai n'importe où.

— J' connais les filles de ton espèce. J' les ai vues. Elles courent toutes, mais pas trop vite. Pas si vite que vous n' puissiez reconnaître un vrai homme quand vous en voyez un. Vous figurez-vous posséder le seul qui soit au monde ?

— Gowan, souffla Temple, Gowan.

— J'ai trimé pour cet homme-là, murmura la femme, sans presque remuer les lèvres, de sa voix calme, sans passion, comme si elle débitait un boniment pour mendier son pain. J'ai travaillé en équipe de nuit comme serveuse pour aller l' voir le dimanche à la prison. J'ai vécu pendant deux ans dans une seule pièce, en faisant ma cuisine sur un réchaud à gaz, parce que je lui avais promis. J' lui ai menti et j'ai fait des sous pour le faire sortir de prison, et quand j' lui ai dit comment je les avais gagnés, il m'a rossée. Et maintenant, faut que vous veniez là où on n'a que faire de vous. Personne ne vous a demandé de venir ici. On s'en fout tous que vous ayez la frousse ou pas. La frousse ? Vous n'avez même pas le courage d'avoir peur pour de bon, pas plus que vous n' l'avez de connaître l'amour.

— Je vous paierai, dit Temple tout bas. Tout ce que vous demanderez. Mon père me le donnera. » La femme la contempla, le visage impassible, aussi rigide que tout à l'heure en parlant. « Je vous enverrai des vêtements. J'ai un manteau de fourrure tout neuf. Je ne le porte que depuis Noël. Il est comme neuf. »

La femme se mit à rire. Sa bouche riait, mais sans bruit, sans que son visage bougeât. « Des vêtements ? J'ai eu, dans le temps, trois manteaux de fourrure. J'en ai donné un à une femme dans une impasse près d'un bistrot. Des vêtements ? Bon Dieu ! » Elle se détourna brusquement. « J' vais vous trouver une voiture. Vous allez ficher le camp d'ici et ne jamais y remettre les pieds. Vous m'entendez ?

— Oui », murmura Temple. Immobile, pâle, comme une somnambule, elle regarda la femme mettre la viande dans le plat et verser le jus dessus. Du four, elle sortit une pleine poêlée de petits pains qu'elle mit sur une assiette. « Puis-je vous aider ? » dit Temple timidement. La femme ne répondit rien. Elle prit les deux plats et sortit. Temple s'approcha de la table, prit une cigarette dans le paquet, et demeura à regarder stupidement la lampe. Un côté de verre était tout noir. En travers courait la mince courbe argentée d'une fêlure. La lampe était en fer-blanc, le tour du bec recouvert d'un enduit gras et crasseux. Elle a pourtant allumé sa cigarette à la lampe, pensa Temple, tenant la sienne à la main en regardant d'un œil fixe la flamme inégale. La femme rentra. Elle saisit le coin de sa robe pour enlever du fourneau la cafetière charbonnée.

« Puis-je la prendre ? dit Temple.

— Non. Venez dîner. » Et elle sortit.

Temple resta debout près de la table, la cigarette aux doigts. L'ombre du fourneau tombait sur la caisse où l'enfant était couché. Sur l'amas bou-chonné des draps, on ne pouvait le distinguer que par une série de pâles ombres jouant sur de molles rondeurs. Temple s'approcha, se tint au-dessus de la caisse, regardant de haut la petite figure livide et les paupières bleuies. Un vague murmure d'ombre coiffait la tête de l'enfant, s'étendait, moite, sur son front. Un bras menu sortait, allongeant contre la joue une paume recourbée. Temple se pencha sur la caisse.

« Il va mourir », murmura-t-elle. En se courbant son ombre se dessina très haute sur le mur, son manteau informe, son chapeau grotesquement relevé au-dessus d'une grotesque échappée de che-veux. « Pauvre petit bébé, dit-elle, pauvre petit bébé. » Les voix d'hommes se firent plus fortes. Elle entendit un bruit de pas dans la salle, un grincement de chaises. Le rire de l'homme qui avait ri plus haut que les autres résonna de nouveau. Elle se retourna, s'immobilisa, guettant la porte. La femme entra.

« Venez manger, dit-elle.

— Et la voiture ? fit Temple. Je pourrais m'en aller maintenant pendant qu'ils mangent.

84

— Quelle voiture? répondit la femme. Allez donc manger. Personne ne vous fera de mal.

— Je n'ai pas faim. Je n'ai rien mangé aujourd'hui, mais je n'ai pas faim du tout.

— Allez donc dîner, reprit la femme.

— Je vais attendre et je mangerai avec vous.

— Allez donc dîner. Il faut tout de même que j'en finisse avec tout ça ce soir. »

VIII

Temple sortit de la cuisine et pénétra dans la salle à manger, le visage figé en une expression de conciliante humilité. D'abord complètement aveuglée, son chapeau canaillement repoussé en arrière, au bout d'un moment, elle aperçut Tommy. Elle alla droit à lui, comme si ç'eût été seulement pour le chercher qu'elle était venue. Quelque chose s'interposa, un avant-bras robuste ; elle tenta de l'éviter, regardant toujours Tommy.

« Eh là, fit Gowan de l'autre côté de la table, en se reculant avec un râclement de chaise, viens donc par ici.

— Dégage, vieux frère, dit l'homme qui l'avait arrêtée et qu'elle identifia alors comme celui qui avait ri si souvent, t'es saoul. Viens ici, la môme. » Son solide avant-bras attrapa Temple par la taille. Elle poussa, essaya de passer, souriant à Tommy de son sourire figé. « Remue-toi, Tommy, dit l'homme. T'as donc pas d' manières, eh, gueule d'empeigne. » Tommy s'esclaffa en raclant sa chaise sur le plancher. L'homme saisit Temple par les poignets et l'attira vers lui. En face, Gowan se leva en se retenant à la table. Temple résista, tenta d'ouvrir les doigts de l'homme, tout en souriant toujours à Tommy.

« Finis ça, Van, fit Goodwin.

— Viens ici, sur mes genoux, dit Van.

— Laisse-la, ordonna Goodwin.

— Qui donc qui m'y forcera, répliqua Van. Qui donc est assez grand pour ça ?

— Laisse-la », reprit Goodwin. Alors, elle se trouva libre, et se mit à reculer insensiblement. Derrière elle, la femme qui entrait avec un plat dut s'écarter. Souriant toujours de son sourire douloureux et figé, Temple sortit à reculons de la pièce. Dans le corridor, elle se retourna rapidement, se mit à courir, franchit d'un trait la galerie et continua sa course à travers les broussailles, jusqu'à la route qu'elle atteignit et suivit pendant une cinquantaine de mètres dans les ténèbres. Puis, sans le moindre arrêt, elle fit demi-tour, revint toujours courant vers la maison, bondit sur la galerie et retourna s'accroupir contre la porte au moment même où quelqu'un débouchait du corridor. C'était Tommy.

« Ah, vous v'là », fit-il. Et il lui tendit quelque chose d'un geste maladroit. « Tenez.

— Qu'est-ce que c'est ? murmura-t-elle.

— Quèque chose à croûter. J' parie qu' vous avez pas bouffé d'puis c' matin.

— Non, et même depuis plus que ça ! souffla-t-elle.

— Vous allez manger une p'tite miette et ça ira mieux, continua-t-il en lui tendant une assiette. Asseyez-vous ici et mangez un p'tit morceau, là, où que personne viendra vous faire de misère. Bande de salauds.

Temple pencha dans l'embrasure de la porte,

devant la silhouette indistincte de Tommy, son mince visage que la lumière émanée de la salle à manger faisait paraître d'une pâleur spectrale. « Madame, Madame… appela-t-elle tout bas.

— Elle est à la cuisine. Voulez-vous que je vous y accompagne ? » Dans la salle à manger, une chaise râcla. Une seconde après, Tommy aperçut Temple dans le sentier. Son corps gracile s'immobilisa un instant, comme si elle eût attendu que quelque parcelle attardée d'elle-même vint la rejoindre, puis elle disparut comme une ombre au coin de la maison. Tommy restait planté dans l'embrasure de la porte, son assiette à la main. Il tourna la tête, regarda de l'autre côté du corridor, juste à temps pour la voir filer dans l'obscurité vers la cuisine. « Bande de salauds ! »

Tommy était encore à la même place quand les autres sortirent sur la galerie.

« Il a de quoi manger dans son assiette, dit Van. Mais c'est un morceau de rôti qu'il aimerait s'envoyer.

— M'envoyer quoi ? demanda Tommy.

— Eh, minute ! » fit Gowan.

Van arracha l'assiette de la main de Tommy, et, se tournant vers Gowan : « Ça ne te plaît pas ?

— Non, dit Gowan, pas du tout.

— Qu'est-ce que tu comptes faire, alors ? demanda Van.

— Van, fit Goodwin.

— Est-ce que tu t' crois assez grand pour que ça te plaise pas ? dit Van.

— Moi, je l' suis », fit Goodwin.

Lorsque Van revint à la cuisine, Tommy le suivit.

Il resta à la porte et entendit l'autre à l'intérieur de la pièce.

« Viens faire un tour, mignonne, dit-il.

— Fous-moi le camp d'ici, Van, répondit la femme.

— Viens faire un p'tit tour, continua Van. J' suis un bon gars. Ruby te le dira.

— Fous le camp tout de suite, reprit la femme. Veux-tu que j'appelle Lee ? » Van se détachait sur la lumière, chemise kaki et culotte de cheval, une cigarette derrière l'oreille parmi les mèches ondulées de ses cheveux blonds. En retrait, derrière la chaise sur laquelle la femme était assise près de la table, Temple se tenait debout, la bouche entr'ouverte, les yeux tout noirs.

Quand Tommy revint à la galerie avec la cruche, il dit à Goodwin : « Pourquoi qu' ces gars y n'en finissent pas d'embêter la p'tite ?

— Qui est-ce qui l'embête ?

— Van. Elle en a la trouille. Pourquoi qu'y lui foutent pas la paix ?

— C'est pas ton affaire. T'occupe pas de ça. T'entends ?

— Ces gars-là, y d'vraient cesser de l'embêter », dit Tommy. Il s'accroupit contre le mur. Ils buvaient en se passant la cruche à la ronde, tout en parlant. Il mettait toute son application à les écouter, à écouter Van raconter, avec ravissement, les grossières et stupides histoires de la vie des villes, lâchant de temps à autre un énorme éclat de rire, sans oublier de boire à son tour. C'étaient Van et Gowan qui parlaient. Tommy écoutait. « Ces deux-là, y vont bien finir par se foutre sur la gueule », chuchota-t-il à Goodwin assis sur une chaise à côté de lui. « Tu les entends ? » Ils parlaient très fort. Tout à coup, Goodwin bondit vivement de sa chaise ; ses pieds firent contre le sol un bruit sourd. Tommy aperçut Van debout et Gowan cramponné au dossier de sa chaise essayant de se tenir droit.

« Je n'ai jamais voulu dire…, déclarait Van.

— Alors ne le dis pas », coupa Goodwin.

Gowan bredouilla quelque chose. « Ç' maudit gars, pensa Tommy, l'est même pas foutu d' parler. »

« Ta gueule, toi, fit Goodwin.

— T' penses que j' parle de… » tenta de dire Gowan. Il fit un mouvement, oscilla au-dessus de sa chaise qui se renversa, et s'en alla donner lourdement contre le mur.

« Nom de Dieu, dit Van, je vais…

— … gentleman d' Vi-irginie ; m'en fous… », hoqueta Gowan. Goodwin le repoussa d'un revers de main et agrippa Van. Gowan s'écroula contre le mur.

« Quand je dis assieds-toi, j' blague pas », déclara Goodwin.

Après cela, ils se tinrent tranquilles un moment. Goodwin revint à sa chaise. Ils recommencèrent à parler en se passant la cruche, et Tommy les écoutait. Mais, bientôt, il se remit à penser à Temple. Il sentait ses pieds s'agiter sur le plancher et tout son corps se tordre sous l'empire d'une poignante inquiétude. « Y d'vraient laisser cette gamine tranquille, glissa-t-il à Goodwin. Y d'vraient finir de l'embêter.

— C'est pas tes oignons, dit Goodwin. T'occupe pas de tous ces salauds.

— Y d'vraient point l'embêter comme ça. »

Popeye apparut à la porte. Il alluma une cigarette. Tommy vit sa figure s'illuminer entre ses mains et ses joues aspirer la fumée ; il suivit de l'œil la petite comète de l'allumette lancée dans les hautes herbes. Lui aussi ! se dit-il. V'là qu'y sont deux. Et il sentit cette sourde souffrance au-dedans de lui-même. « Pauv' tite gosse. Du diable si j'ai point envie d' descendre à la grange et d'y rester. Du diable si je le fais point. » Il se leva, sans que ses pieds fissent sur la galerie le moindre bruit. Il descendit sur le sentier et fit le tour de la maison. La fenêtre de ce côté-là était éclairée. « Personne loge jamais là d'dans », dit-il en s'arrêtant. Puis il ajouta : « c'est là qu'elle va coucher ». Il s'approcha de la fenêtre et regarda dans la pièce. Le châssis de la fenêtre à guillotine était fermé. A la place d'un carreau manquant, on avait cloué une feuille de fer-blanc rouillé.

Temple était assise sur le lit, les jambes ramassées sous elle, le buste droit, les mains sur les genoux, son chapeau repoussé sur la nuque. Elle avait l'air d'une toute petite fille, son attitude même, véritable offense aux muscles et aux tissus de ses dix-sept ans passés, semblait plutôt celle d'une enfant de huit à dix ans. Les coudes collés à ses côtés, elle tenait la tête tournée vers la porte, contre laquelle était calée une chaise. Rien dans la chambre, hormis le lit avec son couvre-pieds arlequin tout passé, et la chaise. Les murs avaient jadis été plâtrés, mais l'enduit craquelé et écaillé par plaques laissait voir le lattis et des débris d'étoffe moisis. Au mur étaient accrochés un imperméable et un bidon recouvert de drap kaki.

La tête de Temple bougea, tourna, lentement, comme si elle suivait le passage de quelqu'un de l'autre côté du mur. Elle pivota jusqu'à ce que ce fût atroce, comme la tête d'un de ces jouets de Pâques en carton, remplis de sucreries, et s'immobilisa dans cette position retournée. De nouveau, elle vira lentement, comme si elle suivait la progression d'invisibles pas de l'autre côté du mur, revint à la chaise placée contre la porte, et resta ainsi immobile un instant. Puis la tête redevint droite, face en avant, et Tommy vit Temple extraire du haut de son bas une montre minuscule et y regarder l'heure. La montre à la main, elle releva la tête et regarda droit du côté de Tommy. Ses yeux calmes et vides avaient l'air de deux trous. Un instant après, elle abaissa de nouveau son regard sur la montre, qu'elle remit dans son bas.

Elle se leva du lit, enleva son manteau et demeura immobile, droite comme une flèche, dans sa petite robe sommaire, la tête penchée, les mains jointes devant elle. Elle se rassit sur le lit, les jambes serrées, la tête basse. Elle releva la tête, parcourut la pièce du regard. Tommy pouvait entendre les voix qui venaient de la galerie maintenant obscure. Elles s'élevèrent de nouveau, puis retombèrent en un murmure monotone.

Temple bondit sur ses pieds. Elle dégrafa sa robe. Ses bras tendirent au-dessus d'elle leur arc mince, l'ombre amplifiant grotesquement ses gestes. D'un seul mouvement, elle enleva sa robe, légèrement courbée, mince comme une allumette dans ses dessous sommaires. Sa tête ressortit face à la chaise qui calait la porte. Elle envoya sa robe à la diable, chercha de la main son manteau, le ramassa, s'en drapa d'un geste, faisant effort pour enfiler les manches. Alors, son manteau serré sur la poitrine,

93

elle pirouetta sur elle-même, regarda Tommy droit dans les yeux, se retourna de nouveau et courut s'asseoir d'un bond sur la chaise. « Les salauds ! murmura Tommy. Les salauds ! » Il pouvait les entendre sur la galerie et il se sentit de nouveau torturé par une douloureuse inquiétude. « Les salauds ! »

Lorsqu'il regarda de nouveau dans la chambre, Temple se dirigeait de son côté, serrant son manteau contre elle. Elle prit l'imperméable au clou, le passa par-dessus son manteau, l'agrafa. Elle décrocha le bidon et revint vers le lit, l'y déposa, ramassa sa robe sur le plancher, l'épousseta de la main, la plia soigneusement et l'étendit sur le lit. Puis elle rabattit le couvre-pieds, découvrant la paillasse. Il n'y avait ni draps, ni oreillers ; sous sa main, la balle de maïs qui remplissait la paillasse fit entendre un léger crissement.

Elle retira ses escarpins, les posa sur le lit et se glissa sous le couvre-pieds. Tommy entendit le crissement de la paillasse. Temple ne s'allongea pas tout de suite, elle resta assise, le buste très droit, sans bouger, le chapeau canaillement planté en arrière. Puis elle attira près de sa tête le bidon, la robe et les escarpins, s'enveloppa les jambes dans l'imperméable, s'allongea en remontant le couvre-pieds, puis se rassit, enleva son chapeau, le mit avec les autres vêtements et se prépara à s'allonger de nouveau. Mais elle ne le fit pas tout de suite. Elle ouvrit l'imperméable, sortit de quelque part un poudrier, et, se regardant dans une glace minuscule, fit bouffer ses cheveux avec ses doigts, se poudra la figure. Puis elle remit le poudrier à sa place, consulta de nouveau sa montre et referma l'imperméable. Un à un, elle fit passer ses vêtements sous le couvre-pieds, se coucha, et le remonta jusqu'au menton. Depuis un moment les voix s'étaient tues, et, dans le silence, Tommy pouvait entendre le léger et régulier froissement de la balle de maïs qui garnissait la paillasse sur laquelle Temple était couchée, les mains croisées sur la poitrine, les jambes droites et jointes hiératiquement, comme une statue gisante sur un tombeau antique.

Les voix s'étaient tues. Il les avait complètement oubliées, quand il entendit Goodwin dire : « Assez, Ferme ça ! » Une chaise tomba ; Tommy entendit le martèlement léger des pieds de Goodwin ; la chaise alla sonner contre le sol de la galerie, comme si on l'eût repoussée d'un coup de pied. Ramassé sur lui-même, les coudes légèrement écartés, dans la posture massive d'un ours aux aguets, Tommy perçut des chocs secs et légers comme ceux de billes de billard. « Tommy ! » appela Goodwin.

Au besoin, Tommy était capable de se déplacer avec la lourde et foudroyante rapidité des blaireaux ou des ratons-laveurs ; il fit le tour de la maison et arriva sur la galerie juste à temps pour voir Gowan heurter lourdement le mur, s'étaler de tout son long, plonger la tête la première dans les broussailles, et Popeye à la porte, la tête tendue en avant. « Croche-le ! » cria Goodwin. Tommy, d'un bond de côté, sauta sur Popeye.

« Faut que... ah ! » fit-il, tandis que Popeye lui labourait sauvagement le visage. « Toi aussi, naturellement. Tiens-toi tranquille. »

Popeye se tint tranquille. « Nom de Dieu. Tu les laisses-là toute la nuit à pinter de c'te nom de Dieu de saloperie ; j' te l'avais dit. Bon Dieu d' bon Dieu. »

Goodwin et Van, enlacés, silencieux, furibonds, n'étaient plus qu'une seule ombre. « Lâche-moi ! criait Van, ou je te crève... » Tommy bondit vers eux. Ils acculèrent Van contre le mur et le maintinrent immobile.

« Tu l'as eu ? dit Goodwin.

— Ouais, j' l'ai eu. Y s' tient pénard. Tu lui as foutu une tournée.

— Nom de Dieu, je vais...

— Allons, allons, à quoi qu' ça te servirait de l' tuer. Tu n' vas tout d' même pas l' bouffer, tu n' voudrais pas qu' mossieu Popeye s' mette à nous canarder tous avec son ortomatique. »

Leur rage tomba soudain, comme une rafale de vent furieux et déchaîné, faisant place à une paisible accalmie dans laquelle ils évoluaient tranquillement ; ils tirèrent Gowan de ses broussailles, en s'encourageant l'un l'autre à voix basse, amicalement. Ils le transportèrent dans le vestibule, où se trouvait la femme, puis à la porte de la chambre où était Temple.

« Elle l'a bouclée », dit Van. Il heurta violemment le haut de la porte. « Ouvre, cria-t-il. On t'amène un client.

— Pas tant de bruit, fit Goodwin. Il n'y a pas de verrou. Pousse.

— Bien, répondit Van, je pousse. » D'un coup de pied il enfonça la porte. La chaise céda et s'abattit dans la chambre. Sous la poussée de Van, la porte claqua, s'ouvrit toute grande, et ils entrèrent tenant les jambes de Gowan. D'un coup de pied, Van envoya la chaise de l'autre côté de la chambre. Alors il aperçut Temple debout dans le coin derrière le lit. Les cheveux de Van, longs comme des cheveux de femme, étaient épars sur sa figure. D'un coup de tête, il les rejeta en arrière. Son menton était ensanglanté ; calmement il lança sur le plancher un jet de salive sanguinolente.

« Allons, fit Goodwin, qui tenait Gowan sous les aisselles, fichons-le sur le pieu. » Ils balancèrent Gowan sur le lit. Sa tête saignante pendait dans le vide sur le bord. Van la rejeta de l'autre côté et l'enfonça dans la paillasse. Il poussa un grognement, leva la main, Van le gifla.

« Tiens-toi tranquille, sale...

— Laisse », fit Goodwin. Et il attrapa la main de Van. Pendant un instant ils se dévisagèrent d'un air furieux.

« J'ai dit laisse, répéta Goodwin. Fous le camp d'ici.

— ... Faut que j' protège, bafouilla Gowan, f'femme. Gentleman d' Vir'g'nie. Faut...

— Allons, fous le camp », intima Goodwin.

La femme se tenait dans l'embrasure de la porte à côté de Tommy, le dos appuyé au chambranle. Sous son mauvais manteau, sa chemise de nuit tombait jusqu'à ses pieds.

Van enleva du lit la robe de Temple. « Van, dit Goodwin, je t'ai déjà dit de foutre le camp.

— J'ai compris », répondit l'autre. D'une secousse, il déplia la robe, puis regarda Temple, immobile dans son coin, les bras croisés, les mains crispées aux épaules. Goodwin fit un pas vers Van. Celui-ci laissa tomber la robe et fit le tour du lit. Popeye parut à la porte, une cigarette aux doigts. A

97

côté de la femme, Tommy émit un souffle qui siffla entre ses dents pourries.

Il vit Van porter la main sur la poitrine de Temple, empoigner l'imperméable, l'ouvrir brutalement en déchirant l'étoffe. Goodwin bondit entre eux. Van se baissa, l'esquiva d'un écart, pendant que Temple s'efforçait avec des doigts tremblants de refermer l'imperméable déchiré. Van et Goodwin, maintenant au milieu de la pièce, étaient aux prises. Tommy vit alors Popeye, se diriger vers Temple. Du coin de l'œil, il aperçut Van étendu sur le sol et Goodwin debout au-dessus de lui, légèrement penché, observant le dos de Popeye.

« Popeye », fit Goodwin. Mais Popeye continua. Par-dessus son épaule, sa cigarette laissait une traînée de fumée ; il allait, la tête légèrement tournée, sans avoir l'air de garder où il se dirigeait, sa cigarette pointant vers le bas comme si sa bouche se fût trouvée quelque part sous la fuite du menton. « N'y touche pas », dit Goodwin.

Popeye s'arrêta devant Temple, le visage tourné légèrement de côté. Sa main droite était dans la poche de son veston. Sous l'imperméable, à la hauteur de la poitrine de Temple, Tommy pouvait suivre le mouvement de l'autre main faisant remuer imperceptiblement l'étoffe.

« Enlève ta main, dit Goodwin, Retire-la. »

Popeye retira sa main. Il tourna les talons, les mains dans les poches de son veston, en regardant Goodwin. Il traversa la chambre sans quitter Goodwin des yeux. Puis il lui tourna le dos et sortit.

« Tiens, Tommy, dit tranquillement Goodwin, attrape-moi ça. » Ils soulevèrent Van et l'emportèrent dehors. La femme s'écarta de leur passage. Elle était appuyée contre le mur, serrant de la main son manteau contre elle. De l'autre côté de la chambre, Temple se tenait accroupie dans le coin, s'efforçant de fermer l'imperméable déchiré. Gowan se mit à ronfler.

Goodwin revint. « Tu ferais mieux de retourner au lit », dit-il. Mais la femme ne broncha pas. Il lui mit la main sur l'épaule. « Ruby.

— Pendant qu' tu vas finir la sale blague que Van a commencée et que t'as pas voulu lui laisser finir ? Pauvre idiot. Pauvre idiot que tu es.

— Allons, dit-il, la main sur l'épaule de la femme, retourne au pieu.

— Mais ne reviens pas. Pas la peine de revenir. Je ne serai plus là. Tu ne me dois rien. Ne te figure pas que tu me dois quelque chose. »

Goodwin lui prit les poignets, les écarta résolument. Avec lenteur et fermeté, il lui joignit les mains derrière le dos, les maintint dans une des siennes. De l'autre il ouvrit le manteau. La chemise était en crêpe de Chine rose déteint, garnie de dentelles et passée tant de fois à la lessive que, comme sur celle qui séchait sur la corde à linge, la dentelle n'était plus qu'une sorte de charpie.

« Ah, ah, fit-il. Madame reçoit, ce soir ?

— C'est la faute à qui, si c'est la seule que j'ai ? C'est la faute à qui ? Pas à moi. Je les donnais aux négresses après m'en être servi une nuit. Mais maintenant, penses-tu, il n'y a pas de négresse qui voudrait de celle-là, elle me rirait au nez. »

Il laissa retomber le manteau. Il lui lâcha les mains et elle se rajusta. La prenant par l'épaule, il se mit à la pousser vers la porte. « File », dit-il. L'épaule céda, et ce fut tout ; le corps vira sur les hanches, la tête tournée regardant Goodwin. « File », répéta-t-il. Mais seul le torse tourna, les hanches et la tête toujours collées au mur. Goodwin revint en arrière, traversa la pièce, fit vivement le tour du lit, empoigna d'une main Temple par le devant de l'imperméable et se mit à la secouer. La retenant par une poignée d'étoffe, il la secouait, et le corps fluet de la jeune fille claquait mollement contre l'intérieur du vêtement trop large, cognant de l'épaule et des fesses contre le mur. « Petite idiote ! dit-il. Petite idiote ! » Les yeux de Temple étaient dilatés, presque noirs, la lumière de la lampe jouait sur son visage, et, dans ses prunelles, comme deux pois dans deux encriers, se réfléchissaient deux minuscules images de Goodwin.

Il la lâcha. Dans un froissement de l'imperméable, elle faillit s'effondrer. Il la rattrapa et se remit à la secouer en lançant un coup d'œil à la femme par-dessus son épaule. « Prends la lampe », ordonna-t-il. La femme ne bougea pas. La tête légèrement penchée, elle semblait songer. Goodwin passa un bras sous les genoux de Temple, elle se sentit soulevée et se retrouva sur le lit étendue près de Gowan, sur le dos, dans le bruissement léger de la balle de maïs. Elle regarda Goodwin traverser la pièce et prendre la lampe sur la cheminée. La femme avait tourné la tête, le suivant également de l'œil. La lampe approchait, amenuisant son profil éclairé. « Allons, va-t'en » dit Goodwin. Elle se détourna ; sa figure rentra dans l'obscurité, la lampe éclairant maintenant son dos et la main de l'homme sur son épaule. L'ombre de Goodwin envahit toute la chambre ; la silhouette de son bras tendu atteignit la porte. Gowan ronflait, chaque respiration s'étouffant en une fin confuse, comme si ce devait être la dernière.

Tommy était derrière la porte, dans le corridor.

« Ils ne sont pas encore partis au camion ? demanda Goodwin.

— Non, pas encore, dit Tommy.

— Vaudrait mieux y aller voir », reprit Goodwin. Il s'éloigna avec la femme. Tommy les vit entrer dans une autre pièce. Puis il s'en alla à la cuisine, silencieux sur ses pieds nus, le cou tendu, l'oreille au guet. Dans la cuisine, il y avait Popeye, assis à califourchon sur une chaise, en train de fumer. Van, assis près de la table, devant un morceau de miroir, se coiffait avec un peigne de poche. Sur la table, une serviette mouillée maculée de sang et une cigarette qui se consumait. Tommy était accroupi en dehors de la porte, dans l'obscurité.

Il était là lorsque Goodwin ressortit avec l'imperméable et entra dans la cuisine sans l'avoir aperçu. « Où est Tommy ? » demanda-t-il. Tommy entendit Popeye répondre quelque chose, puis Goodwin reparut, l'imperméable maintenant sur son bras, suivi de Van. « Allons, viens, dit Goodwin. Il faut enlever cette gnôle d'ici. »

Les yeux pâles de Tommy s'étaient mis à luire faiblement, comme ceux d'un chat. La femme put les voir dans l'obscurité lorsqu'il se glissa dans la chambre à la suite de Popeye et pendant que Popeye se penchait au-dessus du lit où Temple était couchée. Ils brillèrent soudain vers elle dans la nuit, puis disparurent, et elle entendit près d'elle la respiration de Tommy. De nouveau la lueur des yeux se dirigea de son côté avec une expression courroucée, interrogative et triste, et ils disparurent encore lorsque Tommy se faufila avec Popeye hors de la chambre.

Tommy vit Popeye rentrer à la cuisine, mais il ne l'y suivit pas tout de suite. Il s'arrêta à la porte du corridor, s'y accroupit. Tout son corps se crispait d'angoisse et d'indécision, ses pieds nus bruissaient sur le plancher, animés d'un léger balancement comme s'il eût oscillé sur place, irrésolu ; ses mains se tordaient lentement, pendantes. Et Lee aussi, dit-il, et Lee aussi. Les salauds. Les salauds. Deux fois il se coula le long de la galerie jusqu'à ce qu'il pût apercevoir sur le sol de la cuisine l'ombre du chapeau de Popeye, puis il revint dans le corridor à la porte derrière laquelle Temple était couchée auprès de Gowan, qui ronflait toujours. La troisième fois, il sentit la cigarette de Popeye. Si y veut seulement s'en t'nir à ça, fit-il. Et Lee aussi, reprit-il en se balançant sur place dans une sourde, mais torturante angoisse. Et Lee aussi.

Lorsque Goodwin gravit le raidillon et arriva à la galerie de derrière, Tommy était de nouveau accroupi au-dehors, tout contre la porte. « Qu'est-ce que tu fous ? dit Goodwin, pourquoi qu' t'es pas venu avec moi ? Ça fait dix minutes que je te cherche. » Il lança à Tommy un regard furibond, puis jeta un coup d'œil dans la cuisine. « T'es prêt ? » fit-il. Popeye vint jusqu'à la porte. Goodwin regarda de nouveau Tommy. « Qu'est-ce que tu foutais ? »

Popeye à son tour regarda Tommy. Tommy était debout maintenant, se frottant la cheville avec l'autre pied, les yeux fixés sur Popeye.

« Qu'est-ce que tu fous ici ? demanda Popeye.

— J' fous rien, dit Tommy.

— Est-ce que tu m'espionnes ?

— J' file personne, fit Tommy d'un air vexé.

— Bon, t'as pas intérêt, dit Popeye.

— Allons, coupa Goodwin, Van nous attend. »
Ils partirent. Tommy les suivit. Il se retourna une
fois pour regarder la maison, puis continua de
marcher gauchement derrière eux. De temps en
temps, il se sentait parcouru d'un élan douloureux,
comme si son sang le brûlait tout à coup, et cet élan
se muait peu à peu en cette chaude et triste sensation
que produisait sur lui le son du violon. Les salauds,
murmurait-il. Les salauds.

IX

La pièce était plongée dans l'obscurité. La femme se tenait debout près de la porte, contre le mur, dans son pauvre manteau et sa chemise de crêpe garnie de dentelle ; juste dans l'embrasure de la porte sans verrou. Elle entendait Gowan qui ronflait dans le lit et les autres hommes qui allaient et venaient sur la galerie, dans le corridor, dans la cuisine ; leurs voix lui parvenaient indistinctes à travers la porte. Un moment passa, puis tout se calma, et elle n'entendit plus rien que le ronflement étranglé et geignard qui sortait du nez tuméfié de Gowan.

Elle entendit la porte s'ouvrir. L'homme entra sans précaution. Il entra en passant à moins d'un pied d'elle. Avant qu'il eût parlé, elle sut que c'était Goodwin. Il s'approcha du lit. « J'ai besoin de l'imperméable, dit-il, Asseyez-vous et enlevez-le. » La femme entendit le froissement de la balle de maïs lorsque Temple se mit sur son séant et que Goodwin lui enleva l'imperméable. Il traversa la chambre et sortit.

Elle se tenait toujours dans l'embrasure de la porte. Elle pouvait les identifier tous à leur façon de respirer. Puis, sans qu'elle eût rien entendu, elle eut

l'impression que la porte s'ouvrait et une odeur lui
parvint, celle de la brillantine que Popeye se mettait
sur les cheveux. Elle ne vit pas Popeye entrer et
passer devant elle ; elle ne se rendit même pas
compte qu'il était entré, et elle attendait toujours,
lorsque Tommy pénétra à la suite de Popeye.
Tommy se glissa dans la chambre, également sans
bruit, et elle n'aurait pas eu plus conscience de son
entrée que de celle de Popeye, s'il n'y avait eu ses
yeux. Ils brillèrent, à hauteur de poitrine, d'un air
profondément interrogateur, puis disparurent, et la
femme put alors le sentir accroupi auprès d'elle. Elle
savait que lui aussi regardait le lit au-dessus duquel
Popeye se tenait penché dans l'obscurité, le lit où
étaient couchés Temple et Gowan, Gowan qui
suffoquait entre deux ronflements. La femme se
tenait toujours dans l'embrasure de la porte.

Comme la balle de maïs ne faisait aucun bruit, elle
demeura immobile près de la porte, Tommy
accroupi auprès d'elle, la figure tournée vers le lit
invisible. Puis elle perçut à nouveau l'odeur de la
brillantine. Ou plutôt, elle sentit Tommy s'éloigner
d'elle, sans le moindre bruit, son départ simplement
décelé par un souffle doux et frais dans le noir. Sans
le voir ni l'entendre, elle sut qu'il s'était de nouveau
glissé hors de la chambre à la suite de Popeye. Elle
les entendit marcher dans le corridor ; leurs pas
décrurent et quittèrent la maison.

Elle alla vers le lit. Temple ne bougea pas jusqu'à
ce qu'elle eût senti le contact de la femme. Alors,
elle se mit à se débattre. La femme trouva sa
bouche, la lui ferma de la main, bien que Temple
n'eût pas encore essayé de crier. Elle était couchée
sur le matelas de balle, se débattant, tordant son

corps, roulant sa tête, retenant son manteau sur sa poitrine, tout cela sans faire aucun bruit.

« Imbécile ! souffla la femme d'une voix imperceptible et furieuse. C'est moi. Ce n'est que moi ! »

Temple cessa de rouler la tête ; mais elle se débattit encore sous la main de la femme en répétant : « Je le dirai à mon père. Je le dirai à mon père ! »

La femme la maintint. « Debout », dit-elle. Temple cessa de se débattre. Elle resta immobile, rigide. La femme pouvait entendre sa respiration haletante. « Allez-vous vous lever et marcher tranquillement ? dit-elle.

— Oui, répondit Temple. Vous allez me faire sortir d'ici, dites ? Dites ?

— Oui, dit la femme. Levez-vous. » Temple se leva, dans un froissement de la balle de maïs. Plus loin, dans l'ombre, Gowan ronflait toujours, sauvage et profond. Tout d'abord, Temple fut incapable de se tenir debout. La femme la soutint. « Assez, fit-elle, en voilà assez. Tenez-vous tranquille.

— Je voudrais ma robe, murmura Temple, je n'ai rien sur moi que...

— Vous voulez votre robe, fit la femme, ou vous voulez partir d'ici ?

— Oui, dit Temple, n'importe quoi. Pourvu que vous me fassiez partir. »

Sur leurs pieds nus, elles s'en allèrent, silencieuses comme deux fantômes. Elles sortirent de la maison, franchirent la galerie et se dirigèrent vers la grange. A une cinquantaine de pas de la maison, la femme s'arrêta, se retourna, attira brusquement Temple à elle, et, la saisissant par les épaules, face à face, l'injuria tout bas, d'une voix furieuse à peine plus

107

forte qu'un soupir. Puis, la repoussant, elle reprit son chemin. Elles arrivèrent sous l'auvent. Il faisait noir comme dans un four. Temple entendit la femme tâtonner contre le mur. Une porte s'ouvrit en grinçant. La femme lui prit le bras et lui fit franchir une marche qui donnait accès dans une pièce planchéiée dont Temple effleura les murs en respirant une faible et poussiéreuse odeur de grain. La femme referma la porte derrière elle. A ce moment, quelque chose détala, invisible et tout proche, avec un grattement précipité, un imperceptible piétinement de fée. Temple pivota en marchant sur quelque chose qui roula sous son pied. Elle fit un bond vers la femme.

« Ce n'est qu'un rat, fit celle-ci. Mais Temple se jeta contre elle, s'y agrippa, essayant de se soulever de terre des deux pieds à la fois.

— Un rat, pleurnicha-t-elle, un rat ? Ouvrez la porte ! Vite !

— Allons, ça va, ça va ! » siffla la femme. Elle retint Temple jusqu'à ce qu'elle fût calmée, puis elles s'agenouillèrent côte à côte contre le mur. Au bout d'un instant, la femme murmura : « Il y a des cosses de coton là-bas. Vous pouvez vous coucher dessus. » Temple ne répondit pas. Elle se serrait étroitement contre la femme, agitée d'un léger tremblement, et elles restèrent là accroupies dans l'obscurité opaque, contre le mur.

X

La femme préparait le petit déjeuner, et l'enfant était encore, ou déjà, endormi dans la caisse derrière le fourneau, lorsqu'elle entendit un pas trébuchant traverser la galerie et s'arrêter à la porte. Se détournant, elle vit apparaître un visage hirsute, sanglant et tuméfié, qu'elle reconnut pour être celui de Gowan. Sous une barbe de deux jours, il avait la figure marbrée de coups, la lèvre fendue. Il avait un œil fermé et tout le devant de sa chemise et de son veston étaient souillés de sang jusqu'à la ceinture. De ses lèvres enflées et raidies, il s'efforçait d'articuler quelque son. Tout d'abord, la femme ne comprit pas un mot. « Allez vous laver la figure, dit-elle. Attendez. Entrez vous asseoir, je vais aller chercher la cuvette. »

Il la regardait tout en essayant de parler. « Oh, dit la femme, elle va bien. Elle est là-bas, dans la grange, elle dort. » Elle dut répéter ces mots, patiemment, trois ou quatre fois : « Dans la grange. Elle dort. J'y suis restée avec elle jusqu'au jour. Allez vous laver la figure maintenant. »

Gowan, alors, se calma un peu. Il parvint à faire comprendre qu'il voulait se procurer une voiture.

« La plus proche est chez Tull, à deux miles d'ici, dit la femme. Lavez-vous la figure et mangez un morceau. »

Gowan entra dans la cuisine, parlant d'aller chercher une voiture. « Il faut que j'en trouve une pour ramener Temple au collège. Une de ses copines la fera rentrer en douce. Alors, ça s'arrangera. Vous ne croyez pas que ça s'arrangera ? » Il alla vers la table, y prit une cigarette dans le paquet et tenta de l'allumer de ses mains qui tremblaient. Il eut du mal à la porter à sa bouche et à l'allumer avant que la femme ne vînt lui tenir l'allumette. Il ne tira qu'une bouffée, puis demeura debout, tenant à la main sa cigarette qu'il fixait de son seul œil indemne avec une sorte d'ahurissement hébété. Il la jeta, se tourna vers la porte, tituba, se retint. « Aller chercher voiture », dit-il.

« Prenez d'abord quelque chose, dit la femme. Une tasse de café ? Ça vous fera du bien.

— Aller chercher voiture », répéta Gowan. En traversant la galerie, il s'arrêta le temps de se passer un peu d'eau sur la figure, sans d'ailleurs améliorer beaucoup l'aspect de sa physionomie.

Il s'éloigna de la maison en titubant, se figurant qu'il était encore ivre. Il se rappelait confusément les événements de la veille. Il embrouillait sa rixe avec Van et l'accident d'auto, et ne se souvenait plus qu'il avait été mis deux fois knock-out. Il se souvenait seulement d'avoir perdu conscience d'assez bonne heure dans la soirée, et il se croyait toujours ivre. Mais lorsqu'il parvint à la voiture renversée, qu'il aperçut le sentier, qu'il l'eut suivi jusqu'à la source, où il but d'une eau glacée, il se rendit compte que la seule chose qu'il désirait c'était de boire encore ;

110

alors, il s'agenouilla, se baigna le visage dans l'eau fraîche, essayant de distinguer son image au milieu des rides de la surface, en s'adressant à lui-même, dans un murmure, un Nom de Dieu désespéré. Puis il songea à retourner à la maison pour boire, mais il réfléchit qu'il lui faudrait revoir Temple et les hommes de cette nuit, et il pensa à Temple, là-bas, au milieu d'eux.

Lorsqu'il atteignit la grand-route, le soleil était déjà haut, et commençait à chauffer. Je vais me débarbouiller un peu, se dit-il, et revenir avec une voiture. Je réfléchirai à ce que je lui dirai en allant à la ville. Il pensait au retour de Temple parmi les gens qui le connaissaient ou qui risquaient de le connaître. J'ai été ivre mort deux fois, dit-il. *Ivre mort deux fois.* Nom de Dieu de nom de Dieu, murmura-t-il, agité, dans ses vêtements ignobles et sanglants, d'un paroxysme de rage et de honte.

Le grand air et le mouvement lui avaient un peu dégagé le cerveau, mais, au moment même où il commençait à se sentir mieux physiquement, l'avenir lui semblait d'autant plus sombre. La ville, le monde lui apparaissaient comme un noir cul-de-sac, un endroit où il devrait tourner en rond sans espoir d'en sortir jamais, tout son corps abjectement courbé sous les regards réprobateurs que susciterait son passage. Lorsque, vers le milieu de la matinée, il parvint à la maison qu'il cherchait, la perspective de se retrouver en face de Temple lui était devenue insupportable. Il loua donc la voiture, donna ses instructions à l'homme, le paya et disparut. Un peu plus tard, une automobile qui allait dans la direction opposée, s'arrêta et le recueillit.

XI

Temple s'éveilla pelotonnée en boule. De minces
rais de soleil lui zébraient le visage comme les dents
d'une fourchette d'or, et, tandis que son sang coulait
plus fort et frémissait à travers ses muscles engourdis, elle restait là dans un demi-sommeil, les yeux
levés vers le plafond. Comme les murs, il était fait de
planches brutes, grossièrement assemblées, séparées
les unes des autres par une étroite ligne noire. Dans
le coin béait au-dessus d'une échelle un carré
donnant accès à un grenier obscur traversé de fines
hachures de soleil. Aux murs, accrochés à des clous,
pendaient des bouts de harnais rompus et racornis.
Temple restait couchée, épluchant distraitement le
tas sur lequel elle reposait. Elle saisit une poignée de
cosses, puis, soulevant la tête, elle aperçut par son
manteau ouvert sa chair nue entre son soutien-gorge
et sa culotte, entre sa culotte et ses bas. Alors, se
souvenant du rat, elle sauta sur ses pieds, se rua vers
la porte, s'y cramponna, la main toujours pleine de
cosses de coton, la figure encore bouffie du profond
sommeil de ses dix-sept ans.

Elle s'était attendue à trouver la porte fermée à
clef, et, pendant un moment, elle ne put parvenir à

113

l'ouvrir ; ses doigts engourdis se crispaient sur le bois, et elle entendait ses ongles griffer les planches rugueuses. La porte céda brusquement et Temple bondit dehors. Mais, tout de suite, elle fit un saut en arrière, rentra dans la grange et claqua la porte. L'aveugle descendait le raidillon de son trot maladroit, tapotant devant lui du bout de son bâton, l'autre main retenant par la ceinture son pantalon bouchonné. Il passa devant la grange, ses bretelles lui ballant sur les hanches, ses espadrilles traînant dans la balle sèche de l'aire, puis il disparut, et l'on entendit son bâton racler la rangée de stalles vides.

Temple, collée contre la porte, serrait son manteau sur elle. Elle entendit l'aveugle là-bas, par-derrière, dans l'une des stalles. Elle entrouvrit la porte, risqua un regard au-dehors. La maison lui apparut toute baignée de soleil dans la paix dominicale de ce radieux matin de mai, et elle songea aux jeunes filles et aux jeunes gens qui sortaient des dortoirs, vêtus de leurs nouveaux costumes de printemps, et qui s'acheminaient par les rues ombragées vers l'appel frais et tranquille des cloches. Elle souleva un pied, examina le dessous sali de son bas, l'essuya d'une main, puis de l'autre.

La canne de l'aveugle résonna de nouveau. Temple rentra vivement la tête et referma la porte, la laissant imperceptiblement entrebâillée pour le voir passer, plus lentement cette fois, et rajustant ses bretelles sur ses épaules. Il monta la pente et rentra dans la maison. Alors, Temple ouvrit la porte et descendit prudemment la marche.

Elle se dirigea vivement vers la maison sans la quitter des yeux. Ses pieds, couverts seulement de ses bas, se posaient en hésitant sur la terre rude.

Elle monta sur la galerie, entra dans la cuisine et s'arrêta, scrutant le silence. Le fourneau était froid. Il y avait dessus une cafetière enfumée et un gril sale ; sur la table s'entassaient en désordre des assiettes malpropres. Je n'ai pas mangé depuis... depuis... Hier, ça faisait un jour, pensa-t-elle, mais je n'ai pas mangé hier. Je n'ai rien mangé depuis... c'est ce soir-là qu'avait lieu le bal, et je n'ai pas dîné. Je n'ai rien mangé depuis le déjeuner de vendredi, pensa-t-elle, et aujourd'hui c'est dimanche. Dimanche, et elle évoqua les carillons dans les clochers blancs contre le ciel bleu, et la plainte roucoulante des pigeons autour des flèches, comme un écho des basses de l'orgue. Elle revint à la porte et regarda dehors. Puis elle ressortit en serrant son manteau contre elle.

Elle entra dans la maison et franchit vivement le vestibule. Le soleil baignait maintenant la galerie de devant, elle y courut, le cou tendu, les yeux fixés sur le pan de soleil qu'encadrait la porte. Aucune ombre ne s'y profilait. Elle parvint à la porte à droite de l'entrée, l'ouvrit, entra vivement dans la chambre, referma la porte et s'y adossa. Le lit était vide. Il n'y avait dessus qu'un couvre-pieds passé, fait de pièces multicolores, tout bouchonné, un bidon militaire recouvert de kaki et un escarpin. Sur le plancher, gisaient sa robe et son chapeau.

Elle les ramassa, essaya de les brosser avec la main, puis avec un pan de son manteau. Alors, elle chercha son second escarpin. Elle déplaça le couvre-pieds, se pencha pour regarder sous le lit, et finit par le trouver dans la cheminée, sur une litière de cendres de bois, entre un chenet de fer et une pile de briques renversée, couché sur le côté et à moitié rempli de cendres, comme si on l'eût jeté à la volée, ou envoyé là d'un coup de pied. Elle le vida, l'essuya avec son manteau, le posa sur le lit, prit le bidon et l'accrocha au clou. Il portait les initiales US et un numéro matricule au tampon, d'une encre à demi-effacée. Puis elle enleva son manteau et s'habilla.

Longues jambes, bras fluets, fesses hautes et petites — mince silhouette enfantine, plus tout à fait fillette, pas encore tout à fait femme — elle se mouvait rapidement, tirant ses bas, enfilant d'une torsion de buste sa robe courte et étroite. Mainte-nant, je suis prête à tout, pensa-t-elle avec calme, avec une sorte d'étonnement morne et las, je suis prête à tout. Du haut d'un de ses bas, elle sortit une montre au ruban noir déchiré. Neuf heures. Avec ses doigts, elle peigna ses boucles emmêlées dont elle retira trois ou quatre cosses de coton. Puis elle prit le manteau et le chapeau et écouta de nouveau contre la porte.

Elle retourna à la galerie de derrière. Dans la cuvette était un reste d'eau sale. Elle rinça la cuvette, la remplit et s'y baigna la figure. Une serviette malpropre était accrochée à un clou ; elle s'en servit avec précaution, puis elle sortit de son manteau un poudrier et était en train de s'en servir lorsqu'elle découvrit la femme qui l'observait de la porte de la cuisine.

« Bonjour », dit Temple. La femme tenait l'en-fant sur sa hanche. Il dormait. « Eh bien, bébé, fit Temple en se penchant, on ne va pas dormir toute la journée ? Regarde un peu Temple. » Elles entrèrent dans la cuisine. La femme versa du café dans une tasse.

« Il est froid, je crois bien, dit-elle. A moins que

116

vous ne vouliez faire du feu. » Du four elle sortit du pain sur une plaque.

« Non, fit Temple, tandis qu'elle buvait à petites gorgées le café tiède, tout en sentant ses entrailles remuer en petits caillots durs produisant le chatouillement d'une charge de plombs de chasse. Non, merci. Je n'ai pas faim. Voilà deux jours que je n'ai rien mangé, mais je n'ai pas faim. C'est drôle, non ? Je n'ai rien mangé depuis... » Elle regardait le dos de la femme avec un sourire figé et conciliant. « Vous n'auriez pas des cabinets, dites ?

— Des quoi ? » fit la femme en jetant par-dessus son épaule un coup d'œil à Temple, qui la regardait toujours avec son même sourire crispé, à la fois humble et conciliant. La femme prit sur une étagère un catalogue de grand magasin, en arracha quelques pages qu'elle tendit à Temple. « Vous n'avez qu'à aller dans la grange, comme nous autres.

— Oui, dit Temple, tenant le papier à la main, la grange.

— Ils sont tous partis, fit la femme. Ils ne reviendront pas de la matinée.

— Oui, répéta Temple, la grange.

— Eh bien oui, dans la grange, dit la femme. A moins que vous ne soyez assez distinguée pour vous en passer.

— Oui », répéta Temple. Elle regarda par la porte l'étendue de la cour étouffée d'herbes folles. Entre les troncs sombres des cyprès, le verger apparaissait, inondé de soleil. Elle mit son manteau et son chapeau, se dirigea vers la grange, tenant à la main les feuilles arrachées au catalogue et mouchetées de petites gravures représentant des épingles de sûreté, des essoreuses brevetées, de la lessive en

117

poudre, et pénétra sous l'auvent. Elle s'arrêta, pliant et repliant les feuilles de papier, puis continua son chemin en jetant des coups d'œil furtifs et peureux vers les stalles vides. Elle traversa la grange d'un bout à l'autre. Le bâtiment ouvrait par-derrière sur un massif de daturas, une sauvage floraison blanche et mauve. Temple continua de marcher, de nouveau en plein soleil, et s'engagea parmi les hautes herbes. Alors, elle se mit à courir. Ses pieds semblaient à peine toucher la terre, les herbes la fouillaient de leurs grandes fleurs visqueuses et malodorantes. Elle se baissa, passa d'une torsion de reins sous une clôture de fils de fer rouillés et détendus, et descendit en courant la pente boisée de la colline.

En bas, une étroite bande de sable séparait les deux versants d'un petit vallon, ondulant en une série de flaques étincelantes sous les rayons du soleil. Temple s'arrêta sur cette bande de sable, écoutant le ramage des oiseaux dans le feuillage ensoleillé, écoutant et regardant autour d'elle. Elle suivit le mince ruisselet desséché jusqu'à un épaulement dont la saillie formait un recoin tapissé de ronces. Parmi les nouvelles feuilles verdoyantes, des feuilles mortes de l'année passée restaient accrochées aux branches au-dessus de sa tête. Elle resta là un moment, pliant et repliant les feuilles de papier entre ses doigts avec une sorte de désespoir. Quand elle se releva, elle aperçut, sur la masse chatoyante des feuilles, le long de la crête du vallon, la silhouette d'un homme accroupi.

Elle resta un instant debout, se vit partir en courant, hors d'elle-même, perdre un de ses souliers. Elle vit pendant quelques mètres le scintillement rapide de ses jambes sur le sable parmi les taches du soleil. Puis, brusquement, elle pivota, revint en courant ramasser son soulier, et repartit de nouveau, toujours courant.

Lorsqu'elle commença d'apercevoir la maison, elle se trouvait en face de la galerie. L'aveugle était assis sur sa chaise, le visage levé vers le soleil. A la lisière du bois, elle s'arrêta et remit son soulier. Puis elle franchit le pelouse en friche, bondit sur la galerie, traversa le vestibule en courant. En arrivant derrière, elle aperçut à la porte de la grange un homme qui regardait dans la direction de la maison. Elle parcourut la galerie en deux enjambées et entra dans la cuisine où la femme était assise, en train de fumer, l'enfant sur ses genoux.

« Il me regardait s'écria Temple. Il m'a regardée tout le temps » Elle s'appuya contre le chambranle de la porte et jeta un coup d'œil dehors, puis revint vers la femme. Dans sa petite figure pâle, ses yeux faisaient comme les trous noirs d'une brûlure de cigare. Elle posa la main sur le fourneau refroidi.

« Qui ça ? demanda la femme.

— Oui, continua Temple. Il était dans les broussailles et il m'a regardée tout le temps. » Elle jeta un nouveau coup d'œil dehors, puis sur la femme, et vit sa propre main posée sur le fourneau. Elle la retira vivement avec un cri effrayé, la porta à sa bouche et courut à la porte. La femme, tenant toujours son enfant d'une main, attrapa Temple par un bras, et Temple, d'un bond, rentra dans la cuisine. Goodwin venait vers la maison. Il les regarda en passant, puis, continuant son chemin, pénétra dans le corridor.

Temple se débattait. « Laissez-moi ! dit-elle à voix basse, laissez-moi, laissez-moi ! » Elle se tordait, écrasant la main de la femme contre le chambranle jusqu'à ce que celle-ci la lâchât. Aussitôt, elle bondit de la galerie et courut vers la grange, entra dans l'aire, grimpa à l'échelle, se glissa par la trappe, puis se remettant sur ses pieds courut vers le tas de foin pourrissant.

Alors, soudain, elle tomba à la renverse à travers l'intervalle laissé par une planche enlevée. Elle vit ses jambes battre encore dans le vide, s'affala légèrement, d'un bloc, sur le dos et resta ainsi, étendue, immobile, regardant fixement au-dessus d'elle l'ouverture oblongue béant dans le plafond, et qui se referma avec un craquement prolongé de planches disjointes. Un peu de poussière, en tombant, vint zébrer les rais du soleil.

Sa main explora le tas sur lequel elle gisait, et, une seconde fois, elle se souvint du rat. Tout son corps ondula, se tordit en un sursaut de répulsion qui la mit sur pied au milieu du tas de cosses de coton, de sorte qu'elle perdit l'équilibre, étendit la main, parvint à se remettre debout en se rattrapant, une main sur chaque côté du coin, la figure à moins de trente centimètres de la poutre sur laquelle le rat était tapi. Pendant un instant, ils se regardèrent, les yeux dans les yeux. Puis ceux du rat s'allumèrent soudain comme deux minuscules ampoules électriques, et il lui sauta à la tête au moment même où elle se rejetait en arrière, marchant de nouveau sur quelque chose qui roula sous son pied.

Elle alla s'étaler dans le coin opposé, de tout son long, la figure dans les cosses et dans quelques épis de maïs rongés, lisses comme des os. Quelque chose vint s'aplatir contre le mur et lui frappa la main par ricochet. Le rat se trouvait dans ce coin, maintenant, par terre. De nouveau, leurs deux têtes se trouvèrent à moins de trente centimètres l'une de l'autre. Les yeux du rat lançaient des éclairs, puis s'assombrissaient, comme si leur éclat eût dépendu de sa respiration. Puis il se tint tout droit, le dos dans le coin, les griffes de devant recourbées contre son thorax, et se mit à crisser vers Temple à petits cris plaintifs. Elle recula à quatre pattes, ne le quittant pas des yeux. Alors, elle se releva et se précipita sur la porte, la martelant de coups de pied tout en surveillant le rat par-dessus son épaule, le corps arcbouté contre la porte dont elle griffait les planches de ses mains nues.

XII

La femme resta à la porte de la cuisine, tenant l'enfant, jusqu'à ce que Goodwin fût ressorti de la maison. Il avait la figure bronzée, et les ailes de son nez étaient toutes blanches. « Bon Dieu, dit-elle, est-ce que t'es saoul, toi aussi ? » Il enfila la galerie. « Elle n'est pas ici, fit la femme. Tu ne pourras pas la trouver. » Il l'écarta et passa devant elle, laissant derrière lui un relent de whisky. Elle se tourna, l'observant. D'un rapide coup d'œil, il inspecta toute la cuisine, puis se retourna et regarda la femme debout dans l'embrasure de la porte, la barrant. « Tu ne la trouveras pas, dit-elle. Elle est partie. » Il marcha sur elle, la main levée. « Ne porte pas la main sur moi », dit-elle. Il lui serra le bras, lentement. Ses yeux étaient légèrement injectés de sang, ses narines avaient la couleur de la cire.

— Ne me touche pas, retire ta main, dit-elle. Retire ta main. » Sans hâte, il l'écarta de la porte. Elle se mit à l'injurier. « Tu t' figures que tu vas pouvoir ? Tu t' figures que j' vais t' laisser ? Avec celle-là ou n'importe quelle autre petite salope ? » Immobiles, face à face comme pour le premier

123

temps d'une danse, ils étaient là, tendus par un effroyable et croissant effort de tous leurs muscles.

D'un mouvement à peine perceptible, il la rejeta de côté, la fit pivoter sur elle-même. Elle alla donner contre la table, le bras étendu en arrière pour garder l'équilibre. Le corps plié en deux, la main tâtonnant derrière elle parmi les assiettes sales, elle le regarda par-dessus le corps inerte de l'enfant. Il fit un pas vers elle. « N'approche pas », dit-elle, levant la main d'un geste mal assuré et lui montrant le couteau de cuisine. « N'approche pas. » Résolument, il vint à elle ; alors elle tenta de le frapper d'un coup de couteau.

Il lui attrapa le poignet. Elle se débattit. Il lui arracha l'enfant, le posa sur la table, saisit l'autre main de la femme au moment où elle allait l'atteindre au visage, et lui serrant d'une seule main les deux poignets, il la gifla. La gifle claqua violemment avec un bruit mat. Il lui envoya de nouveau, sur chaque joue, une gifle qui lui jeta la tête d'un côté sur l'autre. « Tiens ! dit-il. V'là c' que j' leur fais. Tu vois ? » Il la lâcha. Elle faillit tomber en arrière sur la table. Elle prit l'enfant, et, blottie entre la table et le mur, regarda Goodwin tourner les talons et sortir de la pièce.

Elle s'agenouilla dans le coin, tenant l'enfant. Il dormait toujours. Elle appliqua la paume de sa main sur une joue, puis sur l'autre, se leva, alla coucher l'enfant dans sa caisse, décrocha d'un clou un chapeau de soleil, dont elle se coiffa. A un autre clou pendait un manteau, garni de ce qui avait été jadis de la fourrure blanche, elle s'en revêtit, reprit l'enfant et sortit de la cuisine.

Tommy était debout dans la grange, à côté de la

resserre, les yeux tournés vers la maison. Sur la galerie de devant, assis sur sa chaise, le vieux se chauffait au soleil. Elle descendit les marches, s'engagea dans le sentier qui menait au chemin et le suivit sans détourner la tête. Parvenue à l'arbre et à la voiture renversée, elle quitta le chemin et prit un autre sentier. Au bout d'une centaine de mètres environ, elle arriva à la source, s'assit sur le bord, l'enfant sur ses genoux, un pan de sa robe préservant le visage endormi.

Popeye sortit des broussailles, marchant sans bruit avec ses chaussures maculées de boue, et s'arrêta à regarder la femme de l'autre côté de la source. Sa main s'éclipsa dans son veston, d'où il tira une cigarette ; il la tripota, la mit à sa bouche et frotta une allumette sur son ongle. « Cré nom de Dieu, dit-il. J' lui avais bien dit ce qui arriverait s'il les laissait toute la nuit s'enfiler cette sacrée gnôle. Y d'vrait y avoir une loi. » Il regarda au loin dans la direction de la maison. Puis son regard revint vers la femme, se fixa sur le dessus de son chapeau de soleil. « Maison d' dingues, fit-il. Y a pas quatre jours de ça, j' trouve installé ici une espèce de cave qui m' demande si j' lis des livres. Comme s'y voulait me faire le coup du bouquin, ou quelque chose comme ça. M'expédier à coup d'annuaire du téléphone. » De nouveau, son regard se porta vers la maison, puis revint se poser sur le fond du chapeau de soleil. » J' m'en vais à la ville, tu vois ? Je fous le camp. J'en ai marre de tout ça. » Elle ne releva pas la tête. Elle arrangea le pan de sa robe au-dessus de la figure de l'enfant. Popeye, avec des bruits légers, menus, s'enfonça dans le sous-bois. Puis tout se tut. Quelque part dans le marais, un oiseau chanta.

Avant d'arriver à la maison, Popeye quitta le chemin et suivit une pente boisée. En débouchant, il aperçut Goodwin dissimulé derrière un arbre du verger, observant la grange. Popeye s'arrêta à la lisière du bois et contempla le dos de Goodwin. Il mit dans sa bouche une autre cigarette et glissa les doigts dans son gilet. Il reprit sa marche, pénétra à pas de loup dans le verger. Goodwin l'entendit, le regarda par-dessus son épaule. Popeye prit une allumette dans la poche de son gilet, l'enflamma d'un coup, alluma sa cigarette. Goodwin se remit à observer la grange. Popeye vint s'arrêter près de lui et regarda du même côté.

« Qui est là-bas ? » demanda-t-il. Goodwin ne répondit pas. Popeye souffla par ses narines deux jets de fumée. « J' fous le camp », dit-il. Goodwin, sans un mot, continuait d'observer la grange. « J' mets les voiles, que j' te dis », reprit Popeye. Sans détourner la tête, Goodwin lui répondit par une injure. Popeye fuma placidement, la cigarette rompant de ses volutes la fixité tranquille de son sombre regard. Puis il tourna les talons et s'éloigna dans la direction de la maison. Le vieux y était toujours, assis au soleil. Mais au lieu d'y pénétrer, Popeye traversa la pelouse, s'enfonça sous les cyprès et se trouva hors de vue. Alors, il revint sur ses pas, traversa le jardin et le terrain envahi par les hautes herbes, et entra dans la grange par derrière.

Tommy était accroupi sur ses talons près de la porte de la resserre, le regard tourné vers la maison. Popeye le considéra un instant en fumant. Puis il jeta vivement sa cigarette et entra sans bruit dans un box. Au-dessus de la mangeoire se trouvait un râtelier de bois pour le foin, juste sous une ouverture dans le plafond du grenier. Popeye grimpa sur le râtelier et se hissa silencieusement dans le grenier, son veston étriqué tout plissé par l'effort en travers de ses épaules et de son dos étroit.

XIII

Tommy était dans l'aire de la grange lorsque Temple parvint enfin à ouvrir la porte de la resserre. En le reconnaissant, elle se détourna à demi ; recula vivement, puis, faisant volte-face, courut à lui, fondit sur lui, lui empoigna le bras. A ce moment, elle aperçut Goodwin debout à la porte derrière la maison ; alors, tournant sur elle-même, elle rentra d'un bond dans la resserre, passa la tête par la porte, balbutiant un faible beubeubeubeu, comme des bulles d'air dans une bouteille. Elle était là, penchée, ses mains griffant la porte, s'efforçant de la tirer, tout en écoutant Tommy parler.

« ... Lee dit comme ça qu'on vous f'ra point d' mal. Tout ce qu'y faut c'est d' vous coucher. » Les paroles sonnèrent en quelque sorte dénuées de sens, sans parvenir jusqu'au cerveau de Temple, pas plus que le pâle regard de Tommy sous le chaume de sa toison bourrue. Elle tirait sur la porte en pleurant, s'efforçant de la fermer. Elle sentit alors la main de Tommy qui tâtonnait maladroitement sur sa cuisse. « ... y dit qu'on vous f'ra point d' mal. Tout ce qu'y faut, c'est... »

Elle le regarda, elle regarda sa main timide et

129

calleuse posée sur sa hanche. « Oui, fit-elle, très bien, ne le laissez pas entrer ici.

— Vous voulez dire que je laisse entrer personne ?

— Bon. Je n'ai pas peur des rats. Restez ici et ne le laissez pas entrer.

— Bon. J' ferai en sorte qu' personne pourra vous toucher. J' vais rester ici.

— Bien. Fermez la porte et ne le laissez pas entrer.

— Ça va, ça va. » Il ferma la porte. Temple se pencha et regarda du côté de la maison. Il dut la repousser pour pouvoir clore la porte. « Ça vous fera pas de mal, qu'y dit Lee. Tout ce que vous avez à faire, c'est d' vous coucher.

— Bon, c'est ce que je vais faire. Mais, surtout, ne le laissez pas entrer. » La porte se referma. Temple entendit Tommy pousser le verrou, puis secouer la porte.

« Elle tient bien, dit-il. Personne peut v'nir vous toucher maintenant. Je reste ici. »

Il s'accroupit sur ses talons dans la balle, le regard tourné vers la maison. Un instant après, il vit Goodwin venir sur la galerie et le regarder. Tommy resta là, accroupi, les bras serrés autour de ses genoux, et de nouveau ses yeux brillèrent ; par moment leurs pâles iris semblaient tourner autour des pupilles comme des roues minuscules. Il demeura immobile, la lèvre légèrement retroussée, jusqu'à ce que Goodwin fût rentré dans la maison. Alors, il poussa un profond soupir, et regarda la porte fermée de la resserre. Ses yeux recommencèrent à luire d'un feu timide, hésitant, vorace, et il se mit à frotter doucement ses mains contre ses jambes avec un léger balancement. Puis il s'arrêta, figé, suivant de l'œil Goodwin qui venait de tourner vivement l'angle de la maison et s'enfonçait sous les cyprès. Et il resta là, ramassé, tendu, la lèvre retroussée en un rictus qui découvrait ses dents irrégulières.

Assise parmi les cosses de coton et la litière d'épis de maïs rongés, Temple leva soudain la tête vers la trappe en haut de l'échelle. Elle entendit Popeye traverser le grenier, puis elle vit apparaître son pied cherchant précautionneusement l'échelon. Il descendit en la regardant par-dessus son épaule.

Elle resta assise, sans faire un mouvement, les lèvres légèrement entr'ouvertes. Il s'arrêta, la regarda, le menton projeté en avant par une série de crispations, comme si son faux col eût été trop étroit. L'un après l'autre, il leva les coudes, les essuya de sa main, en fit autant de son veston, puis il disparut du champ visuel de Temple, se déplaçant sans bruit, une main dans la poche de son veston. Il essaya d'ouvrir la porte, la secoua.

« Allons, ouvre », ordonna-t-il.

Pas de réponse. Puis Tommy demanda à voix basse : « Qui c'est-il ?

— Ouvre la porte », reprit Popeye. La porte s'ouvrit. Tommy regarda Popeye en clignotant.

« J' savais pas qu' tu étais là d'dans », fit-il. Et il essaya de jeter un coup d'œil derrière Popeye dans la resserre. Mais celui-ci plaqua sa main à plat sur la figure de Tommy, le repoussa, et, se penchant hors de la porte, inspecta rapidement la maison. Alors, il fixa Tommy.

« Est-ce que je n' t'avais pas défendu de m'espionner ?

— J' t'espionnais pas, je l' guettais, dit Tommy en indiquant la maison d'un geste de la tête.

— Alors, continue », fit Popeye. Tommy tourna la tête, se remit à regarder du côté de la maison. Popeye retira la main de la poche de son veston.

Pour Temple assise parmi les cosses de coton et les épis de maïs, cela ne fit pas plus de bruit qu'un craquement d'allumette, un claquement bref, étouffé, se refermant sur la scène jouée, sur l'instant révolu, l'isolant définitivement, irrévocablement du reste de la durée. Et elle restait là, assise, les jambes étendues, droites devant elle, les mains molles, la paume en l'air, posées sur ses genoux, fixant le dos tendu de Popeye et les plis de son veston au niveau des épaules, tandis qu'il se penchait hors de la porte, tenant derrière lui, le long de sa cuisse, son revolver qu'il essuyait d'un geste délicat contre la jambe de son pantalon.

Il se retourna, regarda Temple. Il agita un instant son revolver et le remit dans sa poche, puis il marcha vers elle. Il se déplaçait à pas silencieux ; la porte ouverte béait et battait contre son montant, mais, elle aussi, sans le moindre bruit ; il semblait que les lois du bruit et du silence fussent interverties. Elle put percevoir comme le bruissement de cette épaisseur de silence que Popeye dut écarter et traverser pour parvenir jusqu'à elle, et elle se mit à dire : « Il va m'arriver quelque chose ? » Elle le dit au vieux dont les yeux n'étaient que deux glaires jaunâtres. « Il m'arrive quelque chose ! » hurla-t-elle au vieux assis sur sa chaise au soleil, les mains croisées sur la poignée de son bâton. « Je vous avais bien dit que ça arriverait ! » clamait-elle, et ses paroles s'envolaient comme des bulles brûlantes et silencieuses pour se fondre dans l'éclatant silence qui les entourait. Enfin, le vieux tourna vers elle son visage aux deux crachats coagulés, vers l'endroit où elle se tordait et se débattait, renversée sur les planches brutes rayées de soleil. « Je vous l'avais bien dit ! je n'ai cessé de vous le dire ! »

XIV

Pendant qu'elle était près de la source avec
l'enfant endormi sur ses genoux, la femme s'aperçut
qu'elle avait oublié le biberon du petit. Elle resta
assise à cet endroit pendant une heure environ après
que Popeye l'eut quittée. Puis elle regagna le chemin
et revint vers la maison. Elle était à peu près à mi-
route de la maison, portant l'enfant dans ses bras,
lorsqu'elle croisa la voiture de Popeye. Elle l'entendit venir, se rangea sur le bord du chemin, s'arrêta et
la regarda dévaler la colline. Temple était avec
Popeye dans la voiture. Popeye ne broncha pas, bien
que, sous son chapeau, Temple dévisageât la femme
sans lui adresser le moindre signe de connaissance.
La tête resta fixe, les yeux atones ; pour la femme
rangée sur le bas-côté, ce fut comme si un petit
masque couleur de mort passait devant elle sur un fil
tendu, puis disparaissait. La voiture s'éloigna,
embardant, cahotant parmi les ornières. La femme
rentra à la maison.

L'aveugle était assis au soleil sur la galerie. Elle
pénétra d'un pas rapide dans le corridor. A peine
avait-elle conscience de son léger fardeau. Elle
trouva Goodwin dans leur chambre à coucher. Il

était en train de mettre une cravate élimée, et, en le regardant, elle constata qu'il venait de se raser.

« Alors, dit-elle. Qu'est-ce qu'il y a ? Qu'est-ce qu'il y a ?

— Il faut que j'aille à pied jusque chez Tull pour téléphoner au shérif, répondit-il.

— Au shérif, fit-elle. Ah, très bien. » Elle alla près du lit et y déposa l'enfant avec précaution.

« Chez Tull, reprit-elle. C'est vrai, il a le téléphone.

— Faudra que tu fasses la cuisine, dit Goodwin. Y a le grand-père.

— T'as qu'à lui donner du pain froid. Ça lui est bien égal. Y en a de reste dans le fourneau. Il s'en fiche.

— Je pars, fit Goodwin. Toi, reste ici.

— Chez Tull, répondit-elle. Très bien. » Tull était l'homme chez qui Gowan avait trouvé une voiture. Il habitait à deux miles de là. Les Tull étaient en train de déjeuner. On la pria de s'asseoir. « Je voudrais seulement téléphoner », dit-elle. Le téléphone se trouvait dans la salle où ils étaient en train de manger. Elle ne connaissait pas le numéro. « Le chérif », répétait-elle patiemment, dans l'appareil. Enfin, elle obtint le shérif, avec toute la famille Tull assise là, autour de la table, pour son déjeuner du dimanche. « Un mort. Quand vous avez dépassé d'un mile environ la maison de Mr. Tull, vous tournez à droite... Oui, la vieille maison du Français. Oui. C'est Mrs. Goodwin qui parle... Goodwin. Oui. »

XV

Benbow arriva chez sa sœur vers le milieu de l'après-midi. Elle habitait à quatre miles de Jefferson. Sa sœur et lui étaient nés à Jefferson, à sept ans d'intervalle, dans une maison qu'ils possédaient encore, bien que sa sœur eût désiré la vendre lorsque Benbow épousa la femme divorcée d'un nommé Mitchell et qu'il partit pour Kinston. Benbow s'était opposé à la vente, quoiqu'il eût fait construire à Kinston un pavillon avec de l'argent emprunté dont il continuait de payer l'intérêt.

Lorsqu'il arriva, il ne trouva personne. Il pénétra dans la maison, et il était assis dans le salon obscur, derrière les volets fermés, lorsqu'il entendit sa sœur, ignorante encore de son arrivée, descendre l'escalier. Il ne souffla mot. Elle avait presque dépassé la porte du salon, et elle allait disparaître, lorsqu'elle s'arrêta et regarda droit vers lui, sans surprise apparente, avec l'impassibilité sereine et stupide d'une statue antique. Elle était vêtue de blanc. « Tiens, Horace », fit-elle.

Il ne se leva pas. Il resta assis, avec un air de petit garçon pris en faute. « Comment as-tu ?... dit-il. Est-ce que Belle ?... »

— Naturellement. Elle m'a télégraphié samedi que tu étais parti, et m'a chargé de te dire, si tu venais ici, qu'elle était retournée chez ses parents dans le Kentucky et qu'elle avait envoyé chercher Little Belle.

— Ah, Bon Dieu, fit Benbow.

— Comment ? demanda sa sœur. Tu veux bien partir de chez toi, mais tu ne veux pas qu'elle en fasse autant ? »

Il demeura deux jours chez sa sœur. Elle n'avait jamais été très grande causeuse ; elle vivait d'une vie sereine et végétative, comme pourrait le faire un plant de maïs ou de blé poussé dans la quiétude d'un jardin bien abrité au lieu d'être dans un champ. Et, pendant ces deux jours, elle se contenta d'aller et de venir dans la maison avec un air quelque peu ridicule de placide et tragique désapprobation.

Après dîner, ils allèrent s'asseoir dans la chambre de Miss Jenny, où Narcissa lut un journal de Memphis avant d'aller coucher le petit garçon. Quand elle fut sortie de la chambre, Miss Jenny regarda Benbow.

« Rentrez donc chez vous, Horace, dit-elle.

— Pas à Kinston, répondit Benbow. Mais, de toute façon, mon intention n'était pas de m'éterniser ici. Ce n'est pas après Narcissa que je courais. Je n'ai pas quitté une femme pour courir après les jupes d'une autre.

— Si vous continuez à vous répéter cela, vous finirez peut-être, un beau jour, par le croire, dit Miss Jenny. Et qu'est-ce que vous ferez, alors ?

— Vous avez raison, fit Benbow. Alors, je n'aurais plus qu'à rester chez moi. »

Sa sœur revint. Elle entra dans la chambre d'un air

résolu. « Ça y est », se dit Benbow. Sa sœur ne lui avait pas adressé directement la parole de toute la journée.

« Qu'as-tu l'intention de faire, Horace ? lui demanda-t-elle. Tu dois bien avoir là-bas, à Kinston, quelque affaire qui t'appelle.

— Même Horace doit en avoir, fit Miss Jenny. Ce que je voudrais savoir, c'est pourquoi il est parti. Est-ce que vous aviez trouvé un homme sous le lit, Horace ?

— Pas eu cette veine, dit Benbow. C'était vendredi, et, brusquement, je me suis rendu compte qu'il m'était impossible d'aller à la gare chercher ce colis de crevettes et...

— Mais, tu l'avais bien fait pendant dix ans, interrompit sa sœur.

— Justement, et c'est pourquoi je me suis rendu compte que je n'arriverais jamais à supporter l'odeur des crevettes.

— Est-ce pour cela que vous avez quitté Belle ? » demanda Miss Jenny. Elle le regarda. « Vous avez mis du temps à vous apercevoir que si une femme ne peut faire le bonheur d'un premier mari, il y a des chances pour qu'elle ne puisse pas davantage faire celui d'un second. N'est-il pas vrai ?

— Mais de là à filer comme un nègre, ajouta Narcissa, et à te mêler à des bouilleurs de cru clandestins et à des pierreuses...

— Eh bien, il l'a abandonnée, sa pierreuse, dit Miss Jenny. A moins que vous ne fassiez vous-même le trottoir, en gardant ce polissoir dans votre poche, jusqu'à ce qu'elle revienne en ville.

— Oui », fit Benbow. Et il refit le récit de la nuit qu'il avait passée avec Goodwin et Tommy, assis sur la terrasse, à boire à la cruche en bavardant, tandis que Popeye rôdait dans la maison, sortait, commandait à Tommy d'allumer une lanterne et de descendre avec lui à la grange et l'engueulait parce qu'il ne voulait pas le faire. Il dépeignit Tommy assis par terre à frotter ses pieds nus sur le plancher, en susurrant avec un petit sifflement : « Quel type, tout de même ! »

« Il était aussi évident qu'il avait un revolver sur lui qu'un nombril au milieu du ventre, poursuivit Benbow. Il ne voulait pas boire, disant que ça lui faisait un mal de chien à l'estomac, il ne voulait pas rester à causer avec nous, il ne voulait rien faire sinon tournailler et fureter partout en fumant des cigarettes comme un gosse boudeur et maladif.

« Goodwin et moi, nous bavardions tous deux. Il avait été maréchal des logis dans la cavalerie aux Philippines et sur la frontière mexicaine. Il a servi en France, pendant la guerre, dans un régiment d'infanterie. Il ne m'a pas dit pourquoi on l'avait changé d'arme et cassé de son grade. Peut-être a-t-il tué quelqu'un, ou déserté. Il parlait de Manille et des femmes mexicaines, tandis que cette espèce d'imbécile gloussait et gargouillait dans le pichet et me le tendait en disant : « 'Core un coup. » Alors, je m'aperçus que la femme était juste derrière la porte à nous écouter. Ils ne sont pas mariés. Je sais ça aussi sûrement que je savais que ce petit homme noir avait ce petit revolver plat dans la poche de son veston. Et elle reste là à travailler comme un nègre, elle qui a eu des diamants et des autos en son temps, et qui les a payés plus cher qu'en argent comptant. Et l'aveugle, le vieux assis là-bas à table, attendant qu'on lui donne à manger avec cette immobilité des

aveugles qui fait que l'on croirait voir l'envers de
leurs prunelles, alors qu'ils entendent une musique
que nous ne pouvons percevoir. Goodwin l'a fait
sortir de la pièce, et, sans doute tout à fait de la
terre, car je ne l'ai jamais revu. Je n'ai pu savoir qui
il était, ni à qui il était apparenté. Peut-être à
personne. Sans doute est-ce le Français qui a
construit la maison il y a cent ans qui n'en a plus
voulu et l'a laissé là en mourant ou en partant. »

Le lendemain matin, Benbow demanda à sa sœur
la clef de la maison et s'en alla à la ville. La maison,
inoccupée maintenant depuis dix ans, était située
dans une rue écartée. Benbow l'ouvrit et décloua les
fenêtres. On n'avait pas déménagé les meubles. En
salopette bleue toute neuve, armé d'un balai et d'un
seau d'eau, il frotta les planchers. A midi, il descendit dans le centre de la ville, et y acheta de la literie
et quelques boîtes de conserves. A six heures,
lorsque sa sœur arriva dans sa voiture, il était encore
à la besogne.

« Rentre à la maison, Horace, dit-elle. Tu vois
bien que ce n'est pas ton ouvrage.

— Je m'en suis aperçu dès le commencement,
répondit Benbow. Jusqu'à ce matin je me figurais
qu'avec un bras et un seau d'eau n'importe qui
pouvait laver un parquet.

— Horace, fit-elle.

— Rappelle-toi que je suis l'aîné, dit-il. J'entends
rester ici. J'ai des couvertures. » Il alla dîner à
l'hôtel. A son retour, la voiture de sa sœur était
encore dans l'allée. C'était le chauffeur nègre qui
venait apporter un ballot de literie.

« Miss Narcissa a dit que c'était pour vous »,

141

déclara le nègre. Benbow rangea soigneusement le ballot et fit son lit avec ce qu'il avait acheté.

Le lendemain à midi, tout en mangeant sa viande froide sur la table de la cuisine, il vit par la fenêtre une charrette s'arrêter dans la rue. Trois femmes en descendirent et s'installèrent sans vergogne sur le trottoir à faire leur toilette : elles lissèrent leurs robes et leurs bas, se brossèrent mutuellement le dos, ouvrirent des paquets et se revêtirent de parures variées. La charrette avait continué et elles suivirent à pied. Il se souvint alors que c'était un samedi. Il quitta sa salopette, s'habilla et sortit.

La rue débouchait dans une autre, plus large, qui se prolongeait, à gauche, jusqu'à la place. Tout l'espace entre les deux rangées d'immeubles était noir d'une foule lente, continue, comme deux processions de fourmis, au-dessus de laquelle la coupole du tribunal surgissait d'un bouquet de chênes et d'acacias couverts d'un reste de leur neige. Il alla jusqu'à la place. Il croisait des charrettes vides et d'autres femmes à pied, des noires et des blanches, sur l'identité desquelles leurs toilettes endimanchées et leur démarche gauche rendaient impossible qu'on se méprît, mais qui, tout en ne parvenant même pas à se duper mutuellement, se figuraient que les citadines les prendraient pour quelqu'une des leurs.

Les allées adjacentes étaient remplies de charrettes entravées, dont les attelages attachés à l'arrière fourrageaient dans le maïs par-dessus les hayons. La place était bordée d'une double rangée d'autos, tandis que leurs possesseurs, ainsi que ceux des charrettes, lent grouillement de combinaisons bleues et kaki, d'écharpes et d'ombrelles achetées sur catalogue, entraient et sortaient des magasins, souillant la chaussée d'épluchures de fruits et de cacahuètes. Ils se mouvaient aussi lentement que des moutons, tranquilles, impassibles, encombrant la circulation, contemplant avec l'énorme et insondable placidité des bestiaux et des dieux l'empressement des gens en chemises et en faux-cols de citadins, fonctionnant hors du temps, ayant laissé le temps épandu là-bas, sur la campagne lente, impondérable, verte de maïs et de coton dans la dorure de l'après-midi.

Horace avançait au milieu d'eux, entraîné ici et là par le courant circonspect et patient. Il connaissait un certain nombre d'entre eux. La plupart des commerçants et des gens de professions libérales se le rappelaient enfant, adolescent, jeune confrère au barreau. Derrière l'écran neigeux des caroubiers, il pouvait apercevoir les fenêtres décrépites, aux vitres toujours aussi vierges qu'alors d'eau et de savon, du premier étage où son père et lui avaient exercé leur profession, et il s'arrêtait de temps en temps pour bavarder avec eux loin des remous de la foule.

L'atmosphère ensoleillée s'emplissait de la concurrence des postes de T. S. F. et des phonographes aux portes des drogueries et des marchands d'instruments de musique. Devant ces portes, tout le jour, une foule demeurait massée à écouter. Ce qui la touchait le plus, c'étaient des ballades d'une mélodie simple, sur le thème de la misère, du châtiment, du repentir, chantées mécaniquement, déformées et amplifiées par les ondes ou par l'aiguille ; des voix désincarnées, qui sortaient en mugissant de meubles imitation bois ou de pavillons imitation pierre, par-dessus les figures en extase, les lentes mains noueuses depuis longtemps façonnées à la tyrannie de la terre, lugubres, âpres et résignées.

C'était un samedi de mai : une époque où, d'habitude, on ne quitte point sa terre. Et, pourtant, le lundi, ils étaient revenus pour la plupart dans leurs combinaisons kaki, et leurs chemises sans cols, et s'étaient rassemblés aux alentours du palais de justice, profitant de ce qu'ils étaient là pour faire quelques achats dans les magasins. Toute la sainte journée, un groupe d'entre eux s'était tenu à la porte du hall de l'entrepreneur des pompes funèbres ; des petits garçons et des petites filles, avec ou sans livres de classe, étaient venus se presser contre la vitre et y aplatir leur nez ; les plus hardis et les jeunes gens de la ville avaient pénétré par deux ou par trois, afin de regarder l'homme qui s'appelait Tommy. Il était étendu sur une table de bois, pieds nus, en salopette, les boucles de ses cheveux décolorés par le soleil collées à son crâne par le sang séché et roussies par la poudre, tandis que le coroner, assis près de lui, essayait d'établir avec précision quel était son nom de famille. Mais personne ne le savait, pas même les gens de la campagne, qui, depuis quinze ans, connaissaient l'homme, ni les commerçants qui, à de rares intervalles, l'avaient aperçu, l'après-midi, en ville, pieds nus, sans chapeau, avec un regard béat et vide, et sa joue innocemment gonflée par un bonbon à la menthe. L'avis général était qu'il n'en possédait pas.

XVI

Le jour où le shérif amena Goodwin à la prison de
la ville, il y avait parmi les détenus un Noir qui avait
tué sa femme. Il lui avait tranché la gorge d'un coup
de rasoir, et, la tête presque séparée ballottant de
plus en plus loin en arrière de cette plaie béante d'où
le sang giclait en bouillonnant, elle s'était enfuie de
la cabane et avait fait six ou sept pas sur le sentier
que baignait la lumière paisible de la lune. Le soir, il
s'appuyait à la fenêtre et chantait. Après dîner,
quelques Noirs se groupaient en bas, le long de la
clôture — épaule contre épaule, en complets d'une
élégance bon marché ou en salopettes tachées de
sueur, — et chantaient des cantiques en chœur avec
le meurtrier, tandis que les Blancs ralentissaient et
s'arrêtaient dans la pénombre feuillue du presqu'été,
pour écouter ceux qui étaient sûrs de mourir et celui
qui était déjà mort chanter les fatigues de la terre et
les joies du ciel. Ou bien ils entendaient, dans
l'intervalle entre deux cantiques, une voix chaude,
anonyme, monter de l'ombre profonde derrière la
masse déchiquetée de l'arbre de paradis qui voilait
de son treillis le réverbère du coin, et pousser sa
lugubre complainte : « Quat' jours encore ! et alors

y vont pendre le meilleur baryton du Mississippi du Nord ! »

Quelquefois, dans la journée, il s'appuyait à la fenêtre et alors il chantait tout seul. Mais, au bout d'un instant, un ou deux petits voyous ou des Noirs généralement porteurs de paniers de livraison s'arrêtaient contre la clôture et les Blancs, inclinés dans des fauteuils, le long du mur souillé d'huile du garage d'en face, pouvaient à leur tour prêter l'oreille sans cesser de mastiquer. « Encore un jour ! Alors j' s'rai plus là, pauv' enfant d' putain. Oh, y a pas d' place pour toi au ciel ! Y en a pas pour toi en enfer ! Y en a pas non plus en prison ! »

« Au diable ce gars-là », fit Goodwin en levant brusquement sa tête noire, sa figure décharnée, tannée et ravagée. « Je ne suis guère en situation de souhaiter ça à quelqu'un, mais du diable... » Il ne voulait rien dire. « Ce n'est pas moi qui ai fait ça. Vous le savez aussi bien que moi. Vous savez bien que je n'aurais pas fait ça et que je ne l'ai pas fait. C'est à eux de le prouver d'abord. Y n'ont qu'à le faire. Je suis innocent. Mais si je parle, si je dis ce que je pense ou ce que je crois, je ne serai plus innocent. » Il était assis sur la couchette de sa cellule. Son regard monta vers les fenêtre, deux ouvertures pas plus larges que des coups de sabre.

« Est-il si bon tireur que cela ? demanda Benbow. Au point d'atteindre quelqu'un par l'une de ces fenêtres ? »

Goodwin le regarda. « Qui ça ?

— Popeye, dit Benbow.

— Est-ce que c'est Popeye qui a fait le coup ? interrogea Goodwin.

— N'est-ce pas lui ? dit Benbow.

146

« — J'ai dit tout ce que j'avais à dire. Je n'ai pas à me disculper ; à eux de faire la preuve que c'est moi.

— Alors, qu'avez-vous besoin d'un avocat ? fit Benbow. Qu'est-ce que vous voulez que je fasse ?

— Si vous vouliez seulement me promettre de trouver une place au gosse dans un journal quand il sera en âge de gagner des sous, dit-il sans regarder Benbow. Ruby se débrouillera. N'est-ce pas, ma vieille ? » Il posa sa main sur la tête de la femme et lui caressa les cheveux. Elle était assise à côté de lui sur la couchette, et tenait l'enfant sur ses genoux. Il était étendu dans une sorte d'immobilité torpide, comme ces enfants que portent les mendiants dans les rues de Paris[1]. Sa figure ratatinée luisait d'une légère moiteur, ses cheveux traçaient comme une ombre humide et légère en travers de son crâne veiné et décharné, et sous ses paupières couleur de plomb apparaissait un mince croissant de blanc.

La femme portait une robe de crêpe grise, proprement brossée et habilement reprisée. Parallèlement à chaque couture, l'étoffe accusait ce léger lustrage qu'une autre femme reconnaîtrait du premier coup d'œil à cent mètres. Sur l'épaule était un motif de broderie mauve, tel qu'on peut en acheter au bazar à dix sous ou sur catalogue. Sur la couchette, à côté d'elle, était posé un chapeau gris avec une voilette soigneusement raccommodée. En la regardant, Benbow n'arrivait pas à se rappeler à quelle époque il avait déjà vu des voilettes ni quand les femmes avaient cessé d'en porter.

Il emmena la femme chez lui. Ils allèrent à pied,

1. A la fin de l'été et au début de l'automne 1925, Faulkner séjourna à Paris, 26, rue Servandoni.

147

elle portant l'enfant, Benbow chargé d'une bouteille de lait, de paquets d'épicerie et de boîtes de conserves. L'enfant dormait toujours. « Peut-être le portez-vous trop, dit-il. Si nous prenions une nurse pour lui ? »

Il la laissa à la maison et repartit en ville. D'une cabine téléphonique, il appela sa sœur pour lui demander sa voiture. La voiture vint le chercher, et, tout en dînant, il raconta l'affaire à sa sœur et à Miss Jenny.

« Tu es en train de te mêler de choses qui ne te regardent pas ! s'écria Narcissa, le visage serein, mais la voix furieuse. Lorsque tu as enlevé la femme d'un autre avec son enfant, j'ai trouvé cela abominable, mais je me suis dit : au moins, il n'aura pas l'audace de revenir jamais ici. Et quand tu t'es sauvé de chez toi comme un nègre et que tu l'as abandonnée, j'ai également trouvé cela abominable, mais je n'ai pas voulu croire que tu avais l'intention de le faire pour de bon. Il en a été de même lorsque sans aucune raison, tu as insisté pour partir d'ici et aller rouvrir la maison, et l'astiquer toi-même en devenant le point de mire de toute la ville, et y vivre comme un vagabond, en refusant de demeurer chez moi où tout le monde s'attendait à te voir rester, trouvant drôle que tu agisses autrement... Et, maintenant, voilà que tu te compromets délibérément avec une femme qui, tu le dis toi-même, est une gueuse, la compagne d'un assassin !

— Qu'est-ce que tu veux que j'y fasse ? Elle n'a rien, personne. Tout ce qu'elle possède c'est ce costume ravaudé proprement par elle, à la mode d'il y a au moins cinq ans, et cet enfant, qui n'a jamais été qu'un demi-moribond, empaqueté dans un bout de couverture si souvent lavé qu'il est devenu aussi blanc que du coton. Elle ne demande rien à personne, si ce n'est qu'on la laisse tranquille, et elle essaye de faire quelque chose de sa vie, alors que vous autres, chastes femmes à l'abri du besoin...

— Allez-vous prétendre qu'un bouilleur de cru n'a pas de quoi se payer le meilleur avocat du pays ? dit Miss Jenny.

— Là n'est pas la question, répondit Horace. Je suis bien certain qu'il pourrait s'adresser à un meilleur avocat. Mais...

— Horace, fit sa sœur qui l'avait observé, où est cette femme ? » Miss Jenny, légèrement penchée dans son fauteuil roulant, l'observait également. « As-tu amené cette femme chez moi ?

— C'est aussi chez moi, ma chère. » Elle ignorait que depuis dix ans il mentait à sa femme pour pouvoir payer l'intérêt d'une hypothèque sur la maison de stuc qu'il avait fait bâtir pour elle à Kinston, afin que sa sœur ne pût louer à des étrangers cette autre maison de Jefferson dont sa femme ne savait pas qu'il était encore co-propriétaire. « Tant que la maison sera libre, et avec cet enfant...

— La maison où mon père et ma mère, où ton père et ta mère, la maison où je... Je ne puis admettre cela. Je ne puis l'admettre.

— Rien que pour une nuit, alors. Je la conduirai à l'hôtel demain matin. Imagine-la toute seule, avec cet enfant... Suppose que ce soit toi et Bory, et que ton mari soit accusé d'un assassinat dont tu le sais innocent...

— Je n'ai que faire de l'imaginer. Je voudrais bien n'avoir jamais entendu parler de tout cela. Penser

149

que mon frère... Tu ne vois donc pas qu'il faut toujours que tu fasses place nette après ton passage ? Ce n'est pas qu'il y ait quelques saletés de reste, c'est que tu... que... Mais amener une gueuse, une meurtrière, dans la maison où je suis née !

— Balivernes, fit Miss Jenny. Mais voyons, Horace, n'est-ce pas ce que les hommes de loi appellent collusion ? connivence ?... » Horace la regarda. « Il me semble, poursuivit-elle, que vous avez déjà fréquenté ces gens plus qu'il ne l'aurait fallu pour l'avocat de cette affaire. Il n'y a pas si longtemps vous étiez là-bas, sur les lieux, et on pourrait commencer à croire que vous en savez plus long que vous ne le dites.

— Tout à fait ça, Mme Blackstone[1]. Je me suis souvent demandé pourquoi je n'avais pas fait fortune dans ma profession. Mais cela viendra sans doute quand j'aurai l'âge de m'inscrire au collège où vous êtes allée.

— Si j'étais à votre place, reprit Miss Jenny, je me ferais ramener en ville dès maintenant et j'irais installer cette femme à l'hôtel. Il n'est pas tard.

— Et je rentrerais à Kinston jusqu'à ce que toute cette affaire soit finie, ajouta Narcissa. Ces gens-là ne sont pas de ta famille, pourquoi te crois-tu obligé de faire tout cela ?

— Je ne puis pas rester les bras croisés quand je vois l'injustice...

— Vous n'arriverez jamais à rattraper l'injustice, Horace, fit Miss Jenny.

1. Le « Blackstone » est un célèbre manuel de droit britannique, comparable à notre « Dalloz ».

— Eh bien, cette ironie qui se cache dans les événements, alors.

— Hum, dit Miss Jenny. Ça doit être parce que c'est la seule femme de votre connaissance qui ne sait rien de votre histoire de crevettes.

— En tout cas, j'ai encore eu la langue trop longue, comme d'habitude, dit Horace. Aussi vais-je être obligé de m'en remettre à votre discrétion à toutes deux...

— Allons, fit Miss Jenny, vous figurez-vous que Narcissa tient à ce que l'on sache que quelqu'un de sa famille fréquente des gens qui ont des activités aussi naturelles que faire l'amour, voler ou cambrioler ? » C'était bien, en effet, un trait du caractère de sa sœur, et, pendant les quatre jours qu'il avait passés entre sa fuite de Kinston et son arrivée à Jefferson, c'est à cette insensibilité qu'il s'était attendu. Il n'attendait pas d'elle — non plus que de n'importe quelle autre femme — qu'elle se souciât d'un homme dont elle n'était ni l'épouse, ni la mère, alors qu'elle avait mis au monde un être à chérir et à dorloter, mais, depuis trente-six ans qu'il la connaissait, il s'était toujours attendu à cette insensibilité !

Quand il revint chez lui, en ville, une lumière brûlait dans une pièce. Il entra, marchant sur les parquets qu'il avait lui-même nettoyés et qui lui prouvaient qu'il n'était pas maintenant plus habile à se servir d'un balai qu'il ne l'avait été dix ans plus tôt à se servir du marteau, à présent égaré, avec lequel il avait condamné les fenêtres et les volets, lui qui n'avait même pas pu apprendre à conduire une auto. Mais il y avait dix ans de cela ; le marteau était remplacé par un outil neuf avec lequel il avait arraché les clous tordus, et les fenêtres étaient

ouvertes sur l'étendue des parquets frottés, semblables, dans l'étreinte fantomatique des meubles
recouverts de housses, à des étangs d'eau morte.

La femme était encore debout, tout habillée, à
l'exception de son chapeau, qui était posé sur le lit
où dormait l'enfant. Couchés là tous deux, ils
contribuaient, plus certainement que l'éclairage de
fortune et le paradoxe propret du lit dressé dans une
pièce par ailleurs longtemps inoccupée et sentant le
renfermé, à donner à celle-ci un air de provisoire. Il
semblait qu'un fluide féminin suivît comme un
courant un fil au long duquel étaient branchées un
certain nombre d'ampoules identiques.

« J'ai quelque chose à chercher à la cuisine, dit-
elle. J'en ai pour une minute. »

L'enfant était couché sur le lit, au-dessous de la
lampe dépourvue d'abat-jour. Et Horace se demandait pourquoi la première chose que font les
femmes, en quittant une maison, c'est d'enlever tous
les abat-jour, quand bien même elles ne touche-
raient pas au reste. Il regarda l'enfant, ses paupières
plombées laissant entrevoir un mince croissant d'un
blanc bleuâtre au-dessus de ses joues livides, la tache
moite des cheveux qui ombraient son crâne, ses
petites mains crispées levées en l'air et, elles aussi,
trempées de sueur. Et il ne put s'empêcher de
penser : Bon Dieu, bon Dieu !

Il songeait à la première fois qu'il l'avait vu,
couché dans une caisse en bois derrière le fourneau,
dans cette maison en ruine à douze miles de la ville.
Il songeait à la noire présence de Popeye, étendue
sur la maison comme l'ombre d'un objet de la taille
d'une allumette, qui tomberait, monstrueuse et
sinistre, sur un autre objet, par ailleurs familier et

banal, vingt fois plus gros que lui. Il songeait à eux deux, lui et la femme, dans la cuisine, éclairés par une lampe fumeuse et fêlée posée sur une tablée de plats d'une simplicité spartiate, et Goodwin et Popeye quelque part dans l'obscurité paisible du dehors, peuplée d'insectes et de grenouilles, et pourtant elle aussi toute remplie, comme d'une menace anonyme et noire, de la présence de Popeye. La femme avait retiré la caisse de derrière le fourneau et s'était penchée dessus, les mains toujours cachées dans sa robe informe. « Je suis obligée de le laisser là-dedans pour empêcher les rats de l'atteindre, avait-elle dit.

— Ah ! avait fait Horace, vous avez un fils. » Puis elle lui avait montré ses mains, les avait étalées en un geste à la fois spontané et timide, plein d'une fierté consciente, et elle lui avait dit qu'il pourrait lui apporter un polissoir.

Elle revint, portant quelque chose discrètement enveloppé dans un morceau de journal. Il eut l'intuition que c'était une couche fraîchement lavée, avant même qu'elle eût dit : « J'ai fait du feu dans le fourneau. Je ne sais si je n'ai pas abusé.

— Mais bien sûr que non, répondit Horace. Ce n'est qu'une question de précaution légale, ajouta-t-il. Il vaut mieux nous priver momentanément d'un peu de bien-être plutôt que de compromettre notre cause. » Elle n'eut pas l'air d'entendre. Elle étend[...] la couverture sur le lit, prit l'enfant et l'y dép[...] « Vous comprenez ce que c'est, poursuivit H[...] Si le juge me soupçonnait d'en savoir plus [...]ns faits ne m'y autorisent... Je veux dire, nous[...] que essayer de donner à tout le monde l'impres[...] retenir Lee pour ce meurtre, c'est simplem[...]

153

— Est-ce que vous habitez Jefferson ? dit-elle en enroulant l'enfant dans la couverture.

— Non, j'habite Kinston. J'y habitais... Mais j'ai exercé ici.

— Vous y avez pourtant de la famille. Des femmes. Qui ont habité dans cette maison, autrefois. » Elle souleva l'enfant et le borda dans son lit. Puis elle regarda Benbow. « Bien. Je comprends. Vous avez été très bon.

— Bon Dieu, fit-il, est-ce que vous croyez ?... Venez. Allons à l'hôtel. Vous vous reposerez une bonne nuit et j'irai vous chercher demain matin de bonne heure. Laissez-moi prendre le petit.

— Je le tiens », dit-elle. Elle fut sur le point de commencer une autre phrase, posant sur lui un instant son regard tranquille ; mais elle quitta la pièce en silence. Il éteignit, la suivit et ferma la porte à clef. Elle était déjà dans la voiture. Il monta.

« A l'hôtel, Isom, dit-il. Je n'ai jamais pu apprendre à conduire une auto, ajouta-t-il. Quelquefois, quand je pense à tout le temps que j'ai passé à ne pas apprendre à faire certaines choses... »

La rue était étroite et calme. Elle était maintenant macadamisée, mais il pouvait se rappeler le temps, où, après une pluie, elle n'était qu'une fondrière emplie d'une substance noirâtre, moitié terre, moitié eau, avec des caniveaux murmurants où Narcissa et lui patouillaient et barbotaient, vêtements retroussés et derrière crotté, à la poursuite de bateaux grossiè-ment taillés au canif, ou bien faisaient de la *uillie en piétinant sans cesse au même endroit *à la profonde abnégation des alchimistes. Il se *bo*lait le temps où, vierge de ciment, la rue était des deux côtés par des trottoirs de briques rouges inégales, que l'usure transformait en une mosaïque d'un brun chaud, laquelle s'enfonçait dans la terre noire que n'atteignait jamais le soleil de midi. De cette époque dataient les empreintes de ses pieds nus et de ceux de Narcissa, encore marquées dans le ciment à l'entrée de l'allée.

Les réverbères se firent plus fréquents, et au coin de la rue étincela l'arcade d'un poste d'essence. La femme se pencha soudain en avant. « Arrêtez ici, s'il vous plaît, chauffeur », dit-elle. Isom freina. « Je vais descendre ici et aller à pied, ajouta-t-elle.

— Vous n'en ferez rien, déclara Horace. Continue, Isom.

— Non, attendez, fit la femme. Nous allons rencontrer des gens qui vous connaissent. Nous arrivons à la place.

— Absurde, dit Horace. Continue, Isom.

— Alors, descendez, vous, et attendez. Il peut revenir directement.

— Vous n'en ferez rien, se fâcha Horace. Mais voyons, je... Allons Isom, va !

— Vous feriez mieux », dit la femme. Elle se renfonça sur le coussin. Puis elle se pencha de nouveau en avant. « Écoutez. Vous avez été bon. Vous avez de bonnes intentions, mais...

— Vous ne me trouvez pas assez avocat. Est-ce cela que vous voulez dire ?

— Je suppose que j'ai reçu ce qui m'attendait. Inutile de résister.

— Certainement pas, si tel est votre sentiment. Mais ce n'est pas vrai ; ou alors vous auriez dit à Isom de vous conduire à la gare. N'est-ce pas ? » Elle était penchée sur l'enfant, et lui arrangeait la couverture autour du visage. « Vous allez bien vous reposer cette nuit et je serai là de bonne heure demain matin. » Ils passèrent devant la prison, un bâtiment carré brutalement entaillé de pâles fentes de lumière. Seule l'ouverture centrale, défendue par de minces barreaux, était assez large pour mériter le nom de fenêtre. A cette fenêtre était appuyé le Noir assassin. Au-dessous, contre la clôture, s'alignait une rangée de têtes, nues ou coiffées, au-dessus d'épaules élargies par le travail ; et les voix mêlées montaient graves, chaudes, harmonieuses, dans le soir doux et léger, célébrant les fatigues de la terre et les joies du ciel. « Surtout, dit Benbow, ne vous tracassez pas. Tout le monde sait bien que ce n'est pas Lee le coupable. »

Ils s'arrêtèrent devant l'hôtel où les voyageurs de commerce étaient assis sur des chaises le long du trottoir à écouter les chanteurs. « Il faut... » commença la femme. Horace descendit et lui tint la portière. Elle ne bougea pas. « Écoutez. Il faut que je vous dise...

— Oui, fit Horace en lui offrant la main. Je sais. Je serai là de bonne heure demain matin. » Il l'aida à descendre. Ils pénétrèrent dans l'hôtel, les voyageurs de commerce se retournant sur la femme pour regarder ses jambes, et s'arrêtèrent à la réception. Le chant les suivit, assourdi par les murs, par les lumières.

Jusqu'à ce qu'Horace eût terminé, la femme demeura placidement à côté de lui, tenant l'enfant.

« Écoutez », dit-elle. Le chasseur, la clef à la main, se dirigeait vers l'escalier. Horace prit le bras de la femme, la fit retourner de ce côté. « Il faut que je vous dise, fit-elle.

— Demain. Je viendrai de bonne heure », répondit-il en la guidant vers l'escalier. Mais elle hésitait toujours, le regardant. Puis, elle dégagea son bras et se tourna vers lui.

« Très bien, alors », fit-elle. Elle dit cela d'une voix basse, uniforme, le visage légèrement penché vers l'enfant. « Nous n'avons pas un sou, je vous le dis tout de suite. La dernière livraison, Popeye ne l'a pas...

— Bon, bon, dit Horace ; nous verrons ça demain matin. Je serai là au moment où vous finirez votre petit déjeuner. Bonne nuit. » Il revint à la voiture. Le chant durait toujours. « A la maison, Isom », dit-il. Ils firent demi-tour, repassèrent devant la prison, devant la forme penchée derrière les barreaux et la rangée de têtes le long de la clôture. Sur le mur entaillé de meurtrières, la tache d'ombre de l'arbre de paradis frémissait et battait monstrueusement sous la brise légère. Profond et mélancolique, le chant s'éteignit derrière eux. La voiture continua, douce, rapide, dépassa la rue étroite. « Hé là, dit Horace, où est-ce que... » Isom freina brusquement.

« Miss Narcissa a dit qu'il fallait vous ramener à la maison, déclara-t-il.

— Ah vraiment ! dit Horace. C'est bien aimable à elle. Tu peux lui dire que j'ai fait changer d'avis à qui elle sait. »

Isom fit marche arrière et tourna par la rue étroite ; puis il emprunta l'avenue de cyprès. La lueur des phares s'enfonçait sous la voûte des branches touffues comme au sein ténébreux des profondeurs marines, comme au milieu d'une colonnade de formes rigides auxquelles la lumière même ne pouvait donner de couleur. La voiture s'arrêta à la porte et Horace descendit. « Tu pourras lui dire que ce n'était pas après elle que je courais, dit-il. Tu te rappelleras ça ? »

XVII

L'arbre de paradis, à l'angle de la cour de la
prison, avait laissé tomber ses dernières fleurs en
forme de trompette. Elles jonchaient le sol en
couche épaisse, visqueuse sous le pied, douceâtre
aux narines, d'une douceur excessive, écœurante,
moribonde, et, la nuit, l'ombre déchiquetée des
feuilles maintenant tout à fait développées montait
et descendait, battant pauvrement contre la fenêtre
aux barreaux de fer. C'était la fenêtre celle de la
salle commune aux murs blanchis à la chaux, tout
maculés de traces de mains sales, tout couverts de
noms, de dates, d'inscriptions injurieuses et obscènes, griffonnées au crayon ou gravées avec la
pointe d'un couteau ou d'un clou. C'était contre
cette fenêtre que, la nuit, le Noir assassin venait
s'appuyer, le visage quadrillé par l'ombre des barreaux, entre les interstices mouvants des feuilles, et
chanter en chœur avec ses frères alignés en bas le
long de la clôture.

Parfois, dans la journée, il se mettait aussi à
chanter, tout seul cette fois. Et le passant qui
ralentissait sa marche, les petits voyous qui flâ-
naient, ou les mécanos du garage d'en face pou-

159

vaient entendre : « Encore un jour ! Y a pas d' place pour toi au ciel ! Y en a pas non plus en enfer ! Y en a pas dans la prison des blancs ! Pov' nègre où qu' tu vas t'en aller ? Où qu' tu vas t'en aller, pov' nègre ? »

Chaque matin, Isom apportait à l'hôtel une bouteille de lait qu'Horace remettait à la femme pour le petit. Le dimanche après-midi, il alla chez sa sœur. Il laissa la femme assise sur la couchette dans la cellule de Goodwin. Elle tenait l'enfant sur ses genoux. D'habitude, il restait étendu, immobile, comme sous l'empire d'un narcotique, les paupières mi-closes sur le mince croissant blanc de ses yeux ; mais aujourd'hui, il geignait, agité par moments de faibles sursauts convulsifs.

Horace monta dans la chambre de Miss Jenny. Sa sœur n'avait pas encore paru. « Il ne veut rien dire, déclara Horace. Il se borne à répéter qu'on n'a qu'à prouver que c'est lui qui a fait le coup, qu'on n'a pas plus de preuves contre lui que contre l'enfant. Il n'a même pas voulu envisager une libération sous caution, quand bien même il aurait pu fournir celle-ci. Il dit qu'il se trouve mieux en prison que chez lui. Et je serais tenté de le croire. Son commerce, là-bas, est fichu maintenant, même si le shérif n'avait pas découvert ses chaudrons et s'il ne les avait détruits...

— Quels chaudrons ?

— Son alambic. Lorsqu'il s'est constitué prisonnier, les policiers ont fouillé partout jusqu'à ce qu'ils trouvent l'alambic. Ils savaient ce qu'il faisait, mais ils ont attendu qu'il soit au tapis. Alors, tout le monde lui est tombé dessus ; tous ses bons clients qui lui achetaient du whisky, pintaient ce qu'il leur donnait pour rien et, probablement, courtisaient sa femme derrière son dos. Vous devriez les entendre, là-bas, en ville. Ce matin, le pasteur baptiste l'a pris pour thème de son prêche. Non seulement en tant qu'assassin, mais comme adultère, comme profanateur indigne de respirer l'atmosphère démocratico-protestante du comté de Yoknapatawpha. A son avis, si j'ai bien compris, on devrait brûler ensemble Goodwin et sa compagne, afin d'en faire un exemple pour l'enfant, puis on élèverait celui-ci et on lui enseignerait la langue anglaise dans le but de lui apprendre qu'il a été conçu dans le péché par deux êtres qui ont payé du bûcher le crime de l'avoir engendré. Bon Dieu, est-il possible qu'un homme civilisé puisse sérieusement...

— Mais ce ne sont que des baptistes, dit Miss Jenny. Et l'argent ?

— Il en restait un peu à Goodwin. A peu près cent soixante dollars, qu'il avait enfouis dans une boîte à conserves au fond de la grange. On le lui a laissé déterrer. « Ça permettra à Ruby de vivre, dit-il, jusqu'à ce que cette affaire soit finie. Alors, on fichera le camp. Voilà pas mal de temps qu'on y songeait. Si je l'avais écoutée, nous serions déjà partis. T'as été une bonne fille », a-t-il ajouté. Elle était assise à côté de lui sur la couchette, tenant le bébé. Il lui a pris le menton en lui secouant un peu la tête.

— Il a de la chance que Narcissa ne fasse pas partie du jury.

— Oui, mais l'imbécile ne veut même pas me permettre de dire que ce singe se trouvait là-bas. C'est toujours la même rengaine : « On n'a pas de preuve contre moi. Ce n'est pas la première fois que je suis dans le pétrin. Tous ceux qui me connaissent savent bien que je ne ferais pas de mal à un crétin. »

161

Mais ce n'est pas la raison pour laquelle il ne veut pas qu'on parle de ce truand. Et il se rendait bien compte que je le savais, car il a continué, assis là, en salopette, roulant une cigarette, le sachet pendu aux dents : « J' vais tout simplement rester ici jusqu'à ce que ça se tasse. C'est encore là que je s'rai l' mieux. De toute façon je ne pourrais plus rien faire si j'étais dehors. Cet argent permettra à Ruby de vivre, et il en restera peut-être un peu pour vous en attendant qu'on puisse vous donner le reste. »

« Mais je connaissais le fond de sa pensée. « Je ne vous savais pas poltron, lui dis-je.

— Faites comme je vous dis, a-t-il répondu. Je suis très bien ici. » Mais il ne… » Benbow s'assit sur le bord de son siège en se frottant doucement les mains. « Il ne se rend pas compte… Bon Dieu, dites ce que vous voudrez, mais il y a une sorte de corruption dans le simple spectacle, même fortuit, du mal : on ne marchande pas, on ne trafique pas avec la pourriture… Vous avez vu comme le seul fait d'en entendre parler a rendu Narcissa inquiète et soupçonneuse. Je m'imaginais être venu ici de mon plein gré, mais je vois bien, maintenant que… A votre avis, Narcissa a-t-elle cru que j'amenais cette femme à la maison la nuit, ou autre chose de ce genre ?

— Je le pensais, moi aussi, tout d'abord, fit Miss Jenny. Mais je la crois maintenant persuadée que si vous vous donnez tant de mal c'est pour quelque raison de satisfaction personnelle plutôt que dans l'espoir d'une offre ou d'un salaire quelconque.

— Voulez-vous dire que cette femme m'a laissé croire qu'ils n'avaient jamais eu d'argent, alors qu'elle…

« — Pourquoi pas ? Est-ce que vous ne vous en passez pas très bien ? »

Narcissa entra.

« Nous étions justement en train de parler crime et assassinat, dit Miss Jenny.

— J'espère alors que vous en avez fini, fit Narcissa sans s'asseoir.

— Narcissa aussi a ses peines, continua Miss Jenny. N'est-ce pas, Narcissa ?

— Qu'est-ce qu'il y a encore ? demanda Horace. Elle n'a pas pincé Bory à puer l'alcool, au moins ?

— Elle vient d'être plaquée par son chevalier servant.

— Quelle sottise ! fit Narcissa.

— Parfaitement, poursuivit Miss Jenny. Gowan Stevens l'a laissée tomber. Il n'est même pas revenu de ce bal d'Oxford pour lui faire ses adieux. Il lui a tout simplement envoyé une lettre. » Elle se mit à chercher autour d'elle sur le fauteuil. « Et maintenant, je tremble à chaque coup de sonnette à l'idée que c'est la mère du jeune homme...

— Miss Jenny, dit Narcissa, rendez-moi ma lettre.

— Attendez, la voici. Voyons, qu'est-ce que vous dites de cela comme chef-d'œuvre de chirurgie sentimentale sans anesthésique ? Je commence à croire que l'on a raison et que la jeunesse fait son apprentissage complet en vue du mariage, alors que, nous autres, nous devions nous marier pour apprendre. »

Horace prit la lettre, un seul feuillet.

« Ma chère Narcissa.

« Cette lettre se passe de préambule. Je voudrais qu'elle pût n'avoir pas de date. Mais si mon cœur

163

était aussi vierge que cette page, il n'y en aurait nul besoin. Je ne vous reverrai plus. La raison, je ne puis l'écrire ici, car je viens de passer par une épreuve que j'ose à peine regarder en face. Mon seul réconfort au milieu de ces ténèbres, c'est de penser que ma folie n'a fait de mal à personne, sauf à moi-même, et que l'énormité de cette folie, vous ne la connaîtrez jamais. Ai-je besoin d'ajouter que seul l'espoir que vous l'ignorerez toujours a pu me déterminer à ne plus vous revoir? Pensez de moi le plus de bien que vous pourrez. Je souhaiterais avoir le droit de vous dire : si jamais vous apprenez ma folie, ne pensez pas trop de mal de moi.

G. »

Horace lut le billet, tint un moment la feuille entre ses mains sans rien dire.

« Seigneur, fit-il enfin, quelqu'un l'aura pris à ce bal pour un homme du Mississippi?

— Je pense que si j'étais dans ton cas... » commença Narcissa. Puis elle reprit au bout d'un instant : « Combien de temps cela va-t-il encore durer, Horace?

— Pas plus longtemps qu'il n'est en mon pouvoir, si tu connais pour moi un moyen quelconque de le faire sortir de prison dès demain...

— Je n'en connais qu'un seul », fit-elle en le considérant longuement. Puis elle se tourna vers la porte. « Où est passé Bory? On va bientôt dîner. » Elle sortit.

« Et vous savez quel est ce moyen, dit Miss Jenny, à moins que vous n'ayez aucun cran.

— Je saurai si j'en ai quand vous m'aurez dit quel est l'autre moyen.

— Retournez auprès de Belle, dit Miss Jenny. Rentrez chez vous. »

Le Noir convaincu d'assassinat devait être pendu un samedi, sans apparat, et enterré sans cérémonie. Un soir il chanterait encore à la fenêtre grillée, il se lamenterait à travers l'innombrable et ténébreuse douceur de la nuit de mai ; le soir suivant, il ne serait plus là et la fenêtre appartiendrait à Goodwin. Son affaire devait venir en juin, sans qu'on lui accordât le bénéfice de la liberté sous caution. Mais il ne voulait toujours pas permettre à Horace de divulguer la présence de Popeye sur les lieux du crime.

« Je vous dis qu'ils n'ont rien contre moi, affirmait Goodwin.

— Qu'est-ce que vous en savez ? répondait Horace.

— Eh bien, quelle que soit la présomption qu'ils croient avoir contre moi, il me reste une chance au tribunal. Mais supposez qu'on apprenne à Memphis que j'ai dit qu'il était quelque part par là ; vous figurez-vous qu'il me restera alors une seule chance de revenir à cette cellule après ma déposition ?

— Mais vous avez pour vous la loi, la justice, la civilisation.

— Bien sûr, si je passe le restant de mon existence accroupi dans ce coin là-bas. Venez voir. » Il entraîna Horace à la fenêtre. « Il y a dans cet hôtel que vous voyez d'ici cinq fenêtres qui plongent dans cette chambre, et je l'ai vu allumer des allumettes à coups de revolver à vingt pieds. Alors, si je déclarais ça au tribunal, on ne me reverrait jamais ici.

— Mais il existe une chose qu'on appelle l'obstruct...

— Au diable l'obstruction. Qu'ils prouvent que c'est moi qui ai fait le coup. On a trouvé Tommy dans la grange, abattu par derrière. Qu'ils trouvent le revolver. J'ai attendu la police. Je n'ai pas essayé de me sauver. J'aurais pu ; mais je ne l'ai pas fait. C'est moi qui ai prévenu le shérif. Bien entendu, le fait que je me trouvais tout seul, à part elle et le grand-père, ça a semblé louche. Si je disais ça pour m'en tirer, j'aurais trouvé mieux, c'est une simple question de bon sens.

— Ce n'est pas le bon sens qui vous jugera, dit Horace. Ce sera un jury.

— Qu'ils se débrouillent comme ils pourront. C'est tout ce qu'ils auront : le mort dans la grange, intact ; moi, la femme, l'enfant et le grand-père à la maison ; rien de touché dans la maison ; moi qui ai envoyé chercher le shérif. Non, non ; je sais que j'ai une chance de cette façon, mais que j'ouvre seulement le bec sur ce gars-là, et alors, bonsoir toute espèce de chance. Je sais ce que je prendrai.

— Mais, vous avez entendu la détonation, fit Horace. Vous me l'avez déjà dit.

— Non, déclara-t-il, je n'ai rien dit. Je n'ai rien entendu. Je ne sais rien de rien... Ça vous ferait-il quelque chose d'attendre dehors un petit instant, le temps que je dise un mot à Ruby ? »

Cinq minutes s'écoulèrent avant que la femme rejoignît Horace.

« Il y a quelque chose que je ne sais pas encore, fit-il ; que vous et Lee ne m'avez pas dit, quelque chose qu'il vient de vous défendre à l'instant de me dire. N'est-ce pas ? » Elle marchait à côté de lui. Elle portait l'enfant qui geignait encore de temps en temps avec des mouvements convulsifs qui secouaient soudain son corps frêle. Elle tenta de l'apaiser, lui fredonna un air en le berçant dans ses bras. « Peut-être le portez-vous trop, dit Horace. Peut-être que si vous le laissiez à l'hôtel…

— Je pense que Lee sait comment s'y prendre, fit-elle.

— Mais l'avocat devrait connaître tous les faits, absolument tous. C'est à lui de décider ce qu'il doit dire ou ne pas dire. Autrement, à quoi bon un avocat ? C'est comme si vous payiez un dentiste pour vous arranger une dent et que vous refusiez de le laisser regarder dans votre bouche. Vous ne comprenez pas ça ? Vous ne traiteriez pas un dentiste ou un docteur de cette façon-là. » Elle ne répondit pas. Elle pencha la tête vers l'enfant. Il pleurait.

« Chut, dit-elle, allons, chut.

— Et il y a quelque chose de plus grave, c'est ce qu'on appelle entraver le cours de la justice. Supposez que Lee dépose sous serment qu'il n'y avait personne d'autre. Supposez qu'il soit sur le point de bénéficier d'un non-lieu — ce qui ne me semble guère probable — et qu'il se présente un témoin qui ait vu Popeye là-bas, ou l'ait vu partir dans sa voiture. Les juges penseront alors : si Lee dissimule la vérité pour un fait de peu d'importance, pourquoi le croirions-nous quand sa tête est en jeu ? »

Ils arrivaient à l'hôtel. Horace lui ouvrit la porte. Elle passa sans le regarder. « Je crois que Lee sait ce qu'il fait », dit-elle. L'enfant pleurnichait, un cri fluet, geignard, éploré. « Chut, fit-elle, chchch… »

Isom était allé chercher Narcissa à une réception ; il était tard quand la voiture s'arrêta au coin de la rue

167

pour prendre Horace. Quelques réverbères commençaient à s'allumer ; déjà des gens se dirigeaient vers la place, après dîner, mais il était encore trop tôt pour que l'on entendît chanter le nègre de la prison. « Il fera bien d'en profiter, dit Horace. Il n'en a plus que pour deux jours. » Mais il n'en était pas encore là. La prison était orientée vers l'ouest ; un dernier reflet cuivré errait vaguement sur les barreaux noircis et sur la petite tache pâle que faisait une main ; et, dans le vent léger, un panache bleu de tabac flottait et se dissolvait en s'effilochant au dehors. « Comme si ce n'était pas assez triste d'avoir son mari là-dedans, sans que ce pauvre type compte à tue-tête les instants qu'il lui reste à vivre…

— Peut-être va-t-on attendre pour les pendre tous les deux ensemble, dit Narcissa. Cela se fait quelquefois, n'est-ce pas ? »

Ce soir-là, Horace fit un peu de feu dans la grille. Il ne faisait pas froid. Il n'occupait plus qu'une pièce maintenant et prenait ses repas à l'hôtel. Le reste de la maison était fermé de nouveau. Il essaya de lire, y renonça, se déshabilla, se coucha et regarda le feu mourir dans la grille. Il entendit l'horloge de l'Hôtel de Ville sonner minuit. « Quand tout cela sera fini, je crois que j'irai faire un tour en Europe, pensa-t-il. J'ai besoin de changement. Ou moi, ou le Mississippi. »

Quelques Noirs étaient probablement encore groupés le long de la clôture de la prison, car cela allait être sa dernière nuit. Forme massive surmontée d'une petite tête, il était accroché aux barreaux, comme un gorille. Il chantait, et, sur la silhouette

168

sombre, sur le quadrillage de la fenêtre, passait et repassait funèbrement l'ombre déchiquetée et changeante de l'arbre de paradis, dont les dernières fleurs, à présent tombées, collaient en plaques visqueuses au trottoir. Horace se retourna dans son lit. « On devrait ôter toute cette saloperie du trottoir, dit-il. Nom de Dieu de nom de Dieu. »

Le lendemain matin, après avoir vu le lever du jour, il dormait lorsqu'il fut éveillé par quelqu'un qui frappait à la porte. Il était six heures et demie. Il alla ouvrir. C'était le portier noir de l'hôtel.

« Quoi ? fit Horace. Est-ce Mrs. Goodwin ?

— Elle dit que vous veniez quand vous serez levé, dit le noir.

— Dis-lui que je serai là-bas dans dix minutes. »

En entrant à l'hôtel, il croisa un jeune homme porteur d'une petite valise noire comme en ont les médecins. Horace poursuivit et monta. La femme se tenait dans l'embrasure de la porte entr'ouverte et regardait en bas dans le hall.

« Je me suis décidée à faire venir le médecin, dit-elle. Mais je voulais de toute façon... » L'enfant était étendu sur le lit, les yeux clos, congestionné, en sueur, les mains crispées au-dessus de sa tête, dans l'attitude d'un crucifié. Sa respiration était courte et sifflante. « Il a été malade toute la nuit. Je suis allée chercher un médicament et jusqu'au jour j'ai essayé de le calmer, alors j'ai fait venir le médecin. » Elle se tenait à côté du lit, regardant l'enfant. « Il y avait une femme, dit-elle, une jeune fille.

— Une..., répéta Horace. Oh, fit-il. Vous feriez mieux de m'en parler.

XVIII

Popeye filait à bonne allure, mais sans nulle apparence de précipitation ou de fuite. Il dévala la piste de terre battue puis le chemin de sable. Il avait Temple à côté de lui. Elle avait enfoncé son chapeau sur sa nuque, et ses boucles emmêlées dépassaient sous le bord cabossé. Avec un visage de somnambule, elle se laissait aller sans résistance aux embardées de la voiture. Elle alla se heurter contre Popeye, une main levée dans un vague réflexe. Sans lâcher le volant, il la repoussa du coude. « Allons, fit-il, tiens-toi donc ! »

Avant d'arriver à l'arbre abattu, ils croisèrent la femme. Rangée sur le bord du chemin, elle portait l'enfant, sur le visage duquel elle avait replié un pan de sa robe. Sous son chapeau de soleil, elle les regarda placidement, entra dans le champ visuel de Temple, en ressortit, sans un mouvement, sans un geste.

Parvenu à l'arbre, Popeye quitta le chemin et s'engagea sous bois, passant avec un bruit de branches cassées à travers les hautes ramures de l'arbre abattu, puis, sans ralentir le moins du monde, il revint sur le chemin dans un fracas roulant de roseaux brisés, semblable à une mousqueterie le

171

long d'une tranchée. A côté de l'arbre, gisait sur le flanc la voiture de Gowan. Temple lui jeta un vague et stupide regard au moment où les deux voitures se croisaient à toute vitesse.

Popeye, d'un coup de volant, revint dans les ornières sablonneuses. Toujours sans hâte, sans la moindre apparence de fuite. Il agissait avec une sorte d'allégresse perverse, c'était tout. La voiture était puissante. Même dans le sable, elle tenait les quarante miles, ainsi que dans l'étroite gorge qui aboutissait à la grand-route. Parvenu à cet endroit, Popeye prit la direction du nord. Assise à côté de lui, roidie contre les cahots auxquels avait succédé maintenant le crissement aigu et uniforme du gravier, Temple, tout en regardant stupidement devant elle la route qu'elle avait parcourue la veille fuir en sens inverse et s'enrouler sous les roues comme sur une bobine, sentait son sang couler lentement dans ses reins. Elle était là, comme une chiffe, rencoignée sur la banquette, regardant l'incessante et vertigineuse dérobade de la campagne : de larges allées de pins que rompait la tache flétrie des cornouillers, des roseaux, des champs de coton immobiles et vides sous leur jeune verdure, paisibles comme si c'eût été aussi dimanche dans l'air, dans la lumière, dans les teintes ; assise, les jambes serrées, elle suivait le tiède et insensible écoulement de son sang, et répétait en elle-même avec hébétude : « Je saigne toujours. Je saigne toujours. »

C'était une tendre et lumineuse journée, une exubérante matinée toute baignée de la douce et miraculeuse clarté de mai, une surabondante promesse de chaud midi. Tout là-haut, de gros nuages semblables à des flocons de crème fouettée planaient légèrement, comme des reflets dans un miroir, et leurs ombres traversaient la route avec une hâtive lenteur. Le printemps avait été précoce. Les arbres fruitiers, ceux dont les fleurs sont blanches, avaient poussé leurs premières feuilles au moment de la floraison et n'avaient pas revêtu l'éclatante blancheur du printemps précédent. Les cornouillers eux-mêmes étaient entrés en pleine floraison alors que les feuilles étaient déjà poussées et flétries avant d'avoir atteint leur développement. Mais les lilas, les glycines, les arbres de Judée, même les arbres de paradis au feuillage misérable, n'avaient jamais été plus beaux, plus resplendissants, le souffle de leur ardente senteur épandu à plus de cent mètres à la ronde dans l'air léger d'avril et de mai. Les bougainvillées le long de la véranda allaient être aussi gros que des balles de basket, suspendues avec une légèreté de ballons en baudruche. Et, tout en suivant d'un regard vague et stupide la fuite éperdue des accotements, Temple se mit à crier.

Cela débuta par un gémissement, puis s'enfla, monta, étouffé soudain par la main de Popeye. Les mains sur les genoux, redressée sur son siège, elle criait, percevant contre ses lèvres la râpeuse âcreté des doigts, tandis que la voiture ralentissait en grinçant sur le gravillon, et qu'elle sentait toujours son sang couler secrètement. Alors, Popeye l'empoigna par la nuque, et elle s'immobilisa, la bouche ronde, béante comme l'entrée vide d'une grotte minuscule. Il lui secoua la tête.

« Ta gueule, fit-il en la serrant pour la faire taire. Ta gueule ! Regarde-toi donc, tiens ! » De sa main libre, il bascula le rétroviseur et elle aperçut son image, son chapeau en arrière, ses cheveux dépei-

173

gnés, sa bouche ouverte. Sans cesser de se regarder, elle fouilla dans la poche de son manteau. Popeye lui lâcha le cou. Elle sortit son nécessaire, l'ouvrit, se regarda en gémissant dans la petite glace. Elle se poudra le visage, se mit du rouge aux lèvres, redressa son chapeau, se regardant, sans cesser de gémir, dans le minuscule miroir posé sur ses genoux. Popeye l'observait. Il alluma une cigarette. « T'as pas honte, non ? dit-il.

— Ça coule toujours, larmoya-t-elle ; je sens que ça coule. » Le bâton de rouge en suspens, elle regarda Popeye, rouvrit la bouche. Il l'empoigna de nouveau à la nuque.

« Allons, assez. Vas-tu la boucler ?

— Oui, pleurnicha-t-elle.

— Alors, tais-toi. Refais-toi la façade. »

Elle rangea le nécessaire. Il démarra.

Sur la route, les voitures des promeneurs du dimanche commençaient à devenir plus nombreuses, des petites Ford, des Chevrolet, toutes crottées. De temps en temps passaient à toute allure de grosses autos avec des femmes emmitouflées, et des paniers recouverts de poussière ; puis des camions bondés de campagnards aux visages rigides et aux vêtements de bois sculpté ; quelquefois une charrette ou un cabriolet. En haut d'une côte, devant une église en bois, aux planches décolorées par les intempéries, les bosquets étaient remplis d'attelages entravés, de voitures et de camions délabrés. Les bois firent place aux champs, les maisons devinrent moins rares. Au ras de l'horizon, au-dessus des toits et d'un ou deux clochers, s'étendait une bande de fumée. L'asphalte remplaça le gravier et ils entrèrent à Dumfries.

Temple se mit à regarder autour d'elle, comme

quelqu'un qui s'éveille. « Pas ici, dit-elle ; je ne peux pas...

— Allons, ferme-là, dit Popeye.

— Il ne faut pas... Je pourrais... gémit-elle. J'ai faim, je n'ai pas mangé depuis...

— Non, tu n'as pas faim. Attends qu'on soit arrivés en ville. »

Elle regardait à droite et à gauche avec des yeux éblouis, vitreux. « Il pourrait y avoir ici des gens... » Il obliqua vers un poste d'essence. « Je ne peux pas descendre, pleurnicha-t-elle. Ça coule toujours, je vous dis !

— Qui t'a demandé de descendre ? » Il descendit lui-même, la regarda par-dessus le volant. « Ne bouge pas. » Elle le vit monter la rue, entrer quelque part. C'était une minable confiserie. Il acheta un paquet de cigarettes, s'en mit une dans la bouche. « Donnez-moi deux ou trois barres de chocolat, dit-il.

— Quelle sorte ?

— Du chocolat », fit-il. Sur le comptoir, il y avait un plateau de sandwiches sous une cloche de verre. Il en prit un, lança un dollar sur le comptoir et se dirigea vers la porte.

« Votre monnaie, fit l'employé.

— Garde, répondit-il ; tu feras fortune plus vite. »

Quand il arriva en vue de la voiture, elle était vide. Il s'arrêta à dix pieds, faisant passer le sandwich dans sa main gauche, la cigarette pas allumée lui pendant à la bouche. En raccrochant le tuyau d'essence, le mécano l'aperçut et, d'un geste du pouce, lui désigna le coin de la bâtisse.

Au-delà du coin, le mur était en retrait. Dans la

niche se trouvait un tonneau graisseux à demi plein de bouts de métal et de caoutchouc. Temple était accroupie entre le tonneau et le mur. « Il a failli me voir ! murmura-t-elle. Il me regardait presque en face.

— Qui ça ? », dit Popeye. Il jeta un regard derrière lui dans la rue. « Qui t'a vu ?

— Il venait droit sur moi ! Un garçon. Du collège. Il me regardait presque en...

— Allons, sors d'ici.

— Il me regard... » Popeye la saisit par le bras. Elle se recroquevilla dans le coin, secouant le bras pour se dégager, la figure pâle tendue en avant.

— Allons, viens », répéta Popeye. Il lui empoigna la nuque, commença à serrer.

Oh, gémit-elle d'une voix étouffée. Ce fut comme s'il la soulevait doucement, toute droite, de cette main unique. Pas d'autre mouvement de part et d'autre. Côte à côte, presque de la même taille, ils avaient un air aussi naturel que deux amis qui viennent de faire un brin de causette avant d'entrer à l'église.

« Vas-tu venir ? dit-il. Tu viens, non.

— Je ne peux pas. C'est descendu jusque dans mes bas, maintenant. Regardez. » Elle souleva le bas de sa robe d'un geste craintif, le laissa retomber, puis se redressa, le torse rejeté en arrière, la bouche ouverte et muette, sous la poigne de Popeye. Il la relâcha.

« Vas-tu venir, maintenant ? »

Elle sortit de derrière le tonneau. Il lui prit le bras.

« Mon manteau en est plein, derrière, larmoya-t-elle. Regardez voir.

176

— Ça va, ça va ; je t'achèterai un autre manteau demain. Viens. »

Ils revinrent vers la voiture. Arrivée au coin du bâtiment, elle recula de nouveau. « Tu en veux encore, dis ? souffla-t-il sans la toucher, dis ? » Elle repartit et monta sagement en voiture. Il prit le volant. « Tiens, je t'ai acheté un sandwich. » Il le sortit de sa poche et le lui mit dans la main. « Allons, mange ça. » Elle en mordit docilement une bouchée. Il démarra et prit la route de Memphis. Tenant à la main le sandwich mordu, elle s'arrêta de mâcher, ouvrit de nouveau la bouche, toute ronde, avec une expression d'enfant désespéré ; de nouveau, une main de Popeye lâcha le volant, saisit la nuque de Temple, et elle se tint immobile, le regard fixe, le buste droit, la bouche ouverte avec le bout de pain et de viande à demi mâché sur la langue.

Ils arrivèrent à Memphis au milieu de l'après-midi [1]. Au pied de la digue, en contre-bas de Main Street, Popeye tourna par une rue étroite bordée de maisons de bois à galeries, aux façades enfumées, construites un peu en retrait sur des terrains pelés où se dressait çà et là, hardiment, quelque arbre égaré et minable. Des magnolias décharnés, aux branches pendantes, un orme rabougri ou un caroubier aux fleurs grisâtres et cadavériques, perdus au milieu des garages ; un tas de détritus dans un terrain vague ; une sorte de caverne à porte basse, d'aspect équivoque, au comptoir recouvert de toile cirée et une rangée de tabourets sans dossier, sur lequel était un

1. La description qui suit correspond précisément au plan de Memphis. Les digues (*bluffs*) courent le long du fleuve, et Main Street leur est parallèle.

percolateur, et où trônait un homme obèse en tablier crasseux, un cure-dents à la bouche ; tout cela surgit pour un instant de la pénombre avec l'apparence d'une mauvaise photo sinistre et vide de sens. De la digue, au-delà des immeubles à bureaux dont les terrasses se découpaient nettement sur le ciel plein de soleil, parvenait le bruit de la circulation — trompes d'autos et tramways — passant très haut par-dessus la brise de la rivière. Au bout de la rue, un tramway se matérialisa comme par magie dans la brèche étroite, et disparut dans un formidable fracas. A un balcon du premier étage, une négresse en combinaison fumait une cigarette d'un air maussade, les deux bras sur la balustrade.

Popeye stoppa devant une des crasseuses maisons à deux étages, dont l'entrée était masquée par un édicule en treillis incliné légèrement de guingois. Sur le bout de pelouse lépreuse qui s'étendait devant la maison, deux de ces petits chiens blancs au poil laineux, l'air de deux chenilles, l'un avec un ruban rose autour du cou, l'autre avec un ruban bleu, promenaient paresseusement de long en large le paradoxe de leur répugnante présence. Au soleil, leur pelage avait l'air d'être nettoyé à l'essence.

Plus tard, Temple put les entendre geindre et gratter à sa porte, se ruer, patauds, lorsque la domestique noire l'ouvrit, grimper sur le lit ou se vautrer dans le giron de Miss Reba, secoués de halètements et de bruyantes flatuosités, tanguant parmi les remous de son opulente poitrine et léchant la chope de métal qu'elle agitait, en parlant, d'une main couverte de bagues.

« N'importe qui à Memphis pourra vous dire qui est Reba Rivers. Demandez à n'importe quel homme de la rue, flic ou autre. J'ai eu dans cette maison quelques-uns des plus gros bonnets de Memphis, des banquiers, des magistrats, des docteurs, de tout. J'ai eu deux capitaines de gendarmerie à boire de la bière dans ma salle à manger, et le commissaire lui-même, qui est monté avec une de mes pensionnaires. Ils se sont saoulés et sont allés enfoncer la porte ; ils l'ont trouvé nu comme un ver, en train de danser une gigue écossaise. Un homme de cinquante ans, haut de sept pieds, avec une tête comme une cacahuète. C'était un bon type. Ils me connaissaient bien. Tout le monde connaît Reba Rivers. Ils dépensaient leur argent à pleines mains, j' blague pas. On me connaît. J'ai toujours été franche avec tout le monde, mon petit. » Elle avala une lampée de bière, respirant bruyamment dans la chope, son autre main, baguée de diamants jaunes aussi gros que des cailloux, perdue dans les plis fluctuants de son obèse poitrine.

Le moindre de ses mouvements semblait nécessiter une dépense de souffle hors de toute proportion avec le plaisir qu'il pouvait lui causer. A peine Temple et Popeye eurent-ils pénétré dans la maison qu'elle se mit à parler à Temple de son asthme en gravissant péniblement l'escalier devant eux, marchant lourdement dans des chaussons de laine, un rosaire de bois d'une main et la chope de l'autre. Elle rentrait à l'instant de l'église, ainsi qu'en témoignaient sa robe de soie noire, son chapeau outrageusement fleuri et le restant de la chope encore couvert d'une buée fraîche. Elle se mouvait lourdement, dandinant sur son énorme croupe, les deux chiens se bousculant à ses pieds, et parlait

179

placidement par-dessus son épaule, d'une voix éraillée, essoufflée, maternelle.

« Popeye s'est bien gardé de vous amener ailleurs que chez moi. Voilà je ne sais combien de temps que je le tanne. Combien d'années ça fait-il que je te tanne, mon p'tit, pour que tu te trouves une amie. Moi, je l' dis, toujours un homme jeune ne peut pas plus vivre sans femme que... » Toute haletante, elle se mit à injurier les chiens toujours dans ses jambes et s'arrêta pour les chasser. « Allez, foutez-moi le camp en bas », dit-elle en brandissant sur eux son chapelet. Ils se mirent à grogner d'une voix aigre de fausset en montrant les dents. Elle s'appuya contre le mur, exhalant un vague relent de bière, la main sur la poitrine, la bouche ouverte, l'œil figé en une morne expression de terreur à chaque tentative pour reprendre son souffle. La chope levée brillait dans la pénombre d'un faible et bref éclat d'argent mat.

L'étroite cage d'escalier tournait sur elle-même en une succession de courtes volées. La lumière, qui tombait sur chaque palier d'une porte à lourde tenture et d'une fenêtre aux persiennes closes, suintait l'ennui. Il émanait de tout cela une impression de lassitude, d'écœurement, d'épuisement, un dégoût infini, comme d'une mare d'eau croupie lorsque le soleil s'est couché et que se sont éteints les bruits clairs et vifs du jour. Il flottait là une écœurante odeur de repas pris à toute heure, un vague relent d'alcool, et, malgré son ignorance, Temple se sentait entourée, derrière chacune des portes silencieuses devant lesquelles elles passaient, d'une mystérieuse promiscuité de dessous intimes, des murmures secrets de chair faisandée, fréquemment assaillie et toujours invincible. Derrière elles, autour de leurs jambes, les deux chiens trottinaient, lueur laineuse dans la pénombre, leurs griffes cliquetant contre des baguettes de cuivre qui fixaient le tapis aux marches.

Plus tard, étendue dans le lit, une serviette enroulée autour de ses reins nus, Temple les entendit renifler en gémissant dans le couloir. Son manteau et son chapeau étaient accrochés à des clous sur la porte, sa robe et ses bas étaient posés sur une chaise. Il lui semblait entendre quelque part le flac-flac régulier de la lessiveuse, et elle se débattit de nouveau en un sursaut désespéré de pudeur comme lorsqu'on lui avait enlevé sa culotte.

« Voyons, voyons, fit Miss Reba, j'ai bien saigné pendant quatre jours, moi. Ce n'est rien du tout. Le docteur Quinn arrêtera ça en deux minutes et Minnie vous la lavera, vous la repassera et vous n'y verrez rien. Ce sang-là, ça représente mille dollars pour toi, ma petite. » Elle porta la chope à ses lèvres, et les fleurs de son chapeau s'inclinèrent, raides et défaillantes, en un macabre A votre santé ! « Pauvres femmes que nous sommes », soupira-t-elle. Les stores tirés, craquelés, comme une vieille peau, d'une myriade de petits sillons, battirent faiblement dans l'air ébloui de lumière, laissant pénétrer dans la chambre la houle mourante des bruits du dehors, de la circulation dominicale, joyeuse, continue, fugitive. Temple était allongée, immobile dans le lit, les jambes droites et serrées, les couvertures remontées jusqu'au menton, et son visage, tout menu et tout pâle, encadré par ses cheveux magnifiques et profus. Miss Reba abaissa sa chope et respira profondément. Puis, de sa voix

181

enrouée et défaillante, elle entreprit de démontrer à Temple l'étendue de sa chance.

« Toutes les filles du district ont essayé de l'avoir, mon petit chou. Il y en a une, une petite femme mariée qui vient quelquefois faire un saut jusqu'ici, qui a offert à Minnie vingt-cinq dollars rien que pour le faire entrer dans sa chambre. Rien que ça. Mais crois-tu qu'il ait seulement jeté un coup d'œil sur l'une d'elles ? Des femmes qui ont pris jusqu'à des cent dollars pour la nuit ! Non, certes. Il dépense son argent sans compter, mais crois-tu qu'il en ait seulement regardé une seule, sauf pour danser avec elle ? Je me suis toujours dit que ça n' serait aucune de ces vulgaires putains d'ici qu'il prendrait. J' leur ai dit comme ça : celle de vous qui l' possédera, elle sera couverte de diamants, que j'ai dit, mais ce ne sera pas une de vous autres putains de bas étage. Et maintenant, Minnie va l'avoir lavée et repassée au point qu'il n'y paraîtra même plus.

— Je ne pourrai plus la porter, murmura Temple. Je ne pourrai plus.

— Et on ne t'y forcera pas si tu ne veux pas. Tu pourrais la donner à Minnie, quoique je ne sais pas ce qu'elle pourra bien en faire, sauf peut-être... » A la porte, les chiens se mirent à geindre plus fort. Des pas approchaient. La porte s'ouvrit. Une servante noire entra, portant sur un plateau une demi-bouteille de bière et un verre de gin. Les chiens se faufilèrent entre ses jambes. « Demain les magasins seront ouverts et on ira faire des achats toutes les deux, comme il a dit. C'est comme je disais, la femme qui l'aura, elle sera couverte de diamants, tu verras... » Elle se retourna, énorme, la chope levée. Les chiens avaient grimpé sur le lit et de là sur ses genoux, se mordillant rageusement l'un l'autre. Dans leurs têtes frisées, informes, flambaient comme des escarboucles des yeux que la colère rendait féroces ; leurs gueules s'ouvraient, roses, sur leurs dents pointues comme des aiguilles. « Reba ! fit Miss Reba, descends. Et toi aussi, Mr. Binford ! » Elle les poussa par terre. Leurs dents claquèrent près de ses mains. « Essaye un peu de mordre, toi !...

— Est-ce que tu as apporté pour Miss... Comment t'appelles-tu, mon petit chou ? Je n'ai pas très bien saisi.

— Temple, murmura-t-elle.

— Je veux dire ton prénom. On ne fait pas de chichis ici.

— C'est mon prénom. Temple. Temple Drake.

— Tiens, t'as un nom de garçon ? As-tu lavé les affaires de Miss Temple, Minnie ?

— Voui, ma'am, dit la servante. Elles sèchent à c't' heure derrière le fourneau. » Elle entra avec le plateau en repoussant prudemment les deux chiens qui lui mordillaient les chevilles.

« Tu les as bien lavées ?

— Ça m'a pris du temps, fit Minnie. J' crois bien qu' j'ai jamais vu d' sang si dur à laver. » D'un mouvement convulsif, Temple s'enfouit, cachant sa tête sous les couvertures. Elle sentit sur elle la main de Miss Reba.

« Allons, voyons. Allons, fit Miss Reba. Tiens, bois un petit coup. C'est ma tournée. J' vais pas laisser une petite amie à Popeye...

— Je n'en veux plus, dit Temple.

— Allons, allons, insista Miss Reba. Bois ça et tu te sentiras mieux. » Elle souleva la tête de Temple.

Temple remonta ses couvertures jusqu'au cou. Miss Reba porta le verre à ses lèvres. Elle but avidement, puis se renfonça de nouveau, se recroquevilla en serrant les couvertures autour d'elle, ses yeux sombres et hagards au-dessus des draps. « J' parierais que ta serviette s'est déplacée », dit Miss Reba en mettant la main sur les couvertures.

« Non, murmura Temple. Ça va très bien. Elle y est toujours. » Elle se fit toute petite, ramassée sur elle-même, on pouvait voir le repli de ses jambes sous les couvertures.

« Est-ce que tu as pu avoir le docteur Quinn, Minnie ? demanda Miss Reba.

— Voui, ma'am. » Minnie remplissait la chope à la bouteille ; une buée, à mesure que montait le liquide, ternissait le métal. « Y dit qu'y n' fait pas d' visites le dimanche après-midi.

— Lui as-tu dit qui le demandait ? Lui as-tu dit qu' c'était Miss Reba qui le demandait ?

— Voui, ma'am. Y dit qu'y n' fait pas...

— Retourne dire à ce monsieur... Tu lui diras que je... Non, attends. » Elle se leva pesamment. « Me répondre ça, à moi, qui peux le faire fiche en prison trois fois plutôt qu'une ! » Elle se dirigea vers la porte en se dandinant ; les chiens se précipitèrent après ses chaussons de feutre. La servante suivit et ferma la porte. Temple entendit Miss Reba qui injuriait les chiens en descendant l'escalier avec une lenteur formidable. Puis le bruit s'éteignit.

Les stores battaient constamment aux fenêtres, avec de légers grincements. Temple perçut pour la première fois le bruit de la pendule. Elle était posée sur la cheminée, dominant un foyer rempli de papier vert plissé. Elle était en porcelaine à fleurs portée par quatre nymphes, également en porcelaine. Son unique aiguille, en forme d'arabesque et dorée, était arrêtée à mi-chemin entre le dix et le onze, comme si le cadran, vide par ailleurs, eût voulu affirmer, sans équivoque possible, qu'il n'avait rien de commun avec le temps.

Temple se leva. Tenant la serviette autour d'elle, elle se glissa vers la porte, l'oreille aux aguets, y voyant à peine à force d'écouter. C'était le crépuscule ; dans une glace trouble, ovale de pénombre transparent posé de champ, elle s'entrevit, spectre menu, ombre pâle, se déplaçant dans la profondeur insondable de l'ombre. Elle atteignit la porte. D'un seul coup, elle commença d'entendre une centaine de bruits contradictoires convergeant en une menace unique ; fébrilement sa main chercha le verrou, le trouva ; alors, laissant tomber la serviette, elle le poussa à fond. Elle ramassa la serviette, et, la tête tournée vers la porte, sauta d'un bond dans le lit, remonta les couvertures jusqu'au menton, et demeura ainsi, écoutant le murmure secret de son sang.

On frappa un certain temps à la porte avant qu'elle se décidât à répondre. « C'est le docteur, mon petit, haleta la voix râpeuse de Miss Reba. Allons, voyons. Sois raisonnable.

— Je ne peux pas, répondit Temple d'une voix étouffée et menue. Je suis au lit.

— Allons, voyons, il veut te soigner. » Elle haletait d'une voix rauque : « Mon Dieu, si seulement je pouvais arriver à reprendre mon souffle. Je n'ai pas repris mon souffle depuis... » Au-delà et au ras de la porte, Temple pouvait entendre les chiens. « Mon petit. »

Elle se leva du lit, en maintenant la serviette autour d'elle, et alla à la porte silencieusement.

« Mon petit, fit Miss Reba.

— Attendez, dit Temple. Laissez-moi d'abord retourner au lit. Laissez-moi.

— A la bonne heure, mignonne, souffla Miss Reba. Je savais bien qu'elle serait raisonnable.

— Comptez jusqu'à dix, maintenant, fit Temple. Voulez-vous compter jusqu'à dix ? », dit-elle contre le bois de la porte. Sans bruit, elle tira le verrou, puis, tournant les talons, elle se hâta de regagner son lit, et l'on entendit décroître le piétinement et de ses pieds nus.

Le docteur était un homme gras avec quelques boucles de cheveux clairsemés. Il portait des lunettes à monture de corne qui n'altéraient aucunement l'expression de son regard, au point qu'on les eût crues de verre ordinaire et destinées simplement à impressionner les clients. Temple le regardait par-dessus les couvertures qu'elle maintenait serrées autour de son cou. « Faites-les sortir, murmura-t-elle, si vous pouvez.

— Allons, allons, fit miss Reba. Il va arranger ça. »

Temple s'agrippait aux couvertures.

« Si la petite dame voulait bien seulement... », dit le docteur. Ses cheveux flous s'évaporaient autour de son front. Les coins de sa bouche étaient rentrés, ses lèvres charnues, humides et rouges. Derrière ses lunettes, ses yeux avaient l'air de petites roues de bicyclette roulant à une vitesse vertigineuse. Ils étaient d'un brun noisette, métallique. Il avança une main épaisse, blanche, ornée d'un anneau maçonnique, le dessus couvert d'un fin duvet roussâtre

186

jusqu'à la seconde phalange. De l'air froid pénétra, descendit le long du corps de Temple, jusqu'au dessous des cuisses. Elle avait fermé les yeux. Couchée sur le dos, les jambes serrées, elle se mit à pleurer désespérément, docilement, comme une enfant dans le salon d'attente d'un dentiste.

« Allons, voyons, dit Miss Reba, prends une autre gorgée de gin, mon petit. Ça te fera du bien. »

Le store craquelé, qui bâillait de temps en temps en grinçant légèrement contre le cadre de la fenêtre, laissait le crépuscule pénétrer dans la chambre en ondes alanguies. Couleur de fumée, le crépuscule montait sous le store en lentes bouffées comme le signal d'une fumée sous un voile, et s'épaississait dans la chambre. Les moelleuses rondeurs des figurines de porcelaine qui soutenaient la pendule, luisaient d'un éclat lisse et assourdi ; genoux, coudes, flancs, bras, torses aux inflexions de voluptueuse lassitude. Le verre du cadran, devenu comme une glace, semblait concentrer en lui-même tout ce qui restait de lumière, et retenir dans ses tranquilles profondeurs, de son bras unique comme celui d'un vieux guerrier, le geste muet du temps moribond. Dix heures et demie. Temple allongée dans le lit regardait la pendule et songeait à dix heures et demie.

Elle portait un peignoir trop grand en crêpe de Chine cerise, qui paraissait noir sur le blanc des draps. Ses cheveux étalés, peignés maintenant, semblaient noirs. Sa figure, sa gorge, ses bras sur les couvertures étaient gris. Lorsque les autres eurent quitté la chambre, elle demeura un moment allongée, la tête cachée sous les couvertures. Elle demeura ainsi jusqu'à ce qu'elle eût entendu la porte se fermer, les pieds descendre, la voix claire et volubile du docteur et la respiration laborieuse de Miss Reba s'enfler, couleur de crépuscule, dans le sombre corridor, et s'éteindre. Alors, elle sauta du lit, courut à la porte pousser le verrou, revint en courant et rabattit de nouveau les couvertures sur sa tête, resta ainsi recroquevillée en un nœud serré, jusqu'à ce que l'air fût épuisé.

Une dernière lueur couleur de safran flottait sur le plafond et sur le haut des murs, déjà teintée de pourpre par la palissade crénelée de Main Street dressée sur le ciel du couchant. Elle la regarda s'évanouir comme si les bâillements successifs du store l'avalaient peu à peu. Elle regarda la dernière étincelle de lumière se condenser sur la pendule, et le cadran cesser d'être un trou rond au milieu de l'ombre, pour devenir un disque suspendu dans le néant, dans le chaos originel, et se transformer peu à peu en une sphère de cristal recélant en ses quiètes et mystérieuses profondeurs le chaos ordonné du monde ombreux et compliqué sur les flancs balafrés duquel les vieilles blessures roulent vertigineusement, vers l'avenir, jusque dans les ténèbres où guettent de nouveaux désastres.

Elle pensait à dix heures et demie. L'heure de s'habiller pour aller au bal, si on était suffisamment demandée pour pouvoir se dispenser d'être à l'heure. Il flotterait dans l'air comme un parfum vaporeux de bains récents, et peut-être un nuage léger de poudre dans la lumière comme du son dans les granges. Et elles seraient là, examinant, comparant, se demandant si elles feraient plus d'effet en défilant dans la salle de bal dans le plus simple appareil. Certaines prétendaient que non. C'étaient généralement celles qui avaient des jambes courtes. D'autres, qui étaient pourtant très bien faites, s'y refusaient purement et simplement sans vouloir dire pourquoi. La pire de toutes déclarait que les hommes trouvent toutes les femmes laides, sauf quand elles sont habillées, et elle racontait que le Serpent avait regardé Ève pendant plusieurs jours sans faire nulle attention à elle, jusqu'à ce qu'Adam lui ait fait mettre une feuille de vigne. Comment le sais-tu ? lui demandait-on. Et elle disait que c'était parce que le Serpent était là avant Adam, puisqu'il avait été chassé le premier du Paradis Terrestre ; il était là depuis toujours. Mais ce n'était pas à cela qu'elles faisaient allusion, et elles répétaient : Comment le sais-tu ? Et Temple la revoyait appuyée contre la coiffeuse, et toutes les autres en cercle autour d'elle avec leurs cheveux démêlés, leurs épaules fleurant le savon parfumé, le léger nuage de poudre dans l'air, et leurs yeux si semblables à des couteaux que l'on pouvait presque apercevoir sa chair aux endroits où leurs regards la touchaient. Temple revoyait les yeux, tour à tour résolus, apeurés, provocants, dans ce laid visage, et toutes les autres autour d'elle répétant : Comment le sais-tu ? jusqu'à ce qu'elle leur eût avoué, et juré la main levée, qu'elle avait... C'est alors que la plus jeune avait tourné les talons et s'était enfuie de la chambre en courant. Elle était allée s'enfermer dans la salle de bains, et on avait pu l'entendre vomir.

Elle pensa à dix heures et demie du matin, le dimanche, quand les couples se dirigent en flânant vers l'église. En regardant le geste paisible et évanescent de l'aiguille sur le cadran de la pendule, elle se rappela qu'aujourd'hui était aussi un dimanche, le même dimanche. Peut-être était-il dix heures et demie de ce matin-là, ces dix heures et demie-là. Alors je ne suis pas ici, se dit-elle. Ce n'est pas moi. Alors, je suis au collège. J'ai ce soir un rendez-vous avec... et elle pensa à l'étudiant auquel elle avait donné rendez-vous. Mais elle ne put se rappeler qui c'était. Elle inscrivait ses rendez-vous sur sa « traduc » latine, afin de ne pas avoir à s'inquiéter de la personne du bénéficiaire. Elle n'avait qu'à s'habiller, et, quelques instants après, quelqu'un venait la chercher. Aussi ferais-je bien de m'apprêter, pensa-t-elle en regardant la pendule.

Elle se leva et traversa tranquillement la chambre. Elle jeta un coup d'œil au cadran, mais, bien qu'elle pût y voir trembloter faiblement la géométrie minuscule des jeux de la lumière et de l'ombre, elle ne parvint pas à s'apercevoir dans la glace. C'est ce peignoir, pensa-t-elle en regardant ses bras et sa poitrine hors du suaire évanescent au bas duquel ses orteils menus et blancs apparaissaient et disparaissaient à chacun de ses pas. Elle tira doucement le verrou, se dirigea vers le lit et se coucha, la tête nichée dans les bras.

Il y avait encore un peu de lumière dans la chambre. Temple s'aperçut qu'elle écoutait sa montre, qu'elle l'écoutait déjà depuis un certain temps. Elle découvrit que la maison était pleine de bruits qui suintaient dans la chambre, assourdis, confus, comme lointains. Un timbre sonna, aigre et grêle, quelque part ; quelqu'un monta l'escalier dans une robe froufroutante. Les pas dépassèrent la porte, montèrent un autre étage, cessèrent. Temple écoutait sa montre. Sous la fenêtre, une voiture démarra dans un grincement d'embrayage. De nouveau, l'aigre cloche tinta, grêle, prolongée. Temple découvrit que la vague lueur qui persistait dans la chambre provenait d'un réverbère. Alors, elle se rendit compte qu'il faisait nuit et qu'au-dehors l'ombre était pleine des bruits de la ville.

Elle entendit les deux chiens grimper furieusement l'escalier quatre à quatre. Le bruit passa devant la porte, s'arrêta, tout devint calme, si calme qu'elle pouvait presque les voir, couchés là dans l'obscurité, les yeux fixés sur l'escalier. L'un d'entre eux s'appelle Monsieur quelque chose, pensa Temple, et elle attendait les pas de Miss Reba sur les marches. Mais ce n'était pas Miss Reba : ils approchaient trop régulièrement, trop légèrement. La porte s'ouvrit. Les deux chiens, taches informes, s'engouffrèrent et allèrent se glisser sous le lit où ils s'accroupirent en geignant. « Allons, les chiens ! fit la voix de Minnie, vous m' faites renverser c' que j' porte. » La lumière se fit. Minnie entra avec un plateau. « J' vous ai apporté quéqu'chose pour dîner, dit-elle. Où qu'y sont encore passés ces chiens !

— Sous le lit, répondit Temple. Je ne veux rien. »
Minnie s'approcha, posa le plateau sur le lit et regarda Temple. Son visage était avenant, compréhensif et paisible. « Voulez-vous qu' je... » fit-elle en étendant la main. Temple détourna vivement la tête. Elle entendit Minnie s'agenouiller et caresser les chiens qui lui répondirent par des grognements geignards, asthmatiques, et des claquements de dents. « Allons, voyons, sortez-vous de d'là, fit Minnie. Y savent ben c' que fait Miss Reba quand

191

elle a décidé de se saouler. S' pas, toi, M'sieu Binford ! »

Temple leva la tête : « Monsieur Binford ?

— Çui-là, avec un ruban bleu », dit Minnie. Elle se pencha et fit mine de leur donner une tape. Ils s'étaient aculés contre le mur, à la tête du lit, et, fous de terreur, grognaient en lui montrant les dents. « Mr. Binford, c'était le daron à Miss Reba. Il a été l' patron d'ici pendant onze ans, jusqu'à ce qu'y meure, y a environ deux ans. Le lendemain Miss Reba s'est procurée ces deux cabots, qu'elle appelle, l'un Mr. Binford, et l'autre Miss Reba. Toutes les fois qu'elle va au cimetière, elle s' met à boire comme ce soir, alors y n'ont qu'à s' sauver tous les deux. Mais Mr. Binford y manque jamais d'encaisser. La dernière fois, elle l'a flanqué par la fenêtre du premier ; elle a descendu virer toutes les fringues dans le placard au vrai Mr. Binford, et elle a tout flanqué à la rue, sauf celles dans quoi qu'il est enterré.

— Ah, fit Temple. Ce n'est pas étonnant qu'ils aient peur. Laissez-les là-dessous. Ils ne me gêneront pas.

— J' peux pas faire autrement. Mr. Binford y veut pas quitter c'te chambre, s'y peut s'en dispenser. » Elle se redressa et regarda Temple. « Mangez donc vot' dîner, dit-elle. Ça vous fera du bien. J' vous ai mis aussi une p'tite goutte de gin.

— Je ne veux rien », fit Temple en détournant la tête. Elle entendit Minnie sortir de la chambre. La porte se referma tout doucement. Sous le lit, les chiens étaient toujours accroupis contre le mur, raides de terreur et de colère.

La lumière tombait du milieu du plafond, sous un

abat-jour de papier rose plissé, roussi aux endroits où il touchait l'ampoule. Le parquet était recouvert d'une moquette grenat à dessins clouée au sol. Aux murs de couleur vert olive étaient suspendus deux chromos encadrés. Aux deux fenêtres pendaient des rideaux de dentelle faite à la machine, d'une teinte poussiéreuse, semblables à des pans de poussière agglomérée mis bout à bout. La chambre tout entière avait un air de bienséance pompeuse et moisie. Dans le miroir bosselé d'une coiffeuse bon marché en bois verni semblaient s'attarder, comme dans une mare stagnante, les fantômes abolis de gestes voluptueux et de concupiscences mortes. Dans le coin, sur un bout de toile cirée passée et déchirée épinglé sur la moquette, se trouvait une table garnie d'une cuvette à fleurs, d'un pot à eau et d'une pile de serviettes. Dans l'angle, par derrière, un seau de toilette se dissimulait également sous une garniture de papier rose plissé.

Sous le lit, les chiens ne faisaient plus aucun bruit. Temple se déplaça légèrement. Le gémissement sec du matelas et des ressorts s'éteignit dans le silence impressionnant où ils s'étaient tapis. La pensée de Temple alla vers eux, laineux, informes, féroces, exubérants et gâtés. Elle se représenta la monotonie flatulente de leurs douillettes existences, bouleversée sans préavis par la terreur incompréhensible et soudaine de se voir anéantis par la main même qui symbolisait la tranquillité patentée de leurs vies.

La maison s'emplissait de bruits, lointains, indiscernables, qui parvenaient jusqu'à Temple comme les signes d'un réveil, d'une résurrection, comme si la maison plongée dans le sommeil venait de s'éveiller avec l'obscurité. Elle entendit quelque chose

193

comme l'éclat de rire strident d'une femme. Le plateau lui souffla au visage une bouffée d'odeurs. Elle tourna la tête, aperçut les assiettes d'épaisse faïence, les unes avec un couvercle, les autre décou- vertes. Au milieu d'elles étaient posés le verre de gin, un paquet de cigarettes et une boîte d'allu- mettes. Elle se haussa sur un coude, retenant son peignoir qui glissait, souleva les couvercles et vit une grosse tranche de viande, des pommes de terre, des petits pois, des petits pains et une masse rosâtre, anonyme qu'elle identifia par élimination comme un entremets. Elle remonta de nouveau le peignoir qui glissait. Elle pensa à ses camarades en train de dîner, là-bas, au collège, dans un joyeux brouhaha de voix, dans un cliquetis de fourchettes ; à son père et à ses frères, attablés à la maison ; à son peignoir d'em- prunt ; à Miss Reba qui avait dit qu'elles iraient faire des achats demain. Et je ne possède que deux dollars, songea-t-elle.

En regardant les aliments, elle s'aperçut qu'elle n'avait nullement faim, que leur vue même ne lui faisait aucune envie. Elle prit le verre et le vida d'un trait, la tête tournée de biais, puis le reposa et se détourna vivement du plateau tout en cherchant à prendre les cigarettes. Au moment de frotter l'allu- mette, ses yeux tombèrent de nouveau sur le pla- teau ; elle prit délicatement entre le pouce et l'index un morceau de pomme de terre et le mangea. Elle en mangea un second, tenant toujours dans l'autre main la cigarette, sans l'allumer. Puis, posant la cigarette, elle prit le couteau et la fourchette et se mit à dîner, s'arrêtant de temps à autre pour remonter le peignoir sur son épaule.

Lorsqu'elle eut terminé son repas, elle alluma la

cigarette. Elle entendit de nouveau la sonnerie, puis une autre, d'un timbre légèrement différent. Au milieu des éclats perçants d'une voix de femme, une porte claqua. Deux personnes montèrent l'escalier et passèrent devant la porte ; la voix de Miss Reba retentit sourdement quelque part en bas, Temple l'entendit qui peinait en montant lentement l'escalier, et elle surveilla la porte jusqu'à ce qu'elle s'ouvrît, et que, chope en main, Miss Reba y parût. Celle-ci portait à présent une blouse bouffante et une capote de veuve avec un voile. Elle entra, sur ses pantoufles de feutre à ramages fleuris. Sous le lit, les deux chiens firent entendre de concert un gémissement étouffé du plus profond désespoir.

Déboutonnée dans le dos, la blouse pendait informe autour des épaules de Miss Reba. Une main garnie de bagues reposait sur sa poitrine, l'autre, levée, tenait la chope. Sa bouche ouverte, constellée de dents en or, béait sur son souffle laborieux et rauque.

« Misère de misère », fit-elle. Les chiens surgirent de sous le lit et se précipitèrent vers la porte dans un grattement frénétique et confus. Lorsqu'ils passèrent devant elle dans leur fuite éperdue, elle se retourna et leur lança la chope qui alla frapper le montant de la porte, éclaboussant le mur, et rebondit avec un lamentable bruit de ferraille. Les mains cramponnées à sa poitrine, Miss Reba, soufflante et sifflante, cherchait sa respiration. Elle s'approcha du lit, regarda Temple à travers son voile. « On était heureux comme deux tourtereaux », larmoya-t-elle en suffoquant. Et ses bagues embrasaient le creux de sa poitrine houleuse. « Et puis, il a fallu qu'il meure sur mes bras. » Elle cherchait sa respiration, les bronches sifflantes, sa bouche entreouverte matérialisant la torture cachée de ses poumons rebelles, les yeux exorbités, pâles et écarquillés par l'outrage. « Comme deux tourtereaux », rugit-elle d'une voix rauque en achevant de s'étouffer.

De nouveau le temps avait rejoint le geste mort de l'aiguille derrière le verre de l'horloge : la montre de Temple sur la table de chevet marquait dix heures et demie. Cela faisait deux heures qu'elle était allongée, paisible, attentive. Elle pouvait maintenant distinguer des voix au bas de l'escalier. Elle les écoutait depuis un instant, allongée, dans l'atmosphère renfermée de la chambre. Peu après, un piano mécanique se mit à jouer. De temps en temps, elle entendait les freins d'une auto, dans la rue, sous la fenêtre. A un moment, le bruit de deux voix qui se querellaient âprement monta et passa sous le store.

Enne entendit deux personnes — un homme et une femme — monter l'escalier et pénétrer dans la chambre voisine de la sienne. Puis ce fut Miss Reba qui gravit laborieusement l'escalier et passa devant la porte. Étendue dans le lit, les yeux fixes, grands ouverts, elle entendit Miss Reba frapper à la porte d'à côté avec la chope de métal et crier contre le panneau. De l'autre côté de la porte, l'homme et la femme ne faisaient pas le moindre bruit, si peu de bruit que Temple repensa aux chiens tapis sous le lit, contre le mur, roidis dans un paroxysme de terreur et de désespoir. Elle écouta la voix enrouée de Miss Reba crier contre le panneau de la porte, s'étrangler dans une crise d'étouffement, s'élever de nouveau pour lancer d'une voix virile une grossière injure. De

196

l'autre côté de la cloison, l'homme et la femme ne répondirent pas, et Temple resta l'œil fixé sur ce mur, derrière lequel Miss Reba vociférait en martelant la porte avec sa chope.

Temple ne vit pas, n'entendit pas s'ouvrir la porte de sa chambre. Au bout d'un instant, elle tourna par hasard les yeux de ce côté et y aperçut Popeye, son chapeau sur l'oreille. Sans bruit, il entra, ferma la porte, poussa le verrou, se dirigea vers elle. Tout doucement, elle se renfonça dans le lit, remontant jusqu'au menton les couvertures, et resta ainsi, anxieusement attentive aux gestes de Popeye. Il s'approcha, la regarda. Elle sentit son corps se contracter insensiblement, se dérober dans un isolement aussi absolu que si elle eût été attachée sur le clocher d'une église. Elle sourit à Popeye d'un pauvre sourire humble et gauche, découvrant l'émail de ses dents.

Lorsqu'il avança la main vers elle, elle se mit à gémir. « Non, non, murmura-t-elle, il a dit que je ne pouvais pas maintenant, il a dit... » Popeye rabattit brusquement les couvertures et les rejeta de côté. Elle était allongée, immobile, les paumes levées, le ventre rétracté sous l'enveloppe de chair, toute remplie d'un désir éperdu de fuir, comme les gens saisis de panique au milieu d'une foule. Il avança de nouveau la main et elle crut qu'il allait la frapper, mais elle vit soudain son visage tiraillé de brusques crispations comme celui d'un enfant qui va pleurer et elle entendit comme l'ébauche d'un gémissement. Il empoigna le haut du peignoir. Elle lui saisit les poignets, se tordant sur le lit, la bouche ouverte pour crier. Il lui plaqua la main sur la bouche. Sa salive coulait entre les doigts de Popeye, et, sans lâcher ses poignets, elle se roulait frénétiquement d'un côté sur l'autre. Tout à coup, elle le vit, les traits convulsés au-dessus de son menton absent, ses lèvres bleuâtres en avant, comme s'il soufflait sur de la soupe trop chaude, se courber près du lit en poussant une sorte de hennissement aigu et prolongé. De l'autre côté du mur, Miss Reba, enrouée, à bout de souffle, emplissait le corridor et la maison tout entière d'une tempête d'imprécations obscènes.

XIX

« Mais cette jeune fille, dit Horace, elle était intacte. Vous savez bien qu'elle était intacte quand vous êtes partie de la maison. Quand vous l'avez vue dans la voiture avec lui. Il ne faisait que la conduire à la ville. Elle était intacte. Vous savez bien qu'elle l'était. »

La femme était assise sur le bord du lit, la tête un peu penchée ; elle regardait l'enfant. Il était couché sous la couverture propre et fanée, les bras levés, les mains reposant de chaque côté de sa tête, comme s'il était mort à l'apparition d'une souffrance intolérable qui n'aurait pas eu le temps de le frapper. Ses yeux étaient à demi ouverts, révulsés, le blanc seul apparent, couleur de petit lait. Son visage était encore moite de transpiration, mais il respirait plus librement. Sa respiration n'était plus embarrassée et sifflante comme lorsque Horace était entré dans la chambre. Sur une chaise à côté du lit était posée une timbale à demi pleine d'un liquide légèrement coloré, avec une cuiller dedans. Par la fenêtre ouverte entraient les mille bruits de la place : autos, charrettes, pas sur le trottoir d'en dessous. De l'autre côté, Horace pouvait apercevoir le Tribunal, avec des hommes qui jouaient aux palets entre des trous creusés à même la terre sous l'acacia et les chênes.

Penchée sur l'enfant, la femme méditait : « Personne ne lui avait demandé de venir là-bas. Lee leur a dit et redit qu'il ne fallait pas qu'ils amènent leurs femmes avec eux, et je lui ai dit, à elle, avant qu'il fasse noir, qu'on n'était point son genre de monde et qu'elle file de là. C'est ce type qui l'a amenée. Il était là-bas sur la galerie avec eux, toujours à boire, à preuve que, quand il est rentré pour la soupe, il ne pouvait déjà presque plus se tenir debout. Il n'avait même pas essayé d'enlever le sang de sa figure. Parce que Lee se fiche de la loi, n'importe quel petit morveux se figure qu'il peut s'amener chez nous et prendre notre maison pour un… Les hommes faits ne valent pas cher, mais au moins pour eux acheter du whisky ou acheter n'importe quelle marchandise c'est tout un ; malheureusement il y a les petits gars comme lui, ceux qui sont trop jeunes pour se rendre compte qu'on ne viole pas la loi pour le plaisir. » Horace la voyait tordre sur ses genoux ses mains croisées. « Bon Dieu, si ça ne tenait qu'à moi, j' pendrais tous ceux qui en font, en boivent ou en achètent, oui, tous.

« Mais pourquoi moi, nous ? Qu'est-ce que je leur avais jamais donc fait à celles de son espèce ? Je lui avais dit de ne pas rester là. Je lui avais dit de ne pas rester là après la nuit. Mais le gars qui l'avait amenée, voilà-t-il pas qu'il s'est saoulé de nouveau, et puis lui et Van ils se sont mis à se chamailler. Si seulement elle s'était arrêtée de courir partout où ils pouvaient la voir. Mais elle ne pouvait rester en place nulle part. Voilà qu'elle fichait le camp par une porte, et, la minute d'après, elle revenait en courant de l'autre côté. Et s'il avait seulement laissé Van tranquille ; parce qu'il fallait que Van reparte avec le camion à minuit, aussi Popeye l'aurait obligé à se tenir. Et un samedi soir, encore, et eux qui de toute façon seraient restés debout toute la nuit à pinter, comme je l'avais vu tant de fois, et j'avais dit à Lee qu'on ferait mieux de s'en aller, que ça ne le menait à rien du tout, et que le petit il aurait des crises comme cette nuit et pas de docteur, pas de téléphone. Et alors il a fallu qu'elle s'amène là ; après que j'avais trimé trimeras-tu pour lui. » Sans un geste, la tête penchée, les mains toujours sur ses genoux, elle avait l'immobilité lasse d'une cheminée se dressant sur les ruines d'une maison après le passage d'un cyclone.

« Elle se tenait là, dans le coin derrière le lit, affublée de cet imperméable. Elle était là, suant la frousse, quand ils ont amené le gars qui était encore une fois tout en sang. Ils l'ont mis sur le lit et Van l'a encore cogné, alors Lee a attrapé Van par le bras ; et elle qui se tenait là avec des yeux comme des trous dans un masque. L'imperméable était accroché au mur ; elle l'avait mis par-dessus son paletot. Sa robe était bien pliée sur le lit. Ils ont flanqué le gars en plein dessus, sang et tout, et j'ai dit : « Bon Dieu, est-ce que t'es saoul aussi ? » Mais Lee n'a fait que me regarder et j'ai vu que son nez était déjà blanc, comme ça lui arrive quand il est saoul.

« Il n'y avait pas de serrure à la porte, mais je me suis dit que bientôt il faudrait qu'ils s'en aillent voir au camion et alors que je pourrais faire quelque chose. Mais voilà-t-il pas que Lee me fait sortir aussi et qu'il emporte la lampe, alors il a fallu que j'attende qu'ils soient revenus sur la galerie pour pouvoir rentrer. Je me tenais juste sur le pas de la porte. Le type ronflait, là , dans le lit, fort, avec son nez et sa bouche encore une fois en marmelade, et je pouvais entendre les autres sur la galerie. Puis ils sont allés dehors, autour de la maison, et par derrière aussi, et je les entendais. Alors ils se sont tenus tranquilles.

« Je me tenais contre le mur ; lui, il ronflait et suffoquait et reprenait sa respiration comme en gémissant, et je pensais à cette fille qui était couchée là, dans le noir, les yeux ouverts, les écoutant, et moi qu'il fallait que je reste là en attendant qu'ils s'en aillent pour que je puisse faire quelque chose. Je lui avais dit de filer. Je lui avais dit : « C'est-il ma faute si vous êtes pas mariés ? Je demande pas plus que vous soyez ici que vous n'avez envie d'y être. » Je lui avais dit : « J'ai fait ma vie sans l'aide des gens comme vous. De quel droit venez-vous demander que je vous aide ? » Parce que voyez-vous, j'ai tout fait pour lui. Je me suis traînée dans le ruisseau pour lui. J'ai tout fichu derrière moi, et tout ce que je demandais c'était qu'on nous laisse en paix.

« Alors j'ai entendu ouvrir la porte. Je pouvais reconnaître Lee à sa façon de respirer. Il est allé vers le lit et a dit : « J'ai besoin de l'imperméable. Redressez-vous et enlevez-le. » Et je pouvais entendre la balle de maïs craquer pendant qu'il le lui retirait, et alors je suis sortie. C'était l'imperméable de Van.

« Et j'ai tellement tournaillé autour de cette maison, la nuit, avec ces hommes-là — des hommes qui vivent des risques de Lee et qui n'auraient pas levé un doigt pour lui s'il s'était fait pincer — que je

202

pouvais reconnaître n'importe lequel d'entre eux rien qu'à sa façon de respirer et je pouvais reconnaître Popeye à l'odeur de ce produit qu'il se met sur les cheveux. Tommy le suivait. Il est entré par la porte, derrière Popeye, et il m'a regardée, et je voyais ses yeux comme ceux d'un chat. Et puis ses yeux se sont détournés et je l'ai senti qui s'accroupissait, à côté de moi et nous pouvions entendre Popeye au-dessus du lit et ce type qui n'en finissait pas de ronfler.

« Je n'entendais que de vagues petits bruits qui venaient de la balle, aussi je savais qu'il n'y avait rien de mal encore, et, au bout d'une minute, Popeye est ressorti et Tommy l'a suivi dehors en se faufilant derrière lui, et moi je suis restée là jusqu'à ce que je les aie entendus descendre au camion. Alors je suis allée vers le lit. Quand je l'ai touchée, elle a commencé par se débattre. J'essayais de lui appliquer ma main sur la bouche pour pas qu'elle fasse de bruit ; à dire vrai, elle n'en faisait pas. Elle se contentait de rester couchée là, battant des bras et des jambes, roulant sa tête à droite et à gauche et se cramponnant au manteau.

« " Imbécile, que je dis. C'est moi : la femme ! "

— Mais cette fille, fit Horace, elle était intacte. Quand vous êtes revenue à la maison le lendemain matin chercher le biberon, vous l'avez vue et vous saviez qu'elle était intacte. » La chambre donnait sur la place. Par la fenêtre, Horace pouvait voir les jeunes gens qui jouaient aux palets dans la cour du Tribunal et les chariots qui passaient ou qui étaient attachés aux chaînes de sûreté ; il pouvait entendre les pas et les voix des gens sur le trottoir, des gens qui achetaient des choses confortables pour les

203

ramener chez eux et dîner tranquillement à leur table. « Vous savez qu'elle était intacte. »

Ce soir-là, Horace alla chez sa sœur. Il ne téléphona pas et prit un taxi. Il trouva Miss Jenny dans sa chambre. « Bon, fit-elle, Narcissa va...

— Je ne veux pas la voir, dit Horace. Son charmant jeune homme, son jeune homme bien élevé, son gentleman de Virginie, eh bien, je sais pourquoi il n'est pas revenu.

— Qui cela, Gowan ?

— Oui, Gowan. Et, nom de Dieu, il fera bien de ne pas revenir. Nom de Dieu, quand je pense que j'aurais pu...

— Quoi ? Qu'est-ce qu'il a fait ?

— Il a amené une imbécile de petite oie blanche avec lui là-bas, ce jour-là, il s'est saoulé et il a fichu le camp en la plantant là. Voilà ce qu'il a fait. S'il n'y avait pas eu cette femme... Et quand je pense que parce qu'ils ont un veston cintré et ont accompli le merveilleux exploit de fréquenter l'Université de Virginie... Dans n'importe quel train, ou dans n'importe quel hôtel, ou dans la rue, n'importe où, vous m'entendez bien...

— Oh, fit Miss Jenny. Je n'avais pas compris de prime abord ce que vous vouliez dire. Vous vous rappelez la dernière fois qu'il est venu ici, vous veniez juste d'arriver. Le jour où il n'a pas voulu rester à dîner et qu'il est parti pour Oxford ?

— Oui. Quand je songe que j'aurais pu...

— Il avait demandé à Narcissa de l'épouser, mais elle lui a répondu qu'elle avait assez d'un enfant.

— J'avais bien dit qu'elle n'avait pas de cœur. Elle n'est contente que lorsqu'elle est rosse.

— Alors, il s'est mis en colère et il a dit qu'il allait partir pour Oxford où il connaissait une femme devant qui il avait quelques raisons de croire qu'il ne paraîtrait pas si ridicule, ou quelque chose comme ça. Eh bien — elle baissa la tête pour le regarder par-dessus ses lunettes — je vous assure, avoir un parent mâle, c'est déjà une drôle de chose, mais qu'un homme se mêle seulement des affaires d'une femme qui ne lui est rien... Qu'est-ce qui fait donc croire aux hommes que toute chair féminine qu'ils épousent ou engendrent peut se mal conduire, mais que celles qu'ils n'épousent ou ne possèdent pas ne peuvent y manquer ?

— Dieu merci, fit Horace, elle n'est ni de ma chair ni de mon sang. Je puis à la rigueur digérer qu'elle coure de temps à autre le risque de tomber sur une crapule, mais penser qu'à tout moment elle peut avoir affaire à un imbécile...

— Et puis, qu'est-ce que vous pouvez y faire ? Vous lancer dans une espèce de campagne d'assainissement ?

— Je vais faire ce qu'elle a dit. Je vais faire voter une loi enjoignant à tout le monde d'abattre tout homme de moins de cinquante ans, qui fabrique du whisky, en achète, en vend ou y pense... Une crapule, je puis encore l'admettre, mais penser qu'elle soit la proie du premier imbécile venu... »

Il rentra en ville. La nuit était tiède, les ténèbres toutes pleines du bruit des premières cigales. Tout son mobilier consistait en un lit, une chaise, un bureau sur lequel il avait étendu une serviette, et où il mettait ses brosses, sa montre, sa pipe, sa blague à tabac, et, appuyée contre un livre, une photographie de sa belle-fille, Little Belle. Un reflet jouait sur la vitre du cadre. Il tourna la photo jusqu'à ce que le visage pût se voir sans faux jour. Et il resta là, contemplant le doux et impénétrable visage qui, du carton inerte, regardait quelque chose de son côté juste au-delà de son épaule. Il pensait à la treille de Kinston, au crépuscule d'été, au murmure des voix rentrant dans le silence de l'ombre, alors qu'il approchait, lui qui ne leur voulait aucun mal, en tout cas pas à elle — vraiment aucun mal, grand Dieu, — des voix fondant dans le pâle bruissement de sa robe blanche, dans le frémissement léger, obsédant, animal, de cette curieuse petite chair qu'il n'avait pas procréée, et en qui semblait fermenter peu à peu quelque chose de ce bouillonnement qui l'identifiait à la vigne en fleur.

Il sursauta. Comme de son propre mouvement, la photographie avait remué; perdant son équilibre momentané, elle avait glissé légèrement le long du livre. L'image se brouilla dans un reflet, ne fut plus qu'un objet familier entrevu à travers l'agitation d'une eau limpide. Il contempla, avec une sorte de paisible horreur et de calme désespoir, cette image familière, un visage soudain plus vieux dans le péché que lui-même ne le serait jamais, un visage plus estompé que doux, aux yeux plus impénétrables que tendres. En voulant saisir la photographie, il la fit tomber à plat; alors de nouveau, le visage rêva tendrement derrière l'inflexible mensonge de sa bouche peinte contemplant on ne savait quoi, plus loin que son épaule. Il s'étendit sur son lit tout habillé, la lumière allumée, jusqu'à ce qu'il entendît l'horloge du Tribunal sonner trois heures. Alors, il mit dans sa poche sa montre et sa blague à tabac, et sortit.

La gare était à trois quarts de mile de chez lui. La salle d'attente n'était éclairée que par une unique et faible ampoule. Elle était vide, à l'exception d'un homme en bleu de travail qui dormait en ronflant sur une banquette, la tête sur son pardessus replié, et d'une femme en robe de percale avec un vieux fichu et un chapeau neuf aux fleurs raides et moribondes, posé sans grâce tout droit sur son crâne. Elle avait la tête inclinée, peut-être dormait-elle ; elle croisait les mains sur un paquet enveloppé de papier, qu'elle avait sur les genoux ; à ses pieds reposait une mallette d'osier. C'est alors qu'Horace s'aperçut qu'il avait oublié sa pipe.

Il faisait les cent pas sur le côté du ballast empierré de scories, lorsque le train entra en gare. L'homme et la femme arrivèrent, lui portant son pardessus chiffonné, elle le paquet et la mallette. Il les suivit dans le wagon ordinaire rempli de ronflements, de corps à demi vautrés dans le couloir central, comme à la suite d'un cataclysme subit et violent, têtes renversées, bouches ouvertes, cous démesurément tendus et comme offerts au couteau.

Il somnola. Le train avançait en ferraillant, s'arrêtait, cahotait. Il s'éveilla, se rendormit. Une bourrade anonyme le fit passer sans transition du sommeil dans une aube couleur de primevère, au milieu de figures bouffies, mal rasées, livides, comme vues à travers la dernière et pâlissante fumée d'un holocauste, qui se regardaient en clignotant, avec des yeux morts où la conscience revenait lentement en ondes opaques et mystérieuses. Il descendit, déjeuna, prit un autre train omnibus, entra dans un wagon où un marmot braillait désespérément, et parcourut la voiture en écrasant des écorces de cacahuètes parmi des relents éventés d'ammoniaque, jusqu'à ce qu'il découvrît une place libre à côté d'un homme. Un instant après, l'homme se pencha pour cracher son jus de chique entre ses genoux écartés. Horace se leva vivement et passa en avant dans le wagon de fumeurs. Il était également plein, la porte qui le séparait du wagon réservé aux Noirs[1] battait, grande ouverte. Debout dans le couloir, Horace pouvait plonger son regard devant lui dans une perspective fuyante de sièges à dossiers de velours vert surmontés de grosses légumes coiffées de chapeaux et dodelinant en cadence, tandis que des bouffées de conversations et de rires déferlant vers l'arrière entretenaient en un paisible mouvement l'atmosphère âcre et bleue du wagon où des hommes assis crachaient dans le couloir.

Horace changea de train une seconde fois. La foule qui attendait se composait en partie de jeunes gens en tenue d'étudiants avec de mystérieux petits insignes à leurs chemises ou à leurs vestons, et de deux jeunes filles aux petits visages peints, en robes courtes de couleurs vives, semblables à des fleurs artificielles, qu'entourait identiquement toutes deux un brillant essaim d'infatigables frelons. Lorsque le train arriva, ils se poussèrent gaiement en avant, riant, bavardant, écartant d'un coup d'épaule avec une joviale brutalité les gens plus âgés, se bouscu-

---

1. Le « jim crow car » était l'une des formes institutionnelles de la ségrégation dans le Sud. L'origine de l'expression *Jim Crow* est probablement dans le nom d'un personnage noir de chanson populaire au XIXᵉ siècle.

lant, rabattant avec fracas les dossiers des banquettes pour s'installer, le visage convulsé de rire contenu, leur visage froid où riait encore l'éclair de leurs dents, lorsque trois femmes d'âge déjà mûr parcoururent le wagon en cherchant du regard, à droite et à gauche, une place libre parmi les banquettes occupées.

Les deux jeunes filles s'assirent l'une près de l'autre, enlevèrent leurs chapeaux, un beige et un bleu, levèrent de petites mains, et, de leurs doigts fins, arrangèrent leurs cheveux autour de leurs deux têtes rapprochées que l'on apercevait entre les coudes en mouvement et les têtes penchées de deux jouvenceaux, courbés par-dessus le dossier du siège et dont les chapeaux aux rubans multicolores apparaissaient à des hauteurs diverses selon que le possesseur était assis sur le bras de la banquette ou se tenait debout dans le couloir. Bientôt s'ajouta au groupe la casquette du contrôleur se glissant au milieu d'eux avec des cris d'oiseau, affairés et plaintifs.

« Les billets, les billets s'il vous plaît », répétait-t-il comme un répons de psaume. Un moment, ils le retinrent là, invisible à l'exception de sa casquette. Puis, deux jeunes gens se faufilèrent vivement en arrière dans la banquette placée derrière Horace. Il pouvait entendre leur respiration. En avant, le poinçon du contrôleur claqua deux fois. Il revint à reculons. « Les billets, psalmodiait-il, les billets. » Il prit celui d'Horace, et s'arrêta près de la banquette où étaient assis les jeunes gens.

« Vous m'avez déjà pris le mien, dit l'un d'eux ; là-bas.

— Où est votre talon ? fit le contrôleur.

« — Vous ne nous en avez jamais donné. Mais vous avez tout de même pris nos billets. Le mien avait le numéro... » Il dit un numéro, sans hésiter, d'un ton naturel et aimable. « As-tu remarqué le numéro du tien, Shack ? »

L'autre dit également un numéro d'un ton naturel et aimable. « Vous les avez certainement. Regardez voir. » Et il se mit à siffloter entre ses dents un rythme de danse heurté et inharmonieux.

« Est-ce que tu manges à la Salle Gordon ? fit-il.

— Non. Je pue du bec naturellement. » Le contrôleur s'éloigna. Le sifflotement atteignit son crescendo, scandé par des tapes sur les genoux : tu-tu-tu, tu-tu-tu. Puis ce ne fut plus qu'une suite de vociférations absurdes, ahurissantes ; Horace eut l'impression d'être assis devant un livre dont les feuilles étaient tournées à une vitesse folle, et qui ne laisseraient dans l'esprit qu'une série d'évocations inintelligibles, sans queue ni tête.

« Elle a voyagé mille miles sans billet.

— Marge aussi.

— Beth aussi.

— Tu-tu-tu.

— Marge aussi. Moi, mon poinçon, je le garde pour vendredi soir.

— T'aimes le foie ?

— J'arrive pas jusque-là.

— Y... a a ou. »

Ils sifflaient, claquant du talon contre le plancher avec une frénésie croissante : tu-tu-tu, tu-tu-tu. Le premier fit basculer le dossier du siège contre la tête d'Horace.

Il se leva. « Viens, fit-il, il a foutu le camp. » Pour la seconde fois, la banquette vint heurter Horace ; il les vit se joindre de nouveau au groupe qui encombrait le couloir, et l'un d'eux poser sa main audacieuse et rude à plat sur l'une des douces et claires frimousses levées vers eux. Au-delà du groupe, une paysanne avec un enfant dans ses bras se tenait debout, appuyée contre une banquette. De temps en temps, elle tournait la tête vers le couloir obstrué et les banquettes libres de l'autre côté.

A Oxford, il descendit, et, dès la gare, tomba au milieu de groupes d'étudiants et d'étudiantes, celles-ci sans chapeaux, en robes tapageuses, parfois avec un livre à la main, et toujours entourées d'un essaim de chemises de couleur. Formant une haie infranchissable elles s'en allaient la main dans la main de leur cavalier servant, balançant le bras, consentant à des privautés juvéniles et sans conséquences, et montaient sans hâte, en tortillant leurs petites hanches, la côte qui conduisait à l'Université. Lorsque Horace descendit du trottoir pour les dépasser, elles le regardèrent avec des yeux inexpressifs et froids.

Au sommet de la côte, trois allées divergeaient en traversant un vaste bosquet au-delà duquel, au fond d'une perspective de verdure, luisaient au soleil des bâtiments de brique rouge ou de pierre grise. On entendit tinter le clair soprano d'une cloche. Alors la procession d'étudiants se sépara en trois courants, où se réduisirent rapidement les couples musards aux mains balancées, emportés dans les remous et embardant les uns dans les autres avec des exclamations puériles, avec la folle et aventureuse impétuosité de la jeunesse.

L'allée la plus large conduisait au bureau de poste. Horace entra et attendit que le guichet fût libre.

« Je cherche une jeune fille, Miss Temple Drake. Je viens probablement de la manquer de peu, n'est-ce pas ?

— Elle n'est plus ici depuis quelque temps, dit le préposé. Voilà une quinzaine de jours qu'elle a quitté le collège. » Il était jeune, une figure insignifiante et imberbe derrière ses lunettes de corne, avec des cheveux trop bien peignés. Au bout d'un instant, Horace s'entendit demander avec indifférence : « Vous ne savez pas où elle est allée ? »

Le préposé le regarda. Il se pencha, et, baissant la voix : « Est-ce que vous êtes aussi un détective ?

— Oui, fit Horace, oui, ça ne fait rien. Aucune importance. » Puis il descendit tranquillement les marches et ressortit dans le soleil. Il demeura là, tandis que, de chaque côté de lui, elles passaient en un flot régulier de petites robes multicolores, bras nus, cheveux plaqués et brillants, avec, dans leurs yeux, cette identique expression de fraîcheur innocente et hardie qu'il connaissait si bien, avec l'identique et violente peinture de leurs bouches ; comme de la musique en mouvement, comme du miel versé dans un rayon de soleil, païennes, fugitives et sereines, évocations ensoleillées et légères de tous les jours abolis et de toutes les joies perdues. Dans un flamboiement de lumière, dans un miroitement de chaleur, leur flot s'épandit à travers des clairières ouvertes sur des visions de mirage : pierre ou brique, colonnes sans chapiteaux, tours qui semblaient flotter au-dessus d'un nuage vert en une lente débâcle à l'encontre du vent de sud-ouest, sinistre, impondérable, anonyme. Et il restait là, attentif à l'apaisement claustral de la cloche, se demandant : « Et maintenant ? »

Quoi maintenant? Et se répondant : « Eh bien, rien. Rien. C'est fini. »

Il revint à la gare une heure avant l'arrivée du train, une pipe de maïs toute bourrée dans la main ; il ne l'avait pas allumée. Dans les cabinets, il aperçut, griffonné au crayon sur le mur infect et souillé, son nom : Temple Drake. Il le lut avec calme, se penchant pour mieux voir, caressant lentement entre ses doigts sa pipe veuve de feu.

Une demi-heure avant l'arrivée du train, elles commencèrent d'affluer : elles descendaient la colline et se réunissaient sur le quai, dans les éclats de leur rire menu, strident, et étincelant, leurs jambes uniformément blondes, leurs corps en perpétuel mouvement dans leurs minimums de robes, avec cette gauche et voluptueuse insouciance de la jeunesse.

Le train du retour comportait un pullman. Horace traversa le wagon ordinaire et y entra. Hors lui, il n'y avait qu'un occupant, un homme, au milieu de la voiture, près de la fenêtre, tête nue, penché en arrière, le coude sur le châssis de la vitre, un cigare non allumé dans sa main garnie de bagues. Lorsque le train, démarrant, eut dépassé la rangée des têtes calamistrées, qui disparurent à reculons avec une vitesse croissante, l'autre voyageur se leva et s'en alla vers l'avant dans la direction du wagon populaire. Il portait un pardessus sur le bras et, à la main, un chapeau de feutre clair malpropre. Du coin de l'œil, Horace le vit chercher dans sa pochette, et il remarqua la rectitude sévère des cheveux sur la nuque large, lisse et blanche de l'homme. Comme avec une guillotine, se dit Horace en le regardant passer devant l'employé, se faufiler dans le couloir et disparaître de sa vue et de sa pensée en flanquant son chapeau sur sa tête. Le train accéléra, oscillant dans les courbes, croisant de temps en temps, dans un éclair, une maison, s'enfonçant dans des tranchées, traversant des vallées où le coton, vert encore, se déployait lentement comme les branches d'un éventail.

La vitesse décrut ; les wagons s'entrechoquèrent et l'on entendit quatre coups de sifflet. L'homme au chapeau sale entra, prenant un cigare dans sa pochette. Il descendit vivement le couloir en regardant Horace. Il ralentit, le cigare aux doigts. Le train eut un nouveau cahot. L'homme étendit la main, se rattrapa au dossier de la banquette qui faisait face à Horace.

« N'est-ce pas le juge Benbow ? » fit-il. Horace leva les yeux vers une figure large et bouffie, sans âge ni pensée, imposante masse de chair de chaque côté d'un petit nez tout rond, semblable à un observatoire au milieu d'un plateau, et cependant empreint d'une indéfinissable et paradoxale délicatesse, comme si le Créateur eût voulu achever sa plaisanterie en illustrant cette prodigieuse débauche de mastic par la présence de quelque trait primitivement destiné à une faible et parcimonieuse créature telle qu'un écureuil ou un rat.

« N'est-ce pas au juge Benbow que j'ai l'honneur de parler ? fit-il en tendant la main. Je suis le sénateur Snopes, Cla'ence Snopes.

— Oh, fit Horace, parfaitement. Enchanté. Mais je crains que vous n'anticipiez quelque peu. Que vous n'espériez, plutôt. »

Le sénateur agita son cigare, l'autre main tendue sous le nez d'Horace, la paume ouverte, le troisième doigt légèrement décoloré au-dessous d'une énorme bague. Horace la lui serra, dégagea la sienne. « Je pensais bien vous avoir reconnu lorsque vous êtes monté à Oxford, dit Snopes, mais je... Puis-je m'asseoir ? » ajouta-t-il, bousculant déjà de sa jambe le genou d'Horace. Il jeta sur la banquette son pardessus, un vêtement bleu râpé au col de velours graisseux, et s'assit au moment où le train s'arrêtait. « Oui, Monsieur, ça fait toujours plaisir de rencontrer des vieux amis. Un jour que... » Il se pencha par-dessus Horace pour regarder par la fenêtre une minable petite gare avec son tableau de marche des trains tout gribouillé d'hiéroglyphes à la craie, un chariot à bagages portant une cage de fil de fer occupée par deux volailles effarées et trois ou quatre hommes en bleu, nonchalamment adossés au mur, en train de chiquer. « Turellement vous n'êtes plus du pays mais, moi, c' que j' dis, c'est que, quelle que soit leur manière de voter, les amis de nos amis sont nos amis. Parce que, qu'un ami puisse faire ou non quelque chose pour moi, c'est toujours un ami... » Il se renversa en arrière, tenant entre deux doigts son cigare qu'il n'avait pas encore allumé. « Alors, comme ça, vous n'arrivez pas tout droit de la ville ?

— Non, fit Horace.

— Si jamais vous passez par Jackson, j' s'rai bien aise de vous loger comme si vous étiez toujours du comté. On n'a jamais tant d'affaires qu'y n' vous reste pas un brin de temps pour les vieux amis, v'là c' que j' dis. Voyons, vous êtes à Kinston maintenant, s' pas ? J' connais bien vos sénateurs. De braves types tous les deux, mais, justement, leur nom m'échappe.

215

— A la vérité, il me serait difficile à moi-même de le dire », répondit Horace. Le train repartit. Snopes se pencha dans le couloir et regarda derrière lui. Son complet gris clair était repassé, mais plein de taches. « Bon », fit-il. Il se leva et prit son pardessus. « Un jour que vous viendrez à la ville... Vous allez à Jefferson sans doute ?

— Oui, dit Horace.

— Alors, on sera gens de revue.

— Pourquoi ne pas rester ici, demanda Horace. Vous seriez bien mieux.

— Je vais aller fumer en avant, dit Snopes en agitant son cigare. J' vous reverrai.

— Vous pouvez fumer ici. Il n'y a pas de dames.

— Certainement, fit Snopes. J' vous verrai à Holly Springs. » Il retourna dans le wagon ordinaire, s'éloigna le cigare à la bouche et disparut. Horace se le rappela tel qu'il était dix ans auparavant, jeune lourdaud insignifiant, fils d'un patron de restaurant qui appartenait lui-même à une famille originaire des environs de Frenchman's Bend, venue à Jefferson par petits paquets au cours des vingt dernières années, une famille possédant des ramifications assez étendues pour avoir pu l'élire sénateur sans avoir recours au scrutin public.

Horace était assis, immobile, sa pipe froide à la main. Il se leva, traversa le wagon ordinaire, se dirigea vers l'avant du train et pénétra dans le wagon-fumoir. Snopes se tenait dans le couloir, la cuisse passée sur l'accoudoir d'une banquette où étaient assis quatre hommes gesticulant avec leurs cigares sans feu. Son regard rencontra celui d'Horace qui, du soufflet, lui fit un signe. Presque immédiatement, il empoigna son pardessus et alla le rejoindre.

« Eh bien, quoi de neuf à la capitale ? » demanda Horace.

Snopes se mit à parler de sa voix râpeuse et catégorique. Et, trait par trait, s'esquissa un tableau de stupides intrigues et de mesquines débauches, dont les stupides et mesquins dénouements avaient d'ordinaire pour décor la chambre d'hôtel ou le cabinet particulier dont un chasseur au torse bombé refermait diligemment la porte sur de discrets frou-frous de jupes. « Un jour que vous viendrez à la ville, dit-il, ça m' fait toujours plaisir de piloter les amis. Demandez à n'importe qui là-bas, on vous dira que Cla'ence Snopes connaît toutes les ficelles. Vous avez une assez sale affaire, là-haut, à ce que j'ai appris.

— Peux pas encore dire », fit Horace. Il ajouta : « Je me suis arrêté aujourd'hui à Oxford, je suis allé à l'Université parler à quelques-unes des camarades de ma belle-fille. L'une de ses meilleures amies n'est plus au collège. Une jeune demoiselle de Jackson appelée Temple Drake. »

Snopes l'observait de ses petits yeux opaques et troubles. « Ah oui, fit-il, la fille au juge Drake, celle qui a fichu le camp.

— Fichu le camp ? demanda Horace. Elle est sans doute rentrée chez elle ? Qu'est-ce qui n'allait pas ? C'était le travail qui flanchait ?

— Je n'en sais rien. Quand ça a paru dans les journaux, les gens ont pensé qu'elle avait filé avec un type. Un de ces petits collages...

— Mais, en la voyant rentrer chez elle on s'est aperçu que ce n'était pas ça, j'imagine. Eh bien,

217

c'est Belle qui va être surprise. Qu'est-ce qu'elle devient maintenant ? Elle passe son temps en ville, probablement ?

— Elle n'est pas à Jackson.

— Non ? » fit Horace. Il pouvait sentir l'autre qui l'observait. « Où est-elle ?

— Son p'pa l'a envoyée là-bas dans le Nord quelque part, chez une tante. Dans le Michigan. C'était dans les journaux deux jours après.

— Ah », dit Horace. Il tenait toujours sa pipe froide, il s'aperçut que sa main cherchait une allumette dans sa poche. Il respira un grand coup. « Ce journal de Jackson est un journal assez sérieux. On le considère comme le meilleur de l'État, n'est-ce pas ?

— Bien sûr, fit Snopes. Vous étiez à Oxford pour essayer de la repérer ?

— Non, non. J'ai simplement rencontré par hasard une amie de ma fille qui m'a dit qu'elle avait quitté l'école. Allons, je vous verrai à Holly Springs.

— C'est ça », dit Snopes. Horace revint dans le pullman, s'assit et alluma sa pipe.

Lorsque le train ralentit à l'approche de Holly Springs, il vint à l'entrée du wagon, puis recula vivement ; Snopes sortait du wagon ordinaire au moment où l'employé ouvrait la portière et rabattait la marche, le tabouret à la main. Snopes descendit. Il prit quelque chose dans sa pochette et le donna à l'employé. « Tiens, mon gars, dit-il, v'là un cigare. »

Horace descendit à son tour. Snopes continua, son chapeau sale dépassant tous les autres d'une demi-tête. Horace regarda l'employé.

« Il vous l'a donné, n'est-ce pas ? »

218

L'employé fit sauter le cigare dans le creux de sa main et le fourra dans sa poche.

« Qu'est-ce que vous allez en faire ? demanda Horace.

— Je n' le donnerais à personne au monde, fit l'homme.

— Il fait ça très souvent ?

— Trois quat' fois par an. On dirait ben qu' c'est toujours moi qui l'accroche... Merci, m'sieu. »

Horace vit Snopes pénétrer dans la salle d'attente ; le chapeau sale et la nuque énorme disparurent de son esprit. Il bourra une nouvelle pipe.

D'une rue voisine il entendit arriver le train de Memphis. Il était déjà à quai lorsque Horace parvint à la gare. Snopes se tenait près d'une portière ouverte ; il parlait à deux jeunes gens en chapeaux de paille tout neufs, avec un je ne sais quoi de vaguement protecteur dans ses gestes et dans l'attitude de ses épaules épaisses. Le train siffla. Les deux jeunes gens montèrent. Horace se rencogna derrière l'angle de la gare.

Quand son train arriva, il vit Snopes y monter devant lui et pénétrer dans le wagon de fumeurs. D'une secousse, Horace vida sa pipe et entra dans le wagon ordinaire à l'arrière duquel il trouva une place au rebours du sens de la marche.

XX

Comme Horace sortait de la gare de Jefferson, une auto qui se rendait en ville s'arrêta à sa hauteur. C'était le taxi qu'il prenait d'habitude pour aller chez sa sœur. « C'est moi qui vous emmène, cette fois-ci, fit le chauffeur.

— Vous êtes trop aimable », dit Horace en montant. Au moment où la voiture arriva sur la place, l'horloge du tribunal ne marquait que huit heures vingt, et pourtant il n'y avait pas de lumière à la fenêtre de l'hôtel. « L'enfant doit dormir », pensa Horace. « Si vous vouliez me laisser à la porte de l'hôtel », dit-il. Puis il s'aperçut que le chauffeur l'observait avec une sorte de discrète curiosité.

« Vous êtes allé en voyage aujourd'hui ? fit l'homme.

— Oui, dit Horace. Pourquoi ? Que s'est-il donc passé ici aujourd'hui ?

— Elle n'est plus à l'hôtel. J'ai entendu dire que Mrs. Walker l'avait emmenée à la prison.

— Ah, fit Horace. Je vais descendre à l'hôtel. »

Le hall était vide. Au bout d'un instant, le patron parut : un homme très digne aux cheveux grisonnants, un cure-dents à la bouche, le gilet ouvert sur une agréable bedaine. La femme n'était plus là. « C'est ces grenouilles de bénitier », fit-il. Il baissa la voix, le cure-dents entre les doigts. « Elles sont venues ce matin. Une délégation. Vous savez sans doute comme ça se passe.

— Vous voulez dire que vous laissez l'Église baptiste vous dicter qui vous devez recevoir.

— C'est ces femmes. Vous savez comment ça se passe une fois qu'elles se sont fourré une idée dans la tête, il n'y a plus qu'à laisser aller et à faire comme elles disent. Naturellement, avec moi…

— Bon Dieu, s'il y avait eu un homme…

— Ta ta ta, fit le patron. Vous savez comment ça se passe quand ces…

— Mais, bien entendu, il n'y avait pas un homme pour… Et vous dites que vous en êtes un, vous qui…

— J'ai ma réputation à soutenir, fit le patron d'un ton conciliant. Si vous voulez le fin mot de l'histoire. » Il se recula légèrement et s'appuya au bureau. « Je suis capable de décider qui je recevrai ou non dans mon hôtel, je suppose, continua-t-il. Et j'en connais d'autres par ici qui feraient bien d'en faire autant. Y a pas besoin d'aller bien loin pour ça. Je n'ai de comptes à rendre à personne. Pas à vous, en tout cas.

— Où est-elle à présent ? L'a-t-on chassée de la ville ?

— Ça n'est pas mon affaire de savoir où vont les gens quand ils sont partis, fit le patron en tournant le dos. J' crois pourtant que quelqu'un a consenti à la recevoir.

— Je vois, dit Horace. Des chrétiens ! des chrétiens ! » Il se dirigea vers la porte. Le patron le rappela. Il se détourna. L'autre prit un papier dans

222

un casier. Horace revint vers le bureau. Le papier était posé dessus. Le patron était appuyé des deux mains sur le bureau, son cure-dents au coin de la bouche.

« Elle a dit que vous paieriez », fit-il.

Il paya la note, comptant l'argent avec un tremblement dans les mains. Il entra dans la cour de la prison, alla à la porte et frappa. Au bout d'un moment, une espèce de souillon efflanquée arriva avec une lampe en tenant un pardessus d'homme sur sa poitrine. Elle le dévisagea et dit avant qu'il eût ouvert la bouche :

« C'est Mame Goodwin que vous voulez voir, j' suppose ?

— Oui. Comment le... Comment ?...

— Vous êtes l'avocat. J' vous ai déjà vu. Elle est là. Elle dort à c't' heure.

— Merci, balbutia Horace. Merci. Je savais que quelqu'un... Je ne croyais pas que...

— Bien sûr que j' peux toujours trouver un lit pour une femme et un môme, fit-elle. J' me fous de c' qu'Ed peut dire. C'est-il que vous aviez quéqu' chose à lui dire spécialement ? Elle dort à c't' heure.

— Non, non, je voulais simplement... »

La femme l'observait par-dessus la lampe. « Alors, c'est pas la peine de l'embêter. Vous avez qu'à r'venir dans la matinée et à lui trouver une pension où s' loger. Y a point d' presse. »

Le lendemain après-midi, Horace alla voir sa sœur, toujours en taxi. Il lui raconta ce qui s'était passé. « Il va falloir que je la prenne à la maison, maintenant.

— Pas chez moi, se récria Narcissa. »

Il la regarda, puis se mit à bourrer sa pipe, lentement, méthodiquement.

« Il n'y a pas le choix, ma chère. Tu dois bien le voir.

— Pas chez moi, répéta Narcissa. Je croyais que c'était bien convenu. »

Il frotta une allumette, alluma sa pipe, déposa prudemment l'allumette dans la cheminée. « Te rends-tu compte qu'on l'a bel et bien jetée à la rue ? Que...

— Cela devrait lui être égal. Elle doit y être habituée. »

Il la regarda, porta sa pipe à sa bouche et tira dessus jusqu'à ce qu'elle brûle bien. Sa main tremblait sur le tuyau. « Écoute. Demain on lui demandera probablement de quitter la ville, tout simplement parce qu'elle n'est pas mariée avec l'homme dont elle promène l'enfant dans ces rues sanctifiées. Mais qui le leur a dit ? C'est ce que je serais curieux de savoir. Car j'ai la certitude que personne à Jefferson ne le savait excepté...

— Vous êtes le premier à qui je l'aie entendu dire, fit Miss Jenny. Mais Narcissa, pourquoi...

— Pas chez moi, répéta Narcissa.

— Fort bien », dit Horace. Il tira sur sa pipe qui devint comme un petit brasier. « Ça règle tout, évidemment », dit-il d'un ton légèrement sarcastique.

Sa sœur se leva. « Est-ce que tu couches ici ce soir ?

— Comment ? Non. Non. Je vais... J'ai dit que j'irais la prendre à la prison et... » Il tira sur sa pipe.

224

« Mais cela n'a sans doute pas d'importance. J'espère que cela n'en a pas. »

Narcissa attendait toujours. Elle se tourna vers lui. « Restes-tu, oui ou non ?

— Je pourrais même lui dire que j'ai crevé ironisa Horace. Le temps n'est pas une si mauvaise chose, après tout. Employez-le comme il faut et vous arrivez à étirer n'importe quoi, comme un élastique, jusqu'à ce que ça craque d'un bout ou de l'autre, et que vous restiez là, avec toute la tragédie, tout le désespoir, comme deux petits nœuds entre le pouce et l'index de chaque main.

— Restes-tu, ou ne restes-tu pas, Horace ? fit Narcissa.

— Je crois que je vais rester », dit Horace.

Il était au lit. Cela faisait près d'une heure qu'il était couché là, dans le noir, lorsque, sans la voir ni l'entendre, il sentit la porte de la chambre s'ouvrir. C'était sa sœur. Il se souleva sur le coude. Forme vague, elle se dirigeait vers le lit. Elle s'approcha, laissa tomber un regard sur lui. « Combien de temps encore vas-tu continuer à te mêler de ça ? demanda-t-elle.

— Jusqu'à demain matin, dit-il. Je rentre en ville. Nous n'aurons pas besoin de nous revoir. »

Elle demeura près du lit, immobile. Au bout d'un instant, elle prononça de sa voix froide, implacable : « Tu sais ce que je veux dire.

— Je te promets de ne pas la ramener chez toi. Tu peux envoyer Isom se cacher dans le massif de cannas. » Elle ne répondit pas. « Tu ne vois certai-

225

nement aucune objection à ce que je continue à y habiter, je pense ?

— Tu peux habiter où tu voudras, cela m'est égal. Ce qui m'intéresse c'est où j'habite. C'est ici que j'habite, dans cette ville. C'est ici que je serai obligée de vivre. Mais toi, tu es un homme. Ça n'a pas pour toi la même importance. Tu as toujours la ressource de t'en aller.

— Ah », fit-il. Il était couché, immobile. Elle debout, immobile aussi, le dominant. Ils parlaient avec calme, comme s'ils discutaient d'un papier peint ou d'une recette de cuisine.

— Tu ne comprends donc pas que je suis ici chez moi, que c'est ici que je dois passer le reste de mes jours. Ici que je suis née. Où tu vas, ce que tu fais, peu m'importe. Tu peux avoir toutes les femmes que tu voudras, peu m'importe. Mais je ne puis tolérer que mon frère s'encanaille avec une femme qui fait parler d'elle. Je ne m'attends à aucun égard de ta part ; je te demande simplement d'en avoir pour la mémoire de notre père et de notre mère. Emmène cette femme à Memphis. On dit que tu as refusé pour l'homme le bénéfice de la liberté sous caution. Emmène-la donc à Memphis. Tu n'auras qu'à imaginer encore sur ce point un mensonge que tu raconteras à Goodwin.

— Oh ! Et c'est ce que tu crois, n'est-ce pas ?

— Je ne crois rien du tout. Je m'en moque. C'est ce que croient les gens de la ville. Que ce soit vrai ou non, peu importe. Ce qui compte pour moi, c'est que chaque jour tu m'obliges à inventer un nouveau mensonge pour toi. Pars d'ici, Horace. Il faut être toi pour ne pas se rendre compte que tu m'assassines de sang-froid.

— Et d'elle aussi, naturellement, on dit la même chose. Et c'est tout ce qu'ils ont trouvé dans leur sainteté parfumée et omnipotente. Est-ce qu'on ne dit pas aussi que c'est moi l'assassin de Tommy ?

— L'assassin ? Quel qu'il soit, ça m'est bien égal. La question est de savoir si tu vas continuer à te mêler de cette affaire, alors que les gens sont déjà persuadés que vous vous glissez tous deux, elle et toi, la nuit dans ma maison. » Sa voix froide, implacable, prêtait une forme aux mots, au-dessus de lui, dans les ténèbres. Par la fenêtre, avec les souffles de la nuit, entrait la soporifique et dissonante chanson des cigales et des grillons.

« Tu crois ça ? fit-il.

— Peu importe ce que je crois. Va-t'en, Horace, je te le demande.

— Et que je la laisse, que je les laisse dans le pétrin ?

— Prends un avocat, s'il prétend toujours être innocent. Je le paierai. Tu peux trouver un meilleur avocat d'assises que toi-même. Elle n'en saura rien. Elle ne s'en souciera même pas. Tu ne vois donc pas qu'elle veut tout simplement t'amener à faire sortir l'homme de prison sans bourse délier ? Tu ne sais donc pas que cette femme a de l'argent caché quelque part ? Tu rentres en ville demain, n'est-ce pas ? » Elle s'en alla ; sa silhouette se fondit dans les ténèbres. « Tu ne t'en iras pas avant le petit déjeuner. »

Le lendemain matin, au petit déjeuner, sa sœur lui dit : « Quel sera l'avocat de la partie adverse ?

— Le district attorney. Pourquoi ? »

227

Elle sonna pour envoyer chercher du pain frais. Horace l'observait. « Pourquoi demandes-tu cela ? » puis il ajouta : « Sacré petit intrigant. » C'était du district attorney qu'il parlait. Celui-ci avait été également élevé à Jefferson et avait fréquenté en même temps qu'eux l'école de la ville. « Je le soupçonne d'être l'instigateur de toute cette histoire d'avant-hier à l'hôtel. Il l'en aura fait chasser pour impressionner le public, et soigner sa carrière politique. Bon Dieu, si j'en étais certain, si je croyais qu'il a fait cela rien que pour se faire élire au Congrès... »

Après le départ d'Horace, Narcissa monta dans la chambre de miss Jenny. « Qui donc est le district attorney ? demanda-t-elle.

— Vous ne connaissez que lui, répondit Miss Jenny. Vous avez même voté pour lui. Eustace Graham. Pourquoi tenez-vous à le savoir ? Cherchez-vous un remplaçant à Gowan Stevens ?

— C'était simplement une question que je me posais, fit Narcissa.

— Balivernes, dit Miss Jenny. Vous ne vous posiez pas la moindre question. Vous êtes comme cela, vous n'avez pas l'air d'y toucher, et puis vous attendez tranquillement que l'occasion se présente, et vous agissez. »

Horace rencontra Snopes qui sortait de chez le coiffeur, les bajoues grises de poudre, entouré d'effluves de pommade. Sur le plastron de sa chemise, au-dessous de son petit nœud papillon rutilait un bouton en imitation de rubis assorti à sa bague. La cravate était blanche à petits pois bleus, mais les parties blanches, quand on les regardait de près, avaient un air crasseux, et l'homme tout entier, avec sa nuque rasée, ses vêtements repassés et ses souliers éblouissants, donnait en quelque sorte l'impression de sortir de chez le détacheur mais d'avoir oublié de se laver.

« Eh bien, Monsieur le juge, fit-il, j'entends dire que vous avez du mal à trouver une pension pour votre cliente. C'est ce que j'ai toujours dit... », et il se pencha, baissant la voix, avec un regard en coulisse de ses yeux couleur de boue, « ... l'Église n'a rien à voir avec la politique, et les femmes ne sont à leur place ni dans l'une ni dans l'autre, sans parler de la magistrature. Qu'elles restent donc chez elles, où elles trouveront de quoi s'occuper sans venir chambarder le procès d'un bonhomme. Et de plus, un homme n'est pas un dieu, et ses actions ça ne regarde personne que lui. Et elle, qu'est-ce que vous en avez fait ?

— Elle est à la prison », répondit brièvement Horace, en essayant de poursuivre son chemin. Mais l'autre, par un malencontreux hasard, lui barrait la route.

« En voilà des histoires, tout de même. Voilà-t-il pas que les gens prétendent que vous avez refusé de fournir caution pour Goodwin, afin qu'il soit obligé de rester... » De nouveau, Horace tenta de se frayer un passage. « La moitié du gâchis qu'arrive en ce bas monde est la faute des femmes, j' l'ai toujours dit. C'est comme cette fille qui a tourné la boule à son papa en fichant l' camp comme elle l'a fait. Moi j' trouve qu'il a eu rud'ment raison d' la balancer de cet État.

— Parfaitement, approuva Horace, d'une voix sèche et irritée.

— J' suis bien content d'apprendre que votre affaire marche à souhait. De vous à moi, j' serais pas fâché d' voir un bon avocat se payer un peu la tête de ce district attorney. Donnez à un gars comme ça un p'tit poste dans un comté, et, tout de suite, ça veut péter plus haut que ça n'a le cul. Bon, bien content de vous avoir vu. J'ai une affaire à la ville qui va me prendre un jour ou deux. Vous aurez pas par hasard l'occasion de passer par là ?

— Comment ? fit Horace. Où ça ?

— A Memphis. Est-ce que je peux quelque chose pour vous ?

— Non », dit Horace. Il s'éloigna. Pendant quelque temps, il fut comme aveugle. Il marchait automatiquement, les muscles de la mâchoire contractés à lui faire mal, croisant sans les apercevoir des gens qui lui adressaient la parole.

XXI

Comme le train approchait de Memphis, Virgil Snopes s'arrêta de parler et se calma peu à peu, tandis qu'au contraire son compagnon, tout en grignotant, à même un sac de papier paraffiné, du maïs grillé à la mélasse, devenait de plus en plus communicatif, comme s'il eût été légèrement éméché, sans prendre garde aux dispositions contraires de son ami. Il était encore au milieu de ses discours lorsque, portant leurs valises en similicuir, leurs chapeaux neufs en arrière sur leurs nuques rasées, ils descendirent du train. Dans la salle d'attente, Fonzo dit :

« Eh bien, qu'est-ce qu'on fait pour commencer ? » Virgil ne répondit rien. Quelqu'un les bouscula en passant. Fonzo rattrapa son chapeau. « Qu'est-ce qu'on fait ? » répéta-t-il. Puis regardant Virgil sous le nez : « Voyons, qu'est-ce qu'il y a ?

— Y a rien, répondit Virgil.

— Eh bien alors, qu'est-ce qu'on va faire ? T'es déjà venu ici, moi pas.

— Je crois que ce qu'il y aurait de mieux ce serait d'aller voir un peu. »

Fonzo l'observait de ses yeux bleu porcelaine.

231

« Qu'est-ce que t'as ? Dans le train tu ne faisais que parler de toutes les fois que tu avais été à Memphis. Je parierais que t'es seulement pas... » Une bousculade les sépara. Un flot de gens coula entre eux. Serrant sa valise et retenant son chapeau, Fonzo se fraya un passage jusqu'à son ami.

« Mais si, j'y suis venu », fit Virgil en regardant autour de lui d'un œil inexpressif.

« Bon. Eh bien, alors, qu'est-ce qu'on fait ? Ça ne sera pas ouvert avant huit heures du matin.

— Alors pourquoi es-tu si pressé ?

— Parce que j' tiens pas à rester ici toute la nuit... Qu'est-ce que tu faisais les autres fois que t'es venu ?

— J'allais à l'hôtel, fit Virgil.

— Lequel ? Il y en a plus d'un, ici. Tu ne te figures pas que tous ces gens logent dans le même hôtel ? Lequel c'était-il ? »

Les yeux de Virgil étaient aussi d'un bleu clair et trompeur. Il regarda autour de lui d'un air vague « L'Hôtel Gayoso, dit-il enfin [1].

— Alors, allons-y », déclara Fonzo. Ils se dirigèrent vers la sortie. Un homme leur cria « Taxi ? » ; une casquette rouge tenta de s'emparer de la valise de Fonzo. « Attention ! », fit-il en la retirant. Dans la rue, d'autres chauffeurs les poursuivirent de leurs aboiements.

« Alors c'est ça Memphis, dit Fonzo. Quel est le chemin, maintenant ? » Pas de réponse. Il tourna la tête et aperçut Virgil en train de se débarrasser d'un chauffeur. « Qu'est-ce que tu...

1. Il y avait deux grands hôtels à Memphis : le Gayoso et le Peabody. Plus ancien, le Gayoso n'en fut pas moins éclipsé socialement par le Peabody.

— Par ici, fit Virgil. Ça n'est pas loin. »

C'était à un mile et demi. De temps en temps, ils changeaient les valises de main. « Alors, c'est ça Memphis, répétait Fonzo. Où donc que j'ai vécu toute ma vie ? » Au moment où ils allaient pénétrer au Gayoso, un porteur s'offrit à prendre leurs valises. Ils l'écartèrent en passant et entrèrent, marchant avec respect sur le sol dallé. Virgil s'arrêta.

« Tu viens ? dit Fonzo.

— Attends, fit Virgil.

— Je croyais que tu y étais déjà venu, commenta Fonzo.

— Oui. Mais c'est trop rupin ici. Y vont d'mander un dollar par jour.

— Alors, qu'est-ce qu'on fait ?

— Attends voir un peu qu'on s'oriente. »

Ils retournèrent dans la rue. Il était cinq heures. Ils reprirent leur marche, leurs valises à la main, le nez au vent. Ils arrivèrent à un autre hôtel. En risquant un coup d'œil à l'intérieur, ils aperçurent du marbre, des crachoirs de bronze, des grooms affairés, des gens assis au milieu de plantes en pots.

« Çui-là ne vaut pas mieux, déclara Virgil.

— Qu'est-ce qu'on fait alors ? On ne va pas marcher comme ça toute la nuit.

— Prenons cette rue-là », proposa Virgil. Ils quittèrent Main Street. A l'angle suivant, Virgil tourna encore. « Allons voir par là-bas. Laissons toutes ces belles vitrines et ces nègres à gueules de macaques. Y vous font payer tout ça dans ces endroits-là.

— De quoi ? C'était déjà vendu avant qu'on arrive. Pourquoi qu'on nous le ferait payer ?

233

— Ben, si des fois quelqu'un allait en casser une pendant qu'on est ici. Des fois qu'ils n'arriveraient pas à pincer c'lui qu'a fait l' coup. Est-ce que tu te figures qu'on nous laisserait filer sans qu'on paye notre part ? »

A cinq heures et demie, ils pénétrèrent dans une rue étroite et minable, composée de maisons de bois et de décharges. Bientôt, ils arrivèrent à une maison à deux étages au milieu d'une courette sans gazon. Devant la porte se dressait de guingois une fausse entrée en treillis. Assise sur les marches, une grosse femme en peignoir surveillant deux chiens blancs au poil laineux qui jouaient dans la cour.

« Essayons voir çui-là, proposa Fonzo.

— C'est pas un hôtel. Où qu'est l'enseigne ?

— Pourquoi que c'en serait pas un ? dit Fonzo. Mais si que c'en est un. Où as-tu jamais entendu parler de quelqu'un qui aurait une maison à deux étages pour lui tout seul ?

— On n' peut pas entrer par ici, fit Virgil. Par ici c'est le derrière. Tu vois donc pas que c'est les chiottes ? » Et de la tête il indiquait la tonnelle.

« Bon, alors allons voir par-devant, concéda Fonzo. Amène-toi. »

Ils firent le tour du pâté de maisons. L'autre côté était occupé par une rangée de magasins d'automobiles. Ils restaient là, au beau milieu de la rue, avec leurs valises à la main.

« J' crois que t'es jamais venu par ici, dit Fonzo.

— Retournons. Ça d'vait être le d'vant.

— Pourquoi qu'on aurait mis les chiottes à côté de la porte d'entrée ? demanda Fonzo.

— On peut demander à cette dame.

— Qui ça ? Pas moi.

— R'tournons voir tout de même. »

Ils retournèrent. La femme et les chiens avaient disparu.

« Maintenant, on est refaits, constata Fonzo. Pas vrai ?

— Attendons un peu. Peut-être qu'elle va revenir.

— Il est près de sept heures », dit Fonzo.

Ils déposèrent leurs valises contre la palissade. Des lumières étaient apparues, elles clignotaient dans les hauteurs, aux rangées de fenêtres, contre le ciel du couchant, profond et serein.

« Tiens, ça sent le jambon », fit Fonzo.

Un Taxi s'arrêta. Une femme blonde bien en chair en descendit, suivie d'un homme. Il les regardèrent s'engager dans l'allée et pénétrer sous la tonnelle. Fonzo fit entendre un petit sifflement admiratif. « Ah dis donc, t'as vu ça ? murmura-t-il.

— C'est peut-être son mari ? »

Fonzo reprit sa valise. « Viens.

— Attends, fit Virgil. Donne-leur un peu de temps. »

Ils attendirent. L'homme ressortit, monta dans le taxi et s'éloigna.

« Ça ne peut pas être son mari, dit Fonzo. Moi, j' serais jamais parti. Viens. » Il poussa le portillon.

« Attends, répéta Virgil.

— Attends si ça t'amuse », déclara Fonzo. Virgil empoigna sa valise et le suivit. Il s'arrêta pendant que Fonzo ouvrait précautionneusement la fausse porte et jetait un coup d'œil derrière. « Ah, merde ! » dit-il, et il entra. Il y avait une autre porte, vitrée, avec des rideaux. Fonzo frappa.

« Pourquoi que t'as pas appuyé sus c' bouton ?

235

demanda Virgil. Tu sais donc pas que les gens des villes répondent point quand on frappe ?

— Ça va », fit Fonzo. Il appuya sur le timbre. La porte s'ouvrit. C'était la femme en peignoir ; ils pouvaient entendre les chiens derrière elle.

« Vous avez 'core une chambre ? » demanda Fonzo.

Miss Reba les regarda, eux, leurs chapeaux neufs et leurs valises.

« Qui est-ce qui vous a envoyés ici ? dit-elle.

— Personne. On a découvert ça tout seuls. » Miss Reba les regarda. « Ces hôtels, ça coûte trop cher. »

Miss Reba respira péniblement. « Qu'est-ce que vous faites, mes gars ?

— On est ici en affaires, expliqua Fonzo. On a l'intention de rester un bon bout de temps.

— Si c'est point trop cher », ajouta Virgil.

Miss Reba le fixa. « D'où es-tu, mon chou ? »

Ils le lui dirent et se nommèrent. « On compte rester ici un mois au moins si ça nous va.

— Oui, je vois ça », fit-elle au bout d'un instant. Elle les regarda. « Je peux vous donner une chambre, mais je vous compterai un supplément chaque fois que vous vous en servirez pour les affaires. Faut bien que j' gagne ma vie comme tout le monde.

— On n'en f'ra point, dit Fonzo. On f'ra nos affaires au cours.

— Quel cours ? demanda Miss Reba.

— Le cours de coiffure, répondit Fonzo.

— Voyez-vous ça, fit Miss Reba. Le p'tit polisson ! » Et elle se mit à rire, les mains sur sa grosse poitrine. Ils la regardaient sagement rire à petits coups enroués. « Mon Dieu, mon Dieu, dit-elle. Eh ben entrez. »

236

La chambre se trouvait au dernier étage, par-derrière. Miss Reba leur montra la salle de bains. Comme elle posait la main sur la porte, on entendit une voix de femme : « Une petite minute, ma chérie. » La porte s'ouvrit, une femme en kimono passa devant eux. Ils la regardèrent suivre le corridor, ébranlés jusqu'au tréfonds de leur âme juvénile par le sillage parfumé qu'elle laissa derrière elle. Fonzo poussa discrètement le coude de Virgil. De retour dans leur chambre, il dit :

« C'en était une autre. Elle a deux filles. R'tiens-moi, mon grand ; j' suis en route pour le poulailler. »

Ils mirent du temps à s'endormir ce premier soir. La faute en fut au lit, à la chambre inaccoutumée, aux rumeurs qui leur parvenaient. Ils pouvaient entendre vivre la ville, attirante et inconnue, imminente et lointaine, à la fois promesse et menace, — un bruit profond, régulier, sur lequel scintillaient, ondulaient des lumières invisibles, toute une splendeur de formes et de teintes, aux replis de laquelle, déjà, des femmes commençaient à se mouvoir en de suaves attitudes prometteuses de délices nouvelles et empreintes d'une étrange nostalgie. Fonzo se voyait entouré d'un innombrable tourbillon d'ombres indécises et roses au-delà desquelles, dans un bruissement de soie et de murmures haletants, sa jeunesse, dans une apothéose, connaissait un millier d'avatars. Peut-être, pensait-il, cela commencera-t-il demain, dès demain soir... Un éclat de lumière jaillit du haut du store, s'épandit sur le plafond comme le déploiement d'un éventail. Sous la fenêtre, il perçut une voix, une voix de femme, puis une voix d'homme. Elles se confondirent en un murmure, une porte se referma. Quelqu'un monta l'escalier, en robe frou-froutante, sur des talons rapides et durs.

Il commença d'entendre des bruits dans la maison, des voix, des rires. Un piano mécanique se mit à jouer. « Tu les entends ? souffla-t-il.

— Elle a une nombreuse famille, pour sûr », fit Virgil, la voix déjà empâtée de sommeil.

« Une famille, merde ! dit Fonzo. C'est une soi-rée, et je voudrais bien en être. »

Le troisième jour, au moment où ils quittaient la maison, le matin, Miss Reba les aborda à la porte. Elle désirait employer leur chambre les après-midi où ils ne seraient pas là. Il devait y avoir dans la ville un congrès de la police, et les affaires allaient reprendre un peu, dit-elle. « Ce qui vous appartient n'a rien à craindre, ajouta-t-elle. Je ferai tout boucler par Minnie en temps utile. C'est pas chez moi qu'on volera quelque chose. »

« Quel métier crois-tu qu'elle fait ! demanda Fonzo, lorsqu'ils eurent gagné la rue.

— J' sais pas, fit Virgil.

— J' voudrais bien travailler pour elle, en tout cas, dit Fonzo, au milieu de toutes ces femmes en kimono.

— Qu'est-ce que t'en ferais ? objecta Virgil. Elles sont toutes mariées. Tu ne les as donc pas enten-dues. »

Le lendemain après-midi, en rentrant du cours, ils trouvèrent sous le lavabo une combinaison de femme... Fonzo la ramassa. « Elle est couturière, dit-il.

— C'en a tout l'air, approuva Virgil. R'garde voir si on t'a pas pris des affaires, à toi. »

La maison paraissait pleine de gens qui ne dormaient pas de la nuit. Ils pouvaient les entendre, à toute heure, monter et descendre les escaliers, et, chaque fois, la pensée qu'il y avait là des femmes, de la chair de femme, s'imposait à l'esprit de Fonzo. Elle le relançait dans son lit célibataire où il lui semblait être couché au milieu d'elles, où il était en réalité, allongé près de Virgil qui ronflait de tout son cœur ; et il restait ainsi l'oreille aux aguets, écoutant les chuchotements et les froufrous soyeux qui filtraient à travers les murs et les planchers, dont ils paraissaient faire partie au même titre que le bois et le plâtre, songeant qu'il était à Memphis depuis dix jours déjà et que toutes ses relations se bornaient à quelques camarades de cours. Quand Virgil était endormi, il se levait, allait tirer le verrou, laissait la porte entrouverte, mais rien ne se produisait.

Le douzième jour, il fit part à Virgil d'une visite qu'ils devaient faire avec un des étudiants en coiffure.

« Où ça ? demanda Virgil.

— T'occupe pas. Viens seulement. J'ai fait une découverte. Et quand j' pense que voilà deux semaines que je suis ici sans l'avoir faite...

— Combien qu' ça va coûter ? dit Virgil.

— Depuis quand qu' tu voudrais rigoler pour rien ? fit Fonzo. Alors, tu viens ?

— Je viens, déclara Virgil. Mais j' te promets pas que j' vais dépenser d' l'argent.

— Attends qu'on y soye avant de parler », conseilla Fonzo.

Le coiffeur les emmena au bordel. En en sortant, Fonzo s'écria : « Et dire que j' suis resté quinze jours ici sans connaître cette maison ! »

— J'aurais autant aimé qu' t'en entendes jamais parler, dit Virgil. Ça me coûte trois dollars.

— Ça ne les valait pas ? demanda Fonzo.

— Y a rien qui vaille trois dollars quand on peut pas l'emporter avec soi », affirma Virgil.

En arrivant à la maison, Fonzo s'arrêta. « Faut qu'on s' glisse en douce, maintenant, fit-il. Si jamais elle apprenait d'où on vient et c' qu'on a fait, p't' être bien qu'elle ne voudrait plus nous garder dans cette maison avec ces dames.

— C'est ça ? grogna Virgil. Merde alors ! V'là qu' tu m' fais dépenser trois dollars, et maintenant tu t'arranges pour nous faire foutre à la porte tous les deux.

— Fais comme moi, dit Fonzo. C'est tout ce que t'as à faire. Dis rien. »

Minnie vint leur ouvrir. Le piano était en pleine activité. Miss Reba parut à une porte, une timbale à la main. « Eh bien, eh bien, fit-elle, vous rentrez bien tard, ce soir, mes petits gars.

— Oui, Ma'am, répondit Fonzo, en poussant d'une bourrade Virgil vers l'escalier. On est allé à un office du soir. »

Au lit, dans le noir, ils entendaient encore le piano.

« Tu m'as fait dépenser trois dollars, récrimina Virgil.

— Ah ! ta gueule ! dit Fonzo. Quand j' pense que ça fait presque quinze jours que j' suis là... »

Le lendemain, ils rentrèrent chez eux au crépuscule à l'heure où les lumières clignotantes commençaient à flamboyer, à resplendir, et où les femmes aux jambes blondes et chatoyantes rencontraient les hommes, montaient dans des autos, et tout le reste.

« Et qu'est-ce que tu penses de tes trois dollars, à présent ? demanda Fonzo.

— Moi, j' pense qu'on f'rait mieux d' pas y r'tourner ce soir, dit Virgil, ça coûte trop cher.

— C'est vrai, dit Fonzo. Quelqu'un pourrait nous voir et lui redire. »

Ils attendirent deux nuits. « Maintenant, ça f'ra six dollars, dit Virgil.

— Viens pas, alors », répondit Fonzo.

En rentrant chez eux, Fonzo dit : « Essaye de te conduire comme un homme cette fois. Elle a failli nous pincer à cause de ta façon de te tenir.

— Et puis après ? fit Virgil d'une voix hargneuse. Elle n' peut pas nous bouffer. »

Ils étaient plantés derrière la tonnelle : ils parlaient bas.

« Qu'est-ce que t'en sais si elle n' peut pas ? dit Fonzo.

— Elle n'y tient pas, alors.

— Qu'est-ce que t'en sais si elle n'y tient pas ?

— J'en sais rien », fit Virgil. Fonzo poussa la porte de treillis. « J' peux pas digérer ces six dollars, en tout cas, continua Virgil. J' voudrais bien l' pouvoir. »

Minnie vint leur ouvrir. « Y a quelqu'un qui vous cherche tous les deux », dit-elle. Ils attendirent dans le vestibule.

« Ça y est, on est pincé, déclara Virgil. J' t'avais bien prévenu qu'à gaspiller l'argent comme ça...

— Ah, ta gueule », répondit Fonzo.

Un homme sortit d'une porte, un gros homme » le chapeau en goguette sur une oreille, le bras passé autour d'une femme blonde en robe rouge. « C'est Cla'ence », s'écria Virgil.

241

Dans leur chambre, Clarence dit : « Comment diable êtes-vous venus vous fourrer ici ?

— On a trouvé comme ça », répondit Virgil. Ils lui racontèrent l'histoire. Il s'était assis sur le lit, son chapeau maculé sur la tête, un cigare entre les doigts.

« Où donc êtes-vous allés ce soir ? » demanda-t-il. Ils ne répondirent pas. Ils le regardaient avec des figures inexpressives, méfiantes. « Allons, je le sais où vous êtes allés. » Ils le lui avouèrent.

« Et même, ça m'a coûté trois dollars, fit Virgil.

— J' veux être pendu si t'es pas le plus grand crétin d'ici à Jackson, s'écria Clarence. Tiens, viens donc. » Ils le suivirent l'air tout penaud. Il les fit sortir de la maison, les emmena à trois ou quatre rues de là. Ils traversèrent une rue pleine de boutiques et de théâtres noirs, enfilèrent une ruelle étroite et sombre et s'arrêtèrent devant une maison aux stores rouges et aux fenêtres éclairées. Clarence sonna. On entendait à l'intérieur de la musique, des voix perçantes, des piétinements. On les introduisit dans un corridor nu où deux Noirs dépenaillés étaient en train de discuter avec un Blanc en combinaison graisseuse, complètement ivre. Par une porte entrouverte, ils aperçurent une pièce pleine de femmes couleur café au lait en robes criardes, avec des ornements dans les cheveux et des sourires dorés.

« C'est des négresses, fit Virgil.

— Turellement que c'est des négresses, répondit Clarence. Mais, tu vois ça ? » Et il agita un billet de banque sous le nez de son cousin. « Eh bien, c' truc-là, ça n' connaît pas les couleurs. »

XXII

Au bout de trois jours de recherches, Horace finit par découvrir un gîte pour la femme et l'enfant. Ce fut dans la masure croulante d'une vieille femme blanche à moitié toquée, qui passait pour fabriquer des grigris à l'usage des nègres. La maison était située à la lisière de la ville, dans un minuscule terrain envahi à hauteur de ceinture par les mauvaises herbes qui formaient sur le devant une jungle inextricable. Par derrière, était tracé un sentier conduisant de la grille à demi brisée à la porte de la demeure. Toute la nuit, une petite lueur brillait, tapie dans les profonds recoins de la maison, et, presque à toute heure, on pouvait voir une charrette ou un cabriolet attachés contre la haie, et un Noir entrer ou sortir par la porte de derrière.

La police en quête de whisky avait un jour perquisitionné dans la masure. Mais elle n'y avait rien trouvé, sauf quelques paquets d'herbes sèches et une collection de bouteilles sales contenant un liquide dont personne n'aurait pu rien dire de précis, sinon qu'il ne contenait pas d'alcool. Pendant ce temps, la vieille, retenue par deux hommes, secouait sa maigre tignasse grise devant la ruine craquelée de son visage, en invectivant les policiers d'une voix fêlée. A la masure attenait un hangar meublé d'un lit et d'un tonneau rempli d'innombrables détritus, où les souris s'ébattaient à longueur de nuits. Ce fut là que Ruby trouva un gîte.

« Vous serez très bien là, lui dit Horace. Il vous sera toujours facile de m'appeler au téléphone. » Et il lui donna le numéro d'un voisin. « Non, attendez, demain je ferai réinstaller le téléphone chez moi. Alors vous pourrez...

— Oui, fit la femme. Je crois que vous ferez mieux de ne pas venir par ici.

— Pourquoi donc ? Est-ce que vous croyez que ça... que je m'inquiète de...

— Mais il ne faut pas vous rendre la vie impossible ici.

— Je m'en fous totalement. J'ai déjà, jusqu'à maintenant, laissé assez de femmes se mêler de mes affaires, et si ces championnes du mariage... » Mais il savait bien que tout cela n'était que des mots. Et il se rendait compte qu'elle s'en doutait aussi, grâce à cet irrésistible penchant qui porte les femmes à suspecter tous les actes d'autrui — penchant qui paraît n'être qu'affinité avec le mal, mais qui est, en réalité, une forme pratique de la sagesse.

« Je pense que je pourrais vous trouver si c'était nécessaire, dit-elle. C'est tout ce que je demande.

— Bon Dieu, fit Horace, surtout ne laissez pas ces... garces. » Il répéta : « ces garces... »

Le lendemain, il fit réinstaller le téléphone. Il resta huit jours sans voir sa sœur. Rien ne pouvait faire soupçonner à celle-ci qu'il eût le téléphone chez lui, et pourtant, lorsque, une semaine avant l'ouverture des assises, la sonnerie retentit au milieu du silence, un soir qu'il était assis en train de lire, il ne douta pas que ce fût Narcissa, jusqu'à ce qu'à travers une lointaine rumeur de phonographe ou de radio lui parvînt une voix d'homme, circonspecte et sépulcrale.

« Ici Snopes, dit-elle. Comment allez-vous, Monsieur le juge ?

— Comment ? fit Horace. Qui est-ce ?

— Le sénateur Snopes, Cla'ence Snopes. » Le phonographe mugit faible, très lointain. Horace pouvait se représenter son interlocuteur, chapeau crasseux et massives épaules, penché au-dessus de l'appareil, dans un drugstore ou un restaurant, chuchotant derrière une grosse patte molle et chargée de bagues, en tenant de l'autre l'écouteur comme un jouet d'enfant.

« Ah, dit Horace. Oui. Qu'est-ce qu'il y a ?

— J'ai recueilli un petit tuyau qui pourrait être de nature à vous intéresser.

— Un tuyau qui m'intéresserait ?

— Je le crois. Qui intéresserait les deux parties. » Contre l'oreille d'Horace, la radio ou le phonographe était en train de nasiller des arpèges de saxophones. Obscènes, aisés, on eût dit la dispute de deux singes agiles dans une cage. A l'autre bout du fil, Horace pouvait entendre le souffle puissant de l'homme.

« Bon, dit-il. Alors qu'est-ce que vous savez qui puisse m'intéresser ?

— J' vous laisse deviner.

— Très bien. Je serai en ville demain dans la matinée. Vous pourriez me retrouver quelque part. » Puis, immédiatement : « Allo ! » dit-il. Horace entendait la respiration de l'homme, pour

245

ainsi dire contre son oreille, un bruit régulier, puissant, et pourtant, soudain, sembla-t-il, mena- çant. « Allo ! répéta Horace.

— Alors, évidemment, ça n' vous intéresse pas. Bon, m'est avis que je vais m'arranger avec la partie adverse et vous laisser tranquille. Au revoir.

— Non, attendez, fit Horace. Allo ! Allo !

— Hein ?

— Je vais y aller ce soir. Je serai là-bas à peu près dans un quart...

— Pas la peine, fit Snopes. J'ai ma voiture, j' vais passer vous voir. »

Horace alla jusqu'à la grille. C'était une nuit de lune. Sous le tunnel noir et argent des cyprès, les lucioles passaient, ponctuant l'ombre de grosses piqûres d'épingles. Les cyprès obscurs pointaient vers le ciel comme des silhouettes de carton : la pente de la pelouse, comme patinée d'argent, brillait d'un faible éclat. Quelque part, dominant le concert des insectes, on entendait le cri répété, tremblotant, plaintif, d'un engoulevent. Trois autos passèrent. La quatrième ralentit et obliqua vers la grille. Horace s'avança dans la lumière des phares. Derrière le volant, Snopes apparaissait, indistinct, énorme, don- nant l'impression qu'on l'avait inséré là dans la voiture avant d'en avoir placé le toit. Il tendit la main.

« Comment va, ce soir, Monsieur le juge ? J'ai appris en essayant de vous téléphoner chez les dames Sartoris que vous étiez revenu habiter ici.

— Bien. Merci, fit Horace en dégageant sa main. Qu'est-ce que vous avez appris ? »

Snopes se cassa en deux sur le volant et regarda

par-dessous le toit de la voiture dans la direction de la maison.

« Nous allons parler ici, dit Horace. Ça vous évitera d'avoir à tourner.

— L'endroit n'est pas très discret, fit Snopes. Mais ça vous regarde. » Il apparaissait dans la pénombre, énorme, massif, voûté, sa figure sans traits comme une lune elle-même sous le reflet de la lune. Horace eut l'impression que Snopes l'observait, avec ce je ne sais quoi de menaçant qui avait couru tout à l'heure sur le fil : ce mélange de prudence, de ruse et de réticence. Il lui semblait sentir son esprit osciller, se heurtant toujours à cette masse énorme, molle, inerte, comme si elle était prise sous une avalanche de cosses de coton.

« Allons à la maison », dit Horace. Snopes ouvrit la porte. « Avancez, fit Horace. Je vais aller à pied. » Snopes remit sa voiture en marche. Il en descendait au moment où Horace le rejoignit. « Eh bien, demanda celui-ci, de quoi s'agit-il ? »

Mais Snopes regardait la maison. « La vie de garçon, hein ? » fit-il. Horace ne dit rien. « C'est comme j'ai toujours dit, tout homme marié devrait avoir un p'tit coin où il pourrait venir se nicher sans que personne ait rien à y voir. Évidemment qu'on doit quelque chose à sa femme, mais ce qu'elles ne savent pas ne peut pas les offenser, pas vrai ? Tant qu'il n' fait qu' ça, j' vois pas pourquoi qu'elle regimberait. C'est pas votre avis ?

— Elle n'est pas ici, dit Horace, si c'est à cela que vous voulez faire allusion. A quel sujet désirez-vous me voir ? »

Il sentit de nouveau que Snopes l'observait de son regard impudent, rusé et profondément sceptique.

247

« Eh oui, j' dis toujours que personne n' peut mieux se rendre compte que soi-même de ses propres affaires. Je ne vous blâme pas. Mais quand vous m' connaîtrez mieux, vous saurez que j' suis point d' ceux qui parlent à tort et à travers. J' suis allé un p'tit peu partout... Vous voulez un cigare ? » Sa grosse main fouilla dans sa pochette et tendit deux cigares.

« Non, merci. »

Snopes en alluma un. A la lueur de l'allumette, sa figure ressemblait à une tarte posée de champ.

« A quel sujet désirez-vous me voir ? » répéta Horace.

Snopes tira quelques bouffées de son cigare. « Y a quelques jours j' suis tombé sur un tuyau qui aura pour vous son prix, sauf erreur de ma part.

— Oh. Son prix. Quel prix ?

— J' vous en laisse juge. J' connais d'autres gens avec qui je pourrais m'arranger, si on n'était pas, vous et moi, du même patelin et tout ça... »

Horace bouillait intérieurement. La famille de Snopes était originaire des environs de Frenchman's Bend et y habitait encore. Il n'ignorait pas par quels détours tortueux les nouvelles se transmettaient d'homme à homme chez cette race inculte qui peuplait cette partie du comté. Mais, à coup sûr, pensait Horace, il ne peut être question d'un tuyau que Snopes essaierait de vendre au ministère public. Il n'est tout de même pas assez bête pour ça.

« Allons, vous feriez mieux de me dire de quoi il s'agit », dit-il.

Il vit les yeux de Snopes fixés sur lui. « Vous vous rappelez le jour que vous êtes monté dans l' train à Oxford, où vous aviez une certaine affaire...

— Oui », répondit Horace.

Snopes tira sur son cigare, méthodiquement, sans se presser, jusqu'à ce que le bout devînt rouge comme de la braise. Il leva la main et se la passa sur la nuque. « Vous vous rappelez m'avoir parlé d'une jeune fille.

— Oui. Et alors ?

— C'est à vous d' parler. »

Horace percevait le parfum du chèvrefeuille qui garnissait le talus argenté de lune ; il entendait le cri répété, plaintif et doux de l'engoulevent. « Est-ce à dire que vous savez où elle est ? » Snopes ne répondit pas. « Et cela pour un prix que vous allez fixer ? » Snopes ne répondit pas. Horace ferma les poings, les fourra dans ses poches, les tint crispés contre ses flancs. « Qu'est-ce qui vous fait croire que ce renseignement sera de nature à m'intéresser ?

— C'est à vous d' juger. J' plaide pas dans une affaire d'assassinat, moi. C'était pas moi qu'étais là-bas à Oxford à la chercher. Naturellement, si ça vous intéresse pas, j' m'arrangerai avec la partie adverse. J' vous donne simplement la préférence. »

Horace se dirigea vers l'escalier de la galerie. Il marchait lourdement, comme un vieillard. « Asseyons-nous », fit-il. Snopes l'imita et s'assit sur une marche, au clair de lune. « Vous savez où elle est ?

— J' l'ai vue. » De nouveau, il se passa la main sur la nuque. « Parfaitement. Si elle n'est... si elle n'était pas là, vous pourriez r'prendre vot' argent. J' peux pas être plus juste, hein ?

— Et quel est votre prix ? » demanda Horace. Snopes tira sur son cigare et l'amena au rouge vif. « Allez-y, fit Horace. Je ne vais pas chipoter. »

Snopes dit un prix. « C'est bien, répondit Horace. Je paierai. » Il remonta les genoux, y posa ses coudes et mit sa figure dans ses mains. « Où est... Attendez. Êtes-vous baptiste, par hasard ?

— On l'est chez moi. Mais moi j' suis assez libéral. J'ai les idées larges, comme vous vous en rendrez compte quand vous m' connaîtrez mieux.

— Bon », fit Horace derrière ses mains. « Alors, où est-elle ?

— J'ai confiance en vous, dit Snopes. Elle est dans un boxon à Memphis. »

XXIII

Comme Horace pénétrait chez Miss Reba et approchait de la porte de la tonnelle, quelqu'un derrière lui l'appela par son nom. C'était le soir ; dans le mur écaillé par les intempéries, les fenêtres serrées faisaient des carrés clairs. Il s'arrêta, se détourna. D'un coin proche, la tête de Snopes émergea, comme celle d'un dindon. Il surgit, leva les yeux vers la maison, regarda dans la rue à droite et à gauche, s'approcha de la grille et franchit le seuil d'un air circonspect.

« Eh bien, Monsieur le juge, fit-il, il faut bien que jeunesse se passe, pas vrai ? » Il ne tendit pas la main. Il regardait Horace du haut de sa taille avec une expression, si l'on peut dire, de vigilante assurance, tout en inspectant la rue par-dessus son épaule. « C'est comme je dis, ça n' fait jamais d' mal de sortir un peu de temps en temps, et…

— Qu'est-ce qu'il y a encore ? demanda Horace. Que me voulez-vous ?

— Allons, voyons, Monsieur le juge, j' vais pas aller raconter ça dans le pays. Ôtez-vous bien ça de l'esprit. Si nous autres, les hommes, on s' mettait à raconter tout c' qu'on sait, il n'y en aurait plus un d'

251

nous qui pourrait descendre du train à Jefferson, hein ?

— Vous savez aussi bien que moi ce que je fais ici. Qu'est-ce que vous me voulez ?

— Bien sûr, bien sûr, fit Snopes. Je sais comment c'est quand un type est marié et tout ça et qu'il ne sait pas trop où est sa femme. » Entre deux coups d'œil à la dérobée par-dessus son épaule, il cligna du côté d'Horace. « Mettez votre conscience à l'aise. Avec moi, c'est tout comme si c'était une tombe. Seulement ça m' dégoûte de voir un bon... » Horace avait poursuivi son chemin jusqu'à la porte. « Monsieur le juge », fit Snopes à mi-voix d'un ton pénétré. Horace se retourna. « Ne restez pas.

— Que je ne reste pas ?

— Voyez-la et allez-vous-en. C'est une boîte où on vous estampe. Un claque pour les gars de ferme. Plus cher qu'à Monte-Carlo. J' vais vous attendre ici et j' vous f'rai connaître un endroit où... » Horace continua et pénétra sous la tonnelle. Deux heures plus tard, alors qu'il était assis dans la chambre de Miss Reba et s'entretenait avec elle, tandis que derrière la porte, des pas, et de temps en temps des voix, allaient et venaient dans le corridor, Minnie entra avec un bout de papier chiffonné qu'elle apporta à Horace.

« Qu'est-ce que c'est que ça ? demanda Miss Reba.

— C'est c' gros bonhomme à face de tarte qui a laissé ça pour le monsieur, expliqua Minnie. Y dit qu' faut qu' vous descendiez en bas.

— Est-ce que tu l'as laissé entrer ? fit Miss Reba.

— Non, Maam, il a même pas essayé.

252

— J' l'espère bien, grogna Miss Reba. Est-ce que vous le connaissez ? demanda-t-elle à Horace.

— Oui. Parce que je ne peux pas faire autrement », répondit Horace. Il déplia le papier. C'était un morceau de prospectus sur lequel une adresse était tracée au crayon d'une écriture nette et coulante.

« Il est venu ici il y a une quinzaine de jours, dit Miss Reba. Il était à la recherche de deux types et il est resté là, dans la salle à manger, à pérorer et à peloter les fesses des filles, mais il n'a jamais dépensé un rotin, que je sache. Est-ce qu'il t'a commandé quelque chose, Minnie ?

— Non, Maam, répondit Minnie.

— A deux ou trois soirs de là, le voilà encore revenu. N'a rien dépensé, n'a rien fait que d' parler. Et moi j' lui ai dit : « Voyez-vous, m'sieur, les gens qui viennent dans ce salon, ils ont besoin de temps en temps d'un p'tit coup qui les remonte. » Alors, la fois d'après, il a apporté avec lui une demi-pinte de whisky. D'un bon client, ça m' fait rien, mais quand un coco comme lui vient trois fois, p'lote mes p'tites et apporte une demi-pinte de whisky en commandant quatre coca-cola... Ça n'est qu'un vulgaire goujat, mon chéri. Aussi j'ai dit à Minnie de n' plus l' laisser entrer, et voilà-t-il pas qu'un après-midi, j' venais à peine de m'allonger pour faire un p'tit somme quand... J'ai jamais pu savoir c' qu'il avait fait à Minnie pour qu'elle le laisse entrer. J' suis bien certaine qu'il lui a jamais rien donné. Comment qu'il a fait, Minnie ? Il a dû t' faire voir quèqu'-chose que t'avais encore jamais vu. Pas vrai ? »

Minnie secoua la tête : « Y n'avait rien que j' tienne à voir. J'en ai assez vu comme ça pour le bien qu' ça m' fait. » Le mari de Minnie l'avait plaquée. Il n'approuvait pas le métier de sa femme. Il était cuisinier dans un restaurant, et, après avoir fait main basse sur les nippes et les bijoux que les dames blanches avaient donnés à Minnie, il avait filé avec une serveuse.

« Il n'en finissait pas de poser des questions et d' faire des allusions au sujet de cette p'tite, continua Miss Reba, et moi j' lui ai dit que s'il voulait en savoir tant que ça, il n'avait qu'à aller le d'mander à Popeye. Moi, tout ce que je lui disais c'était de sortir et de rester dehors. Donc, ce jour-là, il était environ deux heures de l'après-midi, et j' dormais, v'là Minnie qui l' fait entrer. Il lui demande qui est là ; elle lui répond qu'y a personne. Le v'là donc qui monte l'escalier. Et Minnie qui lui dit que c'est l'heure où que vient Popeye, qu'elle ne sait plus comment faire, qu'elle dit, que si elle le laisse pas entrer elle aura la trouille, et que si elle le laisse et qu'il balance ce gros plein de soupe par-dessus l' palier du premier, elle sait bien que j' la ficherai à la porte, et que son mari vient d' la plaquer, excetera.

« V'là donc Popeye qui monte, en catimini, à sa façon, et qui trouve vot' copain à genoux en train de r'garder par le trou d' la serrure. Minnie dit qu' Popeye est d'meuré debout derrière lui à peu près une minute, avec son chapeau d' travers sur un œil. Et puis le v'là qui sort une cigarette, qu'elle dit, qui frotte une allumette sur son ongle, sans bruit, l'allume, se penche et approche l'allumette contre la nuque de votre copain. Minnie était restée, qu'elle dit, à moitié de l'escalier à les r'garder, l' type agenouillé avec sa figure comme une tarte qu'on aurait retirée trop tôt du four, et Popeye qui soufflait d' la fumée par le nez avec une certaine façon de dodeliner la tête en le r'gardant. Alors, elle est r'descendue. Elle y était pas depuis dix secondes que v'là l' type qui dégringole l'escalier, les deux mains sur le dessus d' la tête en faisant hein-hein-hein en d'dans comme un grand cheval de trait, et qu'il a fichu des coups d' pied dans la porte une bonne minute en geignant tout seul comme le vent dans la ch'minée, jusqu'à c' que Minnie lui ouvre et l' laisse filer. Et c'est la dernière fois qu'il a tiré cette sonnette jusqu'à ce soir... Faites-moi voir ça, dites. » Horace lui passa le bout de papier. « C'est un bordel de négresses, fit-elle, le salaud... Minnie, va lui dire que son copain n'est pas là. Dis-lui que j' sais pas où il est allé. »

Minnie sortit de la chambre. Miss Reba continua.

« J'ai eu dans ma maison toutes sortes d'hommes, mais y a tout de même une limite. J'ai eu des avocats aussi ; l' plus gros avocat d' Memphis, là derrière, dans ma salle à manger, qui payait à boire à mes petites. Un millionnaire. Un homme qui pesait ses deux cents quatre-vingts livres, et il s'était fait faire un lit spécial qu'il avait envoyé ici et qu'est encore là-haut à c't' heure-ci. Mais tout ça c'est mon affaire, pas la leur. Et j'admettrai point qu'aucune de mes p'tites soye empoisonnée par des gens de loi, à moins d'une bonne raison.

— Vous ne considérez pas celle-ci comme une bonne raison ? Qu'un homme risque sa tête pour une chose qu'il n'a pas commise ? On peut vous accuser dès maintenant de donner asile à un contumace.

— Alors, qu'on vienne le prendre. J'ai rien à y voir. J'ai eu ici trop de gars de la police pour en avoir la frousse. » Elle leva sa chope, but, s'essuya les lèvres d'un revers de main. « J' veux rien avoir à faire avec des choses que j' connais pas. C' que Popeye fait ailleurs qu'ici, c'est ses oignons. Quand y s' mettra à tuer les gens dans cette maison, alors j' m'en mêlerai.

— N'avez-vous pas d'enfants ? » Elle le regarda. « Ne croyez pas que je cherche à m'immiscer dans vos affaires, fit-il. Je pensais simplement à cette femme. Elle va être de nouveau à la rue, et Dieu sait ce que le mioche va devenir.

— Si, répondit Miss Reba. J'en entretiens quatre dans une pension dans l'Arkansas en c' moment. Pas les miens d'ailleurs. » Elle souleva sa chope, la pencha tout doucement en jetant un regard à l'intérieur, puis la reposa. « Il vaudrait mieux ne jamais naître, soupira-t-elle. Ça aurait mieux valu pour tout le monde. » Elle se leva, marcha lourdement vers lui, s'arrêta presque sur lui, avec son souffle rauque. Elle lui posa la main sur le front, lui fit relever la tête. « Vous n' me mentez pas ? » dit-elle, attachant sur lui un regard scrutateur intense et triste. « Vous n' me la faites pas ? » Elle le lâcha. « Attendez ici une minute. J' vais voir. » Elle sortit. Il l'entendit parler à Minnie dans le corridor, puis monter laborieusement l'escalier.

Il resta assis, tranquillement, comme elle l'avait laissé. La chambre contenait un lit de bois, un paravent peint, trois chaises au capiton pléthorique, un coffre-fort encastré dans le mur. La coiffeuse était jonchée d'objets de toilette ornés de nœuds de satin rose. La cheminée supportait un lys de cire sous un globe de verre ; au-dessus, drapée de crêpe, la photographie d'un homme à l'air paisible pourvu d'une énorme moustache. Aux murs étaient accrochés quelques chromos représentant de fantaisistes scènes grecques, et un tableau exécuté en frivolité. Horace se leva et se dirigea vers la porte. Minnie était assise sur une chaise dans la pénombre du corridor.

« Minnie, dit-il, je voudrais bien quelque chose à boire. Un grand verre. »

Il finissait de boire lorsque Minnie entra de nouveau. « Elle dit que vous avez qu'à monter », fit-elle.

Il monta. Miss Reba l'attendait en haut de l'escalier. Elle le précéda dans le corridor et ouvrit une porte qui donnait sur une chambre obscure. « Va falloir que vous lui parliez dans l' noir, dit-elle. Elle ne veut pas d' lumière. » Un peu de celle du corridor passait par la porte et tombait sur le lit. « Ça n'est pas l' sien, expliqua Miss Reba. Elle aimerait mieux n' pas vous voir du tout que dans sa chambre. J' crois bien que vous feriez mieux d'en passer par ses caprices jusqu'à ce que vous sachiez ce que vous voulez. » Ils entrèrent. La lumière tombait transversalement sur le lit, éclairant un renflement immobile des couvertures, qui pouvait laisser croire que le lit était inoccupé. Elle va étouffer, pensa Horace. « Mon chou », fit Miss Reba. Le renflement ne remua pas. « C'est lui, mon chou. Tant que tu seras tout entière couverte, laisse-nous donner un peu de lumière, alors on pourra fermer la porte. » Elle alluma l'électricité.

« Elle va étouffer, dit Horace.

— Elle va se montrer dans une minute, fit Miss Reba. Allez-y. Dites lui c' que vous voulez. J'aime autant rester, mais n' vous occupez pas d' moi.

257

J'aurais pas pu durer dans mon métier si j'avais pas appris depuis longtemps à être sourde et muette. Et si j'avais jamais été curieuse, y a longtemps que j'en serais rassasiée ici. Prenez donc une chaise. » Elle se tourna, mais Horace la devança, approcha deux sièges. Il s'assit à côté du lit, et s'adressant à ce qui paraissait être la tête du renflement toujours immobile, il exposa ce qu'il désirait savoir.

« Je désire simplement savoir ce qui s'est passé en réalité. Vous ne vous compromettrez en rien. Je sais parfaitement que ce n'est pas vous qui l'avez fait. Je vous promets, avant que vous ayez dit la moindre chose, que vous n'aurez pas à témoigner devant le tribunal, sauf si, faute de cela, on devait le pendre. Je comprends ce que vous éprouvez. Je ne vous ennuierais pas si la vie de cet homme n'était pas en jeu. »

Le renflement ne bougea pas.

« Ils vont le pendre pour quelque chose qu'il n'a pas fait, dit Miss Reba, et elle ne possède rien ni personne. Toi, tu as des diamants. Et elle avec ce pauvre petit gosse. Tu l'as vu, non ? »

Le renflement ne bougea pas.

« Je me rends compte de ce que vous éprouvez, fit Horace. Vous pouvez prendre un autre nom, porter des vêtements dans lesquels personne ne vous reconnaîtra, des lunettes.

— Ils n' vont pas arrêter Popeye, mon chou, expliqua Miss Reba, malin comme il est. Et puis, tu n' sais pas son nom, et s'il faut que tu ailles au tribunal raconter tout ça, j' lui f'rai savoir après que tu seras partie et il ira s'installer quèque part et t'enverra chercher. Vous n'avez pas intérêt à rester à Memphis, tous les deux. L'avocat prendra soin de toi et tu n'auras rien à dire de ce que... » Le renflement bougea. Temple rejetant les couvertures se mit sur son séant. Elle avait les cheveux ébouriffés, la figure bouffie, deux taches de rouge sur les pommettes, et ses lèvres violemment peintes s'incurvaient en un arc audacieux et sensuel. Pendant un instant, elle darda sur Horace un sombre regard de défi, puis détourna les yeux.

« J'ai soif ! dit-elle en remontant l'épaule de son peignoir.

— Allonge-toi, conseilla Miss Reba. Tu vas prendre froid.

— J'ai encore soif, répéta Temple.

— Allonge-toi, et couvre-toi, en tout cas ; tu es à moitié nue, fit Miss Reba en se levant. Tu as déjà bu trois fois depuis le dîner. »

Temple remonta de nouveau son peignoir. Elle regarda Horace. « Faites-moi donner à boire, vous, alors.

— Allons, mon chou, dit Miss Reba en essayant de la faire s'étendre, couche-toi, et couvre-toi, et puis tu lui raconteras ton histoire. J'irai te chercher à boire dans une minute.

— Laissez-moi tranquille », fit Temple en se dégageant d'une torsion du buste. Miss Reba lui tira la couverture sur les épaules. « Alors, donnez-moi une cigarette. En avez-vous ? » demanda-t-elle à Horace.

« J' vais aller t'en chercher dans une minute, dit Miss Reba. Veux-tu faire ce qu'il te demande ?

— Quoi ? demanda Temple en fixant sur Horace son regard sombre et agressif.

— Il n'est pas nécessaire que vous me disiez où votre... où il..., commença Horace.

— Ne croyez pas que j'aie peur de parler, fit Temple. Je raconterai cela n'importe où. Ne croyez pas que j'aie peur. Mais je veux à boire.

— Raconte-lui et j' vais t'en donner, dit Miss Reba. »

Assise toute droite dans le lit, les couvertures remontées jusqu'au cou, Temple retraça la nuit qu'elle avait passée dans la maison délabrée, depuis le moment où elle avait pénétré dans la chambre et essayé de caler la porte avec la chaise, jusqu'à celui où la femme était venue près de son lit et l'avait fait sortir. Le seul épisode de toute son aventure dont elle semblât avoir conservé quelque impression était cette nuit qu'elle avait passée relativement intacte. De temps en temps, Horace essayait d'aiguiller le récit vers le crime lui-même, mais elle se dérobait, revenait au moment où elle était assise sur son lit à écouter les hommes parler sur la galerie, ou à celui où, allongée dans le noir, elle les sentait pénétrer dans la chambre et venir se pencher au-dessus de son lit.

— Oui, disait-elle, c'est arrivé comme ça. Je ne sais pas. J'avais peur depuis si longtemps que j'avais fini, je crois bien, par m'y habituer. Aussi j'étais simplement assise là parmi les cosses de coton et je le regardais. J'avais cru tout d'abord que c'était le rat. Il y en avait deux, un dans un coin, qui me regardait, et l'autre dans l'autre coin. Je me demande de quoi ils pouvaient se nourrir en cet endroit-là, car il n'y avait que des épis de maïs et des cosses de coton. Ils allaient peut-être manger à la maison. Mais dans la maison il n'y en avait pas. Je n'en ai pas entendu un seul. Je pensais donc que c'était probablement un rat quand j'ai commencé à les entendre, mais on peut sentir la présence des gens dans une pièce obscure ; saviez-vous cela ? On peut parfaitement les sentir, de même qu'en voiture on se rend très bien compte quand les gens commencent à chercher un bon endroit où s'arrêter... vous savez, pour se garer un moment sur le bas-côté. » Elle continua ainsi, lancée dans un de ces monologues éblouissants et intarissables que les femmes ont la faculté de soutenir quand elles ont la certitude de tenir le premier rôle. Soudain, Horace eut l'impression très nette qu'elle racontait ses mésaventures avec un réel orgueil, une sorte de vanité impersonnelle et naïve, comme s'il se fût agi d'une histoire inventée de toutes pièces, regardant tantôt lui, tantôt Miss Reba, avec de rapides et brusques coups d'œil de l'un à l'autre, comme un chien qui conduit deux bœufs le long d'un petit chemin.

« Alors, à chacune de mes respirations, j'entendais le bruit de cette balle de maïs. Je me demande s'il est possible de dormir sur un lit comme ça. Mais probablement qu'on s'y habitue, à moins que la balle elle-même ne se fatigue. J'entendais ce bruit à chaque respiration, même quand j'étais simplement assise sur le lit. Je ne comprenais pas comment la respiration seule pouvait en être la cause, et je restais assise, aussi immobile que possible, mais j'entendais toujours ce bruit. C'est parce que la respiration descend. On croit qu'elle monte, mais ce n'est pas vrai. Elle descend en nous. Et je pouvais entendre les hommes qui étaient en train de boire sur la galerie. Je me suis mise à penser qu'il me serait possible, d'apercevoir où étaient leurs têtes, appuyées contre le mur, et je me suis dit : « Tiens, en voilà un qui boit à la cruche. Et puis c'est cet autre. Comme le creux dans l'oreiller après que vous vous êtes relevé, vous comprenez.

« Alors, je me suis mise à penser à une drôle de chose. Vous savez comment on fait quand on a peur. Je regardais mes jambes et j'essayais de faire comme si j'étais un garçon. Si seulement j'étais un garçon, me disais-je, et j'essayais de me faire garçon par la pensée. Vous savez comment on fait ces choses-là. C'est comme quand on connaît la solution d'un problème et qu'on arrive en classe en pensant de toutes ses forces : Interrogez-moi, interrogez-moi, interrogez-moi. Je me rappelais ce qu'on dit aux enfants, s'ils réussissent à embrasser leur coude. J'essayai de le faire, et j'y arrivai vraiment. J'avais tellement peur, et je me demandais si je pourrais dire à quel moment cela se produirait. Je veux dire avant que je regarde, au moment où je pensais que j'en étais devenue un et que j'allais sortir leur faire voir... vous comprenez. Je frotterais une allumette et je leur dirais : regardez. Vous voyez ? Laissez-moi tranquille maintenant. Et alors je pourrais revenir me coucher. Et je me voyais revenant au lit et m'endormant, car je tombais de sommeil. J'avais tellement envie de dormir que c'était à peine si je pouvais tenir les yeux ouverts.

« Alors, j'ai gardé mes yeux bien fermés en disant : maintenant ça y est. Je regardais mes jambes et je songeais à tout ce que j'avais fait pour elles. Je pensais à tous les bals où je les avais conduites... follement, comme ça. Je songeais à tout ce que j'avais fait pour elles, et à elles qui, maintenant, m'avaient fourrée dans tout cela. Et puis, je me suis dit : si je priais pour être changée en garçon. Et je priai. Après, je me suis assise, immobile, à attendre.

Alors, je songeai que je ne pourrais pas me rendre compte, et je m'apprêtai à regarder. Mais je me dis qu'il était peut-être trop tôt pour le faire, que si je regardais trop tôt j'allais tout déranger, et qu'alors ça raterait certainement. Alors, il fallait compter. Je résolus de compter jusqu'à cinquante, et puis je pensai que cela arriverait encore trop tôt, alors je comptai encore jusqu'à cinquante. Et puis je me dis que si je ne regardais pas au bon moment ce serait trop tard.

« Et puis je pensai à me protéger d'une manière ou d'une autre. Une camarade qui avait passé un été à l'étranger m'avait parlé d'une espèce de ceinture de fer exposée dans un musée. Un roi ou quelque chose d'approchant s'en servait pour cadenasser la reine lorsqu'il devait partir en voyage. Si seulement j'avais cela, me disais-je. C'est pour cela que j'ai pris l'imperméable et que je l'ai mis. Le bidon était accroché à côté, je l'ai pris aussi et l'ai mis dans...

— Le bidon ? fit Horace. Pourquoi avez-vous fait cela ?

— Je ne sais pas pourquoi je l'ai pris. J'avais seulement peur de le laisser là, probablement. Je me disais qu'il me suffirait sans doute d'avoir cette machine française, qu'elle était peut-être garnie de longs piquants pointus, qu'il s'en apercevrait trop tard, et que je le transpercerais avec. Je les lui enfoncerais dedans jusqu'au bout, et je pensais à tout le sang qui coulerait sur moi, pendant que je dirais : Ça t'apprendra ! Vas-tu me laisser tranquille maintenant ? Je ne me doutais pas que ça allait être tout le contraire... J'ai soif.

— Je vais aller te chercher à boire dans une minute, dit Miss Reba. Continue à lui raconter.

263

— Ah, oui. Il y a encore cette drôle de chose que j'ai faite. » Et elle raconta comment, couchée dans le noir à côté de Gowan qui ronflait, écoutant le froissement de la balle de maïs et les ténèbres pleines d'allées et venues, elle avait perçu l'approche de Popeye. Elle pouvait entendre battre son propre sang dans ses veines, sentir les muscles de ses yeux s'écarquiller graduellement, ses narines devenir alternativement brûlantes et glacées. Alors, il s'était tenu debout près d'elle, et elle avait dit : Vas-y. Touche-moi. Touche-moi ! Tu es un capon si tu ne le fais pas. Capon ! Capon !

« Je voulais dormir, voyez-vous. Et il restait là, simplement. Et moi je me disais : si seulement il se décidait et que ce soit fini, je pourrais m'endormir. Aussi je lui disais : Tu es un capon si tu ne le fais pas ! Tu es un capon si tu ne le fais pas ! Et je sentais ma bouche toute prête à crier, et cette petite boule chaude au-dedans qui se met à crier. Alors, elle s'est posée sur moi, cette affreuse petite main froide farfouillant sous le manteau dans lequel j'étais nue. C'était comme de la glace vivante, et ma peau s'est mise à tressaillir violemment, à bondir presque pour s'y dérober, comme font les petits poissons volants devant un bateau. Il semblait que ma peau savait de quel côté allait se diriger cette main avant qu'elle eût esquissé le moindre mouvement, et elle continuait à tressauter, à se dérober devant elle, comme si, lorsque la main arriverait là, elle ne devait plus rien trouver.

« Alors elle est descendue jusque-là où mes intérieurs commencent. Je n'avais pas mangé depuis l'avant-veille et mes entrailles commencèrent à gargouiller tandis que les fanes de maïs crissaient avec un bruit si fort qu'il ressemblait à un rire. Je m'imaginais que c'était de moi qu'elles riaient, parce que sa main pénétrait déjà dans le haut de ma culotte et que je n'étais pas encore changée en garçon.

« Ce qu'il y avait de plus curieux, c'est que j'avais cessé de respirer. Depuis un bon moment je n'avais pas respiré, et je me figurais que j'étais morte. Alors j'ai encore fait une drôle de chose. Je me voyais dans le cercueil. J'étais ravissante, vous savez, tout en blanc. J'avais un voile comme une mariée et je pleurais parce que j'étais morte ou parce que j'étais ravissante, je ne sais plus au juste. Non, c'était parce qu'on avait mis de la balle de maïs dans le cercueil. Je pleurais parce qu'on avait mis de la balle de maïs dans le cercueil où je gisais morte. Et, pendant ce temps, je sentais mes narines devenir alternativement chaudes et froides, et il me semblait voir tous les gens assis autour de mon cercueil, et qui disaient : « N'est-elle pas ravissante ? N'est-elle pas ravissante ? »

« Mais je continuais de dire : Capon ! Capon ! Touche-moi donc, capon ! Il mettait tant de temps à le faire que je me sentais devenir folle. Je ne cessais de lui parler. Je lui disais : « Est-ce que tu te figures que je vais rester couchée toute la nuit à t'attendre, que je disais. Je vais te dire ce que je vais faire, je disais. Et j'étais là, couchée, avec les fanes qui riaient, et je sursautais sous sa main en pensant à ce que j'allais lui dire. J'allais lui parler comme le fait la maîtresse à l'école. Ce serait moi la maîtresse, et la main une petite chose noire, une sorte de petit nègre comme qui dirait, et moi je serais la maîtresse, car je dirais : Quel âge est-ce que j'ai ? et je répondrais :

265

J'ai quarante-cinq ans. J'aurais des cheveux grisonnants et des lunettes, avec une forte poitrine comme finissent par en avoir toutes les femmes. Je portais un tailleur gris, moi qui n'ai jamais pu souffrir le gris. Et je lui disais ce que j'allais faire, et elle remontait, remontait, comme si elle avait déjà vu la cravache de la maîtresse d'école.

« Alors je me dis : Ça ne peut pas aller. Il faudrait que je sois un homme. J'étais donc un vieillard à longue barbe blanche, et alors le petit bonhomme noir devenait de plus en plus petit et je disais : Hein. Tu vois, maintenant. Je suis un homme, maintenant. Alors je pensais que j'étais un homme et qu'il suffisait de l'avoir pensé pour que j'en sois un. Cela fit une sorte de « floc » comme lorsqu'on retourne à l'envers un doigtier de caoutchouc en soufflant dedans. Ça faisait froid, comme le dedans de la bouche quand on la laisse ouverte. Je la sentais descendre, et je restais là bien tranquille, en m'efforçant de ne pas rire à la pensée de la surprise qui l'attendait. Je continuais à sentir les tressaillements dans ma culotte à l'approche de sa main, et je me voyais couchée là m'efforçant de ne pas rire de la surprise et de la fureur qu'il allait avoir dans un instant. Puis, brusquement, je m'endormis. Je ne pus même pas rester éveillée jusqu'à ce que la main fût parvenue là. Je m'endormis, simplement. Je ne pus même pas me sentir tressauter à l'approche de sa main, mais je pouvais entendre la balle de maïs. Je ne me suis éveillée que lorsque cette femme est venue m'emmener à la grange. »

Au moment où Horace quittait la maison, Miss Reba lui dit : « Je voudrais bien que vous l'emmeniez d'ici et que vous l'empêchiez de revenir. Je

266

dénicherais bien moi-même sa famille si je savais comment m'y prendre. Mais vous savez comme... Elle sera morte ou à l'hospice avant un an de la façon qu'ils se conduisent tous les deux là-haut dans cette chambre. Y a quelque chose de pas ordinaire que j'ai pas encore découvert. Peut-être que c'est elle. Elle n'était pas née pour cette vie-là. Il faut être né pour cela, comme il faut être né, je pense, pour être boucher ou coiffeur. Personne voudrait être l'un ou l'autre rien que pour le fric ou pour le plaisir. »

Il vaudrait mieux pour elle qu'elle meure cette nuit, pensait Horace en s'en allant. Pour moi aussi. Il les voyait par la pensée, elle, Popeye, la femme, l'enfant, Goodwin, tous réunis dans une même chambre, nue, profonde, où les attendrait une mort immédiate ; un seul instant partagé entre l'indignation et la surprise, mais un instant qui effacerait tout. Et moi aussi, se disait-il, en réfléchissant que ce serait peut-être là l'unique solution. Extirpés, volatilisés comme avec un fer rouge de l'antique et tragique flanc du monde. Et moi aussi, pensait-il, maintenant que nous sommes tous isolés ; et il songeait à la douce brise chargée de ténèbres qui soufflerait dans les longs couloirs du sommeil ; à son corps étendu à l'abri d'une voûte basse et quiète sous le bruit incessant de la pluie ; il songeait au mal, à l'injustice, aux larmes. A l'entrée d'une ruelle deux silhouettes se tenaient face à face, sans se toucher ; l'homme prononçant à voix basse, caressante comme un murmure, comme une litanie, ces mots qu'on ne peut imprimer ; elle, la femme, immobile devant lui, défaillante et comme enivrée d'une voluptueuse extase. Peut-être, pensait-il, est-ce sur le moment même que nous nous rendons compte, que nous admettons qu'il existe une logique du mal, que nous mourons ; et il se rappelait l'expression qu'il avait remarquée une fois dans les yeux d'un enfant mort, dans les yeux d'autres morts, cette indignation qui s'apaise, ce désespoir outragé qui s'évanouit, ne laissant plus que deux globes vides recelant dans leurs profondeurs immobiles l'image du monde en miniature.

Il ne rentra même pas à son hôtel, mais se rendit à la gare. Il y avait un train à minuit. Il prit une tasse de café et, immédiatement, souhaita ne pas l'avoir prise, car elle lui resta sur l'estomac comme une boule brûlante. Trois heures après, en descendant à Jefferson, elle y était encore, intacte. Il gagna la ville à pied et traversa la place déserte. Il repensa à l'autre matin où il l'avait traversée. Il semblait que le temps n'eût pas bougé depuis : même geste du cadran éclairé de l'horloge, mêmes ombres en forme de vautours dans les entrées de portes ; ç'aurait pu être le même matin ; peut-être avait-il simplement traversé la place et fait demi-tour, et maintenant il rentrait. Tout cela au milieu d'un rêve peuplé de cauchemars, qu'il lui avait fallu quarante-trois ans pour découvrir, pour concentrer dans son estomac en une masse brûlante et pesante. Soudain, il accéléra le pas, le café ballottant dans ses entrailles comme une pierre brûlante et lourde.

Il s'engagea sans bruit dans l'allée. Dès la grille lui parvint l'odeur du chèvrefeuille. La maison était obscure, silencieuse, comme une épave abandonnée dans l'espace par le reflux de tous les temps. Le bruissement des insectes n'était plus qu'un son bas, monotone, exténué, partout, nulle part, comme l'agonie chimique d'un monde laissé nu et mourant à la limite du fluide où il vivait et respirait. La lune était au-dessus, mais sans lumière ; la terre s'étendait au-dessous, mais sans ténèbres. Il ouvrit la porte, entra à tâtons dans la pièce, chercha le commutateur. La voix de la nuit — les insectes et tout le reste — l'avait suivi dans la maison ; il s'avisa soudain que c'était le frottement de la terre sur son axe, à l'approche de ce moment où elle doit décider si elle va continuer de tourner ou s'arrêter à tout jamais, globe immobile dans l'espace glacé où le parfum dense du chèvrefeuille se tordait comme une fumée froide.

Il trouva le commutateur, alluma. La photographie était posée sur la table de toilette. Il la prit, la tint dans ses mains. Cerné par l'étroite marque laissée par le cadre manquant, le visage de Little Belle rêvait tout embué de douceur par le clair-obscur. Quelque jeu de la lumière, un mouvement imperceptible de ses doigts, sa propre respiration, communiquaient au carton une sorte de vie, et le visage paraissait respirer entre ses mains, tout baigné d'une clarté irréelle et légère, sous les lentes et vaporeuses caresses du chèvrefeuille invisible. Presque assez palpable pour être visible, son parfum emplissait la chambre, et le petit visage semblait défaillir de voluptueuse langueur, se faisait plus flou, s'évanouissait, laissant dans les yeux d'Horace, en un regain de vie, doux et évanescent comme le parfum lui-même, un appel, une tendre promesse, un secret engagement.

Alors Horace comprit ce que réclamait son estomac. Il reposa précipitamment la photographie, courut à la salle de bains, ouvrit la porte, chercha à tâtons le bouton électrique. Mais il n'eut pas le temps de le trouver ; il renonça, plongea en avant, butta contre la cuvette, se pencha entre ses bras cramponnés, tandis que les fanes de maïs se mettaient à faire un bruit effroyable sous les cuisses de Temple. Allongée, la tête légèrement soulevée, le menton déprimé, comme une figure détachée d'un crucifix, elle regardait avec horreur quelque chose de noir et de furieux sortir en rugissant de son corps pâle. Elle était ligotée, sur le dos, toute nue, sur un wagon-plate-forme roulant à une vitesse vertigineuse sous un tunnel obscur ; au-dessus d'elle les ténèbres coulaient en lignes rigides, le grondement des roues de fer emplissait ses oreilles. Le wagon jailli brusquement du tunnel aborda une longue rampe montante ; les ténèbres au-dessus de sa tête étaient maintenant striées des zébrures parallèles d'un feu vivant qui les parcourait avec une intensité croissante, comme un souffle qu'on retient, tandis qu'elle oscillait, légèrement, paresseusement, dans un néant rempli d'une myriade de points lumineux et pâles. Loin derrière elle, elle pouvait entendre le bruissement léger et furieux de la balle de maïs.

XXIV

La première fois que Temple mit le pied sur le palier, les yeux blancs de Minnie surgirent de la pénombre près de la porte de Miss Reba. Appuyée une fois de plus contre sa porte verrouillée, Temple entendit Miss Reba monter péniblement l'escalier et frapper. Elle resta sans rien dire appuyée contre la porte tandis que, de l'autre côté, Miss Reba haletait et sifflait en mêlant les cajoleries aux menaces. Temple ne répondit pas. Au bout de quelques minutes, Miss Reba redescendit l'escalier.

Temple se détourna de la porte et resta au milieu de la chambre, battant silencieusement des mains, les yeux tout noirs dans son visage livide. Elle était en costume de ville et en chapeau. Elle enleva le chapeau, le lança dans un coin, alla se jeter à plat ventre sur le lit. Le lit n'avait pas été fait. La table à côté était jonchée de bouts de cigarettes, le parquet couvert de cendres. La taie d'oreiller de ce côté était toute mouchetée de trous bruns. Souvent, la nuit, elle s'éveillait à l'odeur du tabac et apercevait l'œil de rubis, solitaire, là où devait être la bouche de Popeye.

C'était au milieu de la matinée. Un mince rai de

271

soleil, filtrant au travers du store baissé de la fenêtre exposée au midi, s'allongeait sur le rebord, puis sur le parquet, en une étroite bande. La maison était complètement silencieuse, avec cet air d'être à bout de souffle qu'elle avait habituellement au milieu de la matinée. De temps à autre, une voiture passait, en dessous, dans la rue.

Temple se retourna sur le lit. Dans son mouvement, elle aperçut l'un des innombrables complets noirs de Popeye étendu sur une chaise. Pendant un instant, elle demeura couchée, le regardant, puis elle se leva, empoigna les vêtements et les lança en bouchon dans le coin où était déjà le chapeau. Dans un autre coin se trouvait une penderie improvisée à l'aide d'un rideau de cretonne. Elle contenait des vêtements de toute sorte, et tout neufs. Elle les arracha des patères, les bouchonna rageusement, les envoya rejoindre le complet. Elle fit subir le même sort à une rangée de chapeaux posés sur une planche. Un autre complet de Popeye était également pendu là, elle le lança aussi. Derrière, accroché à un clou, était un revolver automatique dans un étui de soie huilée. Elle le décrocha avec précaution, en retira le revolver et resta là quelques instants, le tenant à la main. Puis elle alla vers le lit et le cacha sous l'oreiller.

La coiffeuse était couverte d'objets de toilette, brosses et miroirs, également neufs, de flacons et de pots de pommades aux formes étranges et délicates, portant des étiquettes françaises. Elle les prit l'un après l'autre et les envoya dans le coin où ils allèrent tomber avec des bruits sourds et un fracas de verre brisé. Sur la coiffeuse était un sac à main platiné, délicat tissu de métal entre les mailles duquel transparaissait l'orange vif de quelques billets de banque. Il alla rejoindre le reste dans le coin. Puis elle retourna sur le lit, se coucha à plat ventre et resta là tandis que s'épaississaient lentement autour d'elle les coûteux parfums des flacons brisés.

A midi, Minnie frappa à la porte. « V'là vot' déjeuner. » Temple ne bougea pas. « J' vais l' laisser à côté d' la porte. Vous aurez qu'à le prendre, quand vous l' voudrez. » Ses pas s'éloignèrent. Temple ne bougea pas.

Lentement, le rai de soleil se déplaçait sur le plancher ; le côté ouest du cadre de la fenêtre était maintenant dans l'ombre. Temple se mit sur son séant, la tête tournée de côté comme si elle écoutait, se tapotant les cheveux d'une main experte et coutumière. Elle se leva sans bruit, alla à la porte, écouta de nouveau. Puis elle l'ouvrit. Le plateau était posé à terre, elle l'enjamba, alla jusqu'à l'escalier et regarda par-dessus la rampe. Au bout d'un instant, elle parvint à distinguer Minnie assise sur une chaise dans le vestibule.

« Minnie », appela-t-elle. Minnie releva brusquement la tête, roulant de nouveau des yeux blancs. « Apporte-moi à boire », lui cria Temple, puis elle rentra dans sa chambre. Elle attendit un quart d'heure. Elle venait de claquer la porte et, furieuse, descendait l'escalier, lorsque Minnie apparut dans le vestibule.

« Oui, Mam'zelle, dit-elle, Miss Reba elle dit... On n'a pas de... »

Miss Reba ouvrit la porte de sa chambre. Sans lever les yeux vers Temple, elle dit quelques mots à Minnie. Celle-ci éleva de nouveau la voix. « Oui mam'zelle, ça va. J' vous l' monte dans une p'tite minute.

— Je te le conseille », dit Temple. Elle rentra dans sa chambre et resta contre la porte jusqu'à ce qu'elle entendît Minnie monter l'escalier. Temple entrebâilla la porte.

« Vous n'allez pas déjeuner du tout » demanda Minnie en poussant du genou la porte que Temple maintenait de l'autre côté.

« Où est le verre ? demanda celle-ci.

— J'ai pas rangé vot' chamb' c' matin, fit Minnie.

— Allons, donne », dit Temple, en passant la main par l'entrebâillement ; et elle prit le verre sur le plateau.

« J' vous conseille de le faire durer, celui-là, dit Minnie. Miss Reba dit qu' vous n'en aurez plus... Pourquoi qu' vous l' traitez d' cette façon là, dites ? D' la manière qu'il dépense l'argent pour vous, vous devriez avoir honte. C'est un p'tit homme très bien, même s'y n'est pas un John Gilbert [1], et d' la façon qu'y dépense de l'argent pour vous... » Temple ferma la porte et poussa le verrou. Elle avala le gin, approcha une chaise du lit, alluma une cigarette et s'assit, les pieds sur le lit. Au bout d'un instant, elle transporta la chaise près de la fenêtre et souleva un peu le store pour regarder dans la rue. Elle alluma une autre cigarette.

A cinq heures, elle vit Miss Reba sortir, en robe de soie noire et chapeau à fleurs, et descendre la rue.

1. Acteur de cinéma muet, célèbre en son temps aux États-Unis, de son vrai nom John Pringle (1895-1936). Gilbert fut le grand amoureux romantique des films muets, partenaire de Greta Garbo.

Elle bondit de sa chaise, tira son chapeau du tas de vêtements empilés dans le coin, le mit sur sa tête. A la porte, elle revint sur ses pas, alla dans le coin, en exhuma le sac platiné, puis descendit l'escalier. Minnie était dans le vestibule.

« Je te donnerai dix dollars, dit Temple. Je ne resterai pas absente plus de dix minutes.

— J' peux pas faire ça, Miss Temple. Ça me coûterait ma place si Miss Reba s'en apercevait, et ma peau avec si Mr. Popeye v'nait à l' savoir.

— Je te jure que je serai de retour dans dix minutes. Je te le jure. Tiens, voilà vingt dollars. » Elle fourra le billet dans la main de Minnie.

« Vous f'rez mieux d' revenir, dit Minnie en ouvrant la porte. Si vous n'êtes pas revenue dans dix minutes, je n' s'rai plus ici moi-même. »

Temple entrouvrit la tonnelle et regarda dehors. La rue était déserte, à l'exception d'un taxi arrêté au bord du trottoir de l'autre côté, et d'un homme en casquette debout un peu plus loin dans l'embrasure d'une porte. Temple descendit la rue d'un pas rapide. Au tournant, un taxi la dépassa. Le chauffeur ralentit en lui jetant un coup d'œil interrogateur. Au coin de la rue, elle pénétra dans un drugstore, entra dans la cabine téléphonique en regardant derrière elle. Puis elle revint à la maison. Comme elle tournait le coin de la rue, elle croisa l'homme en casquette qui tout à l'heure était appuyé dans l'embrasure d'une porte. Elle s'engageait sous le treillis lorsque Minnie lui ouvrit la porte.

« Vous v'là, Dieu merci, fit Minnie. Quand c' taxi là-bas a fichu l' camp, j' me préparais à faire mon paquet, moi aussi. Si vous n' le dites à personne, j' vais vous donner à boire. »

275

Lorsque Minnie eut apporté le gin, Temple commença à boire. Sa main tremblait; elle resta debout derrière la porte, le verre à la main, écoutant. Il y avait sur son visage comme une expression de triomphe. « J'en aurai besoin tout à l'heure, dit-elle. J'aurai besoin de plus que cela. » Elle couvrit le verre avec la soucoupe et le dissimula soigneusement. Puis elle fouilla dans le coin parmi l'amas de vêtements et en retira une robe de bal qu'elle secoua et raccrocha dans la penderie. Pendant un instant, elle regarda les autres objets, puis revint vers le lit, se recoucha. Presque aussitôt, elle se releva, attira la chaise, s'assit, les pieds sur le lit défait. Et, tandis que la lumière du jour mourait lentement dans la chambre, elle demeura asise, à fumer cigarette sur cigarette, épiant les moindres bruits dans l'escalier.

A six heures et demie, Minnie lui monta son dîner. Sur le plateau était un autre verre de gin. « Miss Reba vous envoie celui-ci, dit-elle. Elle d'mande comment que vous vous sentez.

— Dis-lui que ça va très bien, répondit Temple. Je vais prendre un bain et me coucher. Dis-le lui. »

Lorsque Minnie fut partie, Temple versa les deux verres de gin dans un grand verre qu'elle contempla avec convoitise en le tenant d'une main tremblante. Elle le mit précieusement de côté, le couvrit, puis se mit au lit, et dîna. Quand elle eut fini, elle alluma une cigarette. Ses mouvements étaient saccadés; elle fumait avec précipitation en allant et venant à travers la chambre. Elle demeura un instant à la fenêtre, le store soulevé sur le côté, puis le laissa retomber, revint dans la chambre, s'épiant dans la glace. Elle se mira devant, s'étudia, tout en tirant nerveusement sur sa cigarette.

276

Elle la jeta derrière elle du côté de la cheminée, puis s'approcha de la glace et se peigna. Elle tira le rideau de la penderie, décrocha la robe, l'étendit sur le lit, alla ouvrir un tiroir de la commode et en sortit une combinaison. Le vêtement à la main, elle eut un moment d'hésitation, puis le replaça dans le tiroir, attrapa vivement la robe et alla la remettre dans la penderie. Un instant après, elle se retrouva arpentant la chambre de long en large ; entre ses doigts achevait de se consumer une autre cigarette, sans qu'elle se fût aucunement rendu compte de l'avoir allumée. Elle la jeta, s'approcha de la table, regarda sa montre et la cala contre le paquet de cigarettes, de façon qu'elle pût l'apercevoir du lit. Puis elle s'étendit. En se mettant sur le lit, elle sentit le revolver sous l'oreiller. Elle le prit, le regarda, puis le glissa contre elle et demeura immobile, les jambes droites, les mains sous la tête, ses pupilles se contractant comme deux noires têtes d'épingles au moindre bruit venu de l'escalier.

A neuf heures, elle se leva, prit de nouveau le revolver, le contempla un instant, puis le glissa sous le matelas. Alors elle se déshabilla, revêtit une robe de chambre faussement chinoise, ornée de dragons d'or parmi des fleurs couleur de jade et d'écarlate, et sortit de la pièce. Lorsqu'elle revint, ses cheveux bouclaient tout mouillés autour de sa figure. Elle alla vers la table de toilette, prit le verre de gin, le tint un instant, puis le reposa.

Elle s'habilla, allant rechercher dans le coin les fioles et les pots qu'elle y avait jetés. Devant la glace, ses gestes étaient à la fois violents et pénibles. Elle s'approcha de la table de toilette, saisit le verre de gin et le reposa pour la seconde fois. Puis elle alla ramasser son manteau dans le coin, s'en revêtit, glissa dans sa poche le sac platiné, et se pencha de nouveau sur son miroir. Elle se recula, empoigna le verre, en avala le contenu d'un trait et sortit de la chambre d'un pas rapide.

Une seule lampe brûlait dans le corridor. Il était vide. Temple pouvait entendre un bruit de voix dans la chambre de Miss Reba, mais le vestibule d'en bas était désert. Elle descendit vivement, sans bruit, et se dirigea vers la porte. C'était là, elle en était persuadée, qu'on allait l'arrêter, et elle pensa avec un amer regret au revolver qu'elle avait laissé dans sa chambre, prête à rebrousser chemin, sachant qu'elle s'en servirait sans aucun remords, avec une sorte de joie. D'un bond elle gagna la porte, tira doucement le verrou en regardant par-dessus son épaule.

Elle ouvrit, s'élança dehors, passa la porte de la tonnelle, descendit l'allée et franchit la grille en courant. Au même instant une auto qui roulait lentement le long du trottoir s'arrêta à sa hauteur. Popeye était assis au volant. Sans qu'il parût faire un geste, la portière s'ouvrit. Il ne fit pas un mouvement, ne prononça pas une parole. Il était seulement là, assis, son canotier légèrement de côté.

« Je ne veux pas ! protesta Temple. Je ne veux pas ! »

Il ne fit aucun mouvement, aucun bruit. Elle s'approcha de la voiture.

« Je ne veux pas, je te dis ! Puis elle cria farouchement : Tu as peur de lui ! Tu as peur !

— Je lui laisse courir sa chance, dit-il. Veux-tu rentrer dans cette maison ou monter dans cette voiture ?

— Tu en as peur !

— Qu'il coure sa chance, répéta-t-il de sa voix fluette et glaciale. Viens. Décide-toi. »

Elle se pencha en avant, posa la main sur le bras de Popeye. « Popeye, dit-elle ; mon petit père. » Le bras était frêle, pas plus gros que celui d'un enfant, inerte, dur et léger comme un bâton.

« Choisis ce que tu voudras, je m'en fous, fit-il. Mais choisis. Viens. »

Elle se pencha vers lui, la main toujours sur son bras, puis monta dans la voiture. « Tu ne feras pas ça. Tu n'oses pas. Il est plus homme que toi. »

Il étendit le bras et ferma la portière. « Où allons-nous ? dit-il. A la Grotte ?

— Il est plus homme que toi ! répéta Temple d'une voix aiguë. Tu n'es pas même un homme. Il le sait. Qui le saurait mieux que lui ? » La voiture était en marche. Elle se mit à hurler d'une voix perçante : « Toi, un homme, toi, un fameux truand, quand tu ne peux même pas... Quand il a fallu que tu amènes un vrai homme pour... Et toi, penché au-dessus du lit, râlant et bavant comme un... Tu n'as pu me duper qu'une seule fois, tu sais ! Pas étonnant que j'ai saigné et pleuré... » Il lui appliqua la main sur la bouche, si durement que ses ongles entrèrent dans la chair. De l'autre main, il continuait de conduire la voiture à une allure insensée. Quand ils passaient dans la lumière, elle pouvait le voir qui l'observait tandis qu'elle se débattait, essayait de toutes ses forces d'écarter la main qui la bâillonnait, jetait sa tête à droite et à gauche.

Elle cessa de se débattre, mais continua de donner des coups de tête en tirant sur la main. Un doigt orné d'une épaisse bague tenait ses lèvres séparées, le bout des doigts s'incrustait dans sa joue. De l'autre main, il faufilait la voiture dans les encombrements, l'en dégageait, serrant les autres voitures jusqu'à ce qu'elles appuient sur le côté dans un crissement de freins, fonçant dans les croisements à une vitesse folle. Une fois un policier les interpella ; Popeye ne se détourna même pas.

Temple se mit à geindre ; elle gémissait derrière la main de Popeye, bavant entre les doigts. La bague, comme un instrument de dentiste, l'empêchait de fermer les lèvres et d'avaler sa salive. Lorsqu'il lui rendit la liberté, elle put sentir l'empreinte des doigts, froide, sur sa joue. Elle y porta la main.

« Tu m'as fait mal à la bouche », pleurnicha-t-elle. Ils abordèrent les faubourgs de la ville à cinquante miles à l'heure. Le chapeau de Popeye était incliné sur son profil malingre et crochu. Temple se frottait la joue. Les maisons firent place à de vastes lotissements, étendues obscures d'où surgissaient, fantastiques et brusques, figés dans une protestation désespérée, des panneaux-réclames de marchands de biens. Entre eux, des lumières lointaines et basses étaient suspendues dans les ténèbres fraîches et vides toutes constellées de lucioles. Temple se mit à pleurer silencieusement sous l'empire du froid intérieur succédant à l'absorption de ses deux verres de gin. « Tu m'as fait mal à la bouche », répétait-elle d'une voix menue et alanguie en s'apitoyant sur elle-même. De ses doigts hésitants, elle se tâtait la joue, appuyant de plus en plus fort jusqu'à ce qu'elle ressentît une douleur plus vive. « Tu me paieras cela, fit-elle d'une voix étouffée, quand je l'aurai dit à Red. Est-ce que tu ne voudrais pas être à sa place ? Hein ? Est-ce que tu ne voudrais pas faire ce qu'il fait ? Est-ce que tu n'aimerais pas mieux que ce soit lui qui fasse le voyeur au lieu de toi ? »

Ils pénétrèrent dans la Grotte, longèrent un mur dont les fenêtres aux rideaux hermétiquement tirés laissaient parvenir jusqu'à eux de brusques rafales de musique. Tandis qu'il fermait la voiture à clef, Temple bondit jusqu'aux marches, les monta en courant. « Je t'ai laissé ta chance, dit-elle. C'est toi qui m'as amenée ici. Ce n'est pas moi qui t'ai demandé d'y venir. »

Elle se rendit aux lavabos. Dans la glace, elle examina son visage. « Ah là là ! » dit-elle, en tirant en tous sens la peau de ses joues. « Ça n'a même pas laissé de marque. Petit avorton », fit-elle en regardant son image. Et elle ajouta une phrase obscène avec la volubilité d'un perroquet. Elle se remit du rouge aux lèvres. Une autre femme entra. Elles inspectèrent mutuellement leurs toilettes du haut en bas d'un seul coup d'œil froid et furtif.

Popeye se tenait à la porte de la salle de danse, une cigarette entre les doigts.

« Je t'ai laissé ta chance, dit Temple. Tu n'avais qu'à ne pas venir.

— La chance je m'en fous, répondit-il.

— Tu en as bien profité une fois, dit Temple. Le regrettes-tu ? Hein ?

— Va donc », fit-il en la poussant devant lui. Au moment de franchir le seuil, elle se retourna, le regarda. Leurs yeux étaient presque au même niveau. Alors Temple porta vivement la main vers l'aisselle de Popeye. Il lui saisit le poignet ; l'autre main esquissa le même geste ; il la saisit également de sa main douce et froide. Ils se regardèrent les yeux dans les yeux. Les lèvres de Temple étaient entrouvertes ; sur ses pommettes, les deux taches de rouge s'assombrissaient lentement.

« Je t'ai laissé ta chance là-bas, en ville, fit-il. Tu as choisi. »

Derrière elle, la musique rythmait son appel trouble et suggestif, plein de battements de pieds, du jeu voluptueux des muscles, d'une chaude senteur de chair et de sang. « Ah, mon Dieu, fit-elle sans presque remuer les lèvres. J'irai. Je rentrerai.

— Tu as choisi, fit-il. Va. »

Sous l'étreinte de Popeye, les mains de Temple s'efforçaient de saisir le veston qu'elles pouvaient presque toucher du bout des doigts. Lentement il la fit pivoter vers la porte sans qu'elle détournât la tête. « Essaye un peu ! cria-t-elle. Essaye... » La main de Popeye se referma sur sa nuque ; ses doigts étaient semblables à de l'acier et pourtant froids et légers comme de l'aluminium. Elle entendit le léger froissement de ses vertèbres l'une contre l'autre et la voix glacée de Popeye dire tranquillement : « Oui ou non ? »

Elle fit oui de la tête. Alors ils dansèrent. Elle sentait encore sur sa nuque l'étreinte de cette main. Par-dessus l'épaule de Popeye, elle jeta autour de la salle un rapide coup d'œil, son regard effleurant l'un après l'autre les visages des danseurs. Au-delà d'une voûte basse, dans une autre salle, un groupe était debout autour de la table de jeu. Temple se pencha à droite et à gauche pour essayer d'apercevoir les figures du groupe.

C'est alors qu'elle vit les quatre hommes. Ils étaient assis à une table près de la porte. L'un d'eux mâchait du chewing-gum ; tout le bas de son visage semblait planté de dents d'une taille et d'une blancheur incroyables. Lorsqu'elle les aperçut, elle fit pivoter Popeye de façon qu'il leur tournât le dos, et elle manœuvra de nouveau vers la porte. Une fois encore son regard erra anxieusement d'un visage à l'autre parmi la foule.

Quand elle regarda de nouveau de leur côté, elle vit que deux des hommes s'étaient levés. Ils s'approchaient. Elle entraîna Popeye dans leur direction, le maintenant toujours le dos tourné vers eux. Les hommes s'arrêtèrent, tentèrent de faire le tour du couple. De nouveau, elle leur présenta le dos de Popeye. Elle essaya de lui dire quelque chose, mais ses lèvres étaient figées. C'était comme si elle se fût efforcée de ramasser une épingle avec des doigts gelés. Soudain, elle se sentit soulevée tout d'une pièce et rejetée de côté par les bras minces et légers de Popeye, durs comme l'aluminium. Elle alla donner en arrière contre le mur et vit les deux hommes quitter la salle. J'y retournerai, dit-elle. J'y retournerai. » Et elle poussa un éclat de rire strident.

« La ferme, fit Popeye. Tu ne vas pas fermer ça ?

— Va me chercher à boire », demanda-t-elle. Elle sentit le contact de la main de Popeye ; ses propres jambes lui parurent aussi glacées que si elles ne lui avaient pas appartenu. Ils s'étaient assis à une table. Un peu plus loin, l'homme mâchait toujours, les coudes sur la table. Le quatrième homme, assis très raide, son veston boutonné jusqu'en haut, fumait.

Elle observa les mains — une brune dans une manche blanche, une blanche malpropre sous une manchette sale — qui posaient des bouteilles sur la table. Elle se trouva avec un verre à la main. Elle but, gloutonnement. Elle tenait encore son verre lorsqu'elle aperçut Red à la porte, en complet gris et nœud papillon à pois. Il avait l'apparence d'un étudiant. Ses yeux erraient à travers la salle à la recherche de Temple. Ils se posèrent sur la nuque de Popeye, puis il aperçut Temple, au moment où elle s'asseyait le verre à la main. Les deux hommes, à l'autre table, n'avaient pas bougé. Elle apercevait le mouvement léger et régulier des oreilles du mâcheur de gomme. La musique reprit.

Elle maintint Popeye le dos tourné dans la direction de Red. Dépassant tous les autres de près d'une tête, celui-ci ne la quittait pas des yeux. « Viens, fit-elle à l'oreille de Popeye. Si tu veux danser, dansons. »

Elle but un second verre. Ils dansèrent de nouveau. Red avait disparu. Lorsque la musique s'arrêta, elle but encore un autre verre. Il ne lui fit aucun bien, mais lui resta, brûlant et lourd, sur l'estomac. « Viens, dit-elle, ne t'arrête pas. » Mais il refusa de se lever, et elle se tenait debout près de lui, les muscles lâches, tremblant d'épuisement et de terreur. Elle se mit à le taquiner. « Ça se dit un homme, ça fait le dur et il suffit d'une danse avec une fille pour lui couper les jambes. » Puis ses traits se creusèrent, son visage pâlit empreint d'une véritable détresse ; elle parla comme une enfant, avec un calme désespoir. « Popeye. » Il était assis, les mains sur la table, tripotant une cigarette ; devant lui, la glace achevait de fondre dans le second verre de Temple. Elle lui mit la main sur l'épaule. « Mon petit père », fit-elle. D'un mouvement imperceptible, sa main se glissa furtivement sous l'aisselle de Popeye, toucha la crosse du revolver plat. La main demeura inerte et roidie dans l'étau faible et immobile de ce bras et de ce flanc. « Donne-le-moi, murmura Temple. Allons, mon petit père. » Elle appuya sa cuisse contre l'épaule de Popeye, se frottant contre son bras, en murmurant : « Donne-le-moi, petit père. » Soudain, d'un geste rapide et furtif, sa main se mit à glisser contre le corps de Popeye, puis elle se retira brusquement dans un geste de répulsion. « J'oubliais, dit-elle tout bas ; je ne voulais pas... Je ne... »

L'un des hommes assis à l'autre table siffla entre ses dents. « Assieds-toi », dit Popeye. Elle s'assit. Elle emplit son verre, observant le mouvement de ses mains. Puis le coin d'un veston gris apparut dans son champ visuel. Il a un bouton de cassé, pensa-t-elle stupidement. Popeye n'avait pas bougé.

« On danse ? » dit Red.

Il penchait la tête, mais sans regarder Temple. Il était légèrement tourné, faisant face aux deux hommes assis à l'autre table. Popeye ne bronchait toujours pas. Il effilait délicatement le bout d'une cigarette, et enlevait le tabac qui dépassait. Puis il se la mit à la bouche.

« Je ne danse pas, répondit Temple du bout de ses lèvres glacées.

— Non ? » fit Red. Puis, sans bouger, d'un ton égal : « Alors, l'ami, ça va ? dit-il.

— Ça va », fit Popeye. Temple le regarda frotter une allumette, aperçut la flamme déformée par le verre. « T'as assez bu », dit Popeye, et il saisit le verre qu'elle portait à ses lèvres. Elle le regarda le vider dans le seau à glace. La musique reprit. Elle resta assise, regardant tranquillement dans la salle. Une voix commençait de bourdonner faiblement dans ses oreilles, puis Popeye lui saisit le poignet, la secoua et elle s'aperçut qu'elle avait la bouche ouverte et qu'elle avait dû crier ou parler haut. « Allons, ferme ça, maintenant, dit-il. Tu peux en prendre encore un. » Il lui emplit son verre.

« Les autres ne m'ont rien fait », fit-elle. Il lui tendit le verre. Elle but. En le reposant sur la table, elle se rendit compte qu'elle était ivre. Elle fut persuadée qu'elle l'était depuis quelque temps déjà, qu'elle avait perdu connaissance et que cela avait déjà eu lieu. Elle put s'entendre dire : J'espère que c'est fait. J'espère que c'est fait. Alors elle ne douta plus que cela fût fait, et elle se sentit envahie par la sensation d'avoir perdu un être très cher et de le désirer de tout son corps. Plus jamais, pensait-elle ; c'est fini. Et, tout en regardant sa propre main tenir au-dessus du verre la bouteille vide, elle évoquait le corps de Red, et demeurait là, assise, plongée dans une défaillance où se mêlaient comme des flots les affres de la tristesse et le paroxysme du désir érotique.

« Tu as tout bu, dit Popeye. Lève-toi, maintenant, et danse pour faire passer ça. » Ils se remirent à danser. Elle allait, roidie contre sa faiblesse, les yeux ouverts, mais sans voir ; son corps suivant le rythme de la musique, mais sans que, pendant quelques instants, elle perçût l'air que jouait l'orchestre. Puis elle s'aperçut que c'était le même que quand Red lui avait demandé de danser. S'il en était ainsi, alors, la chose ne pouvait pas avoir déjà eu lieu. Elle sentit sourdre en elle un soulagement éperdu. Il n'était donc pas trop tard : Red vivait encore. Elle tressaillit longuement, submergée de désir, sentant le sang se retirer de ses lèvres, ses yeux chavirer dans

286

l'orbite, parcourue de frissons qui la faisaient presque défaillir.

Ils étaient à la table de jeu. Elle pouvait s'entendre pousser des exclamations lorsque les dés tombaient. Elle jouait, gagnait ; les jetons s'empilaient devant elle, Popeye les ramassait, lui indiquant les coups, corrigeant son jeu de sa voix fluette et acerbe. Il se tenait à côté d'elle, plus petit qu'elle.

Ce fut au tour de Popeye de tenir le cornet. Temple était près de lui, pleine de ruse, sentant le désir bouillonner en elle comme une mer furieuse où tourbillonnait avec la musique le parfum de sa propre chair. Elle dompta son trouble. Millimètre par millimètre, elle se glissa de côté jusqu'à ce que quelqu'un se fût faufilé à sa place. Alors, à pas rapides et prudents, elle traversa la salle, se dirigea vers la porte, vers les danseurs, vers la musique qui tournait lentement autour d'elle en une myriade de vagues étincelantes. La table où s'étaient assis les deux hommes était vide, mais elle n'y fit pas même attention. Elle pénétra dans le corridor. Un garçon vint au-devant d'elle.

« Une chambre, dit-elle. Vite. »

La chambre contenait une table et quatre chaises. Le garçon alluma l'électricité et demeura sur le pas de la porte. Elle lui fit signe de la main ; il s'éloigna. Elle s'adossa contre la table, les bras tendus, raidis, guettant la porte, jusqu'à ce que Red entrât.

Il vint à elle. Elle ne bougea pas. Ses yeux se dilatèrent, s'assombrirent, chavirèrent dans l'orbite, blancs, aveugles, fixes et vides comme ceux d'une statue. Ah-ah-ah faisait-elle d'une voix mourante tandis que son corps lentement arqué se renversait en arrière comme sous l'empire d'une exquise torture. Lorsqu'il la toucha, elle se détendit comme un arc, se jeta sur lui, la bouche entrouverte — affreuse, comme celle d'un poisson expirant — collant spasmodiquement son ventre contre lui.

Avec effort, il écarta d'elle son visage. Alors, les cuisses écrasées contre lui, sa bouche exsangue avidement tendue vers lui, Temple se mit à parler. « Vite. Vite. N'importe où. Je l'ai plaqué. Je le lui ai dit. Ce n'est pas ma faute. Est-ce ma faute ? Tu n'as pas besoin de ton chapeau, ni moi non plus. Il est venu ici pour te tuer, mais je lui ai dit que je lui donnais à choisir. Ce n'était pas ma faute. Et maintenant ce ne sera rien que nous deux. Sans qu'il soit là à nous regarder. Viens. Qu'est-ce que tu attends ? » Avec une sorte de gémissement plaintif, elle lui tendit la bouche, attira sa tête vers elle. Il se dégagea. « Je lui ai dit que j'avais choisi. Je lui ai dit : si tu m'amènes ici. Je t'ai donné ta chance, que je lui ai dit. Et maintenant, il les a fait venir ici pour te descendre. Mais tu n'as pas peur. Dis ?

— Est-ce que tu savais ça quand tu m'as téléphoné, demanda-t-il.

— Quoi ? Il a dit qu'il ne fallait plus que je te revoie. Il a dit qu'il te tuerait. Il m'a fait suivre quand j'ai téléphoné. Je l'ai vu. Mais tu n'as pas peur. Ça n'est même pas un homme, mais tu en es un, toi. Tu es un homme. » Elle se frottait contre lui, s'efforçant d'atteindre ses lèvres, lui murmurant comme une leçon apprise des mots crapuleux, tandis qu'une salive blanche coulait sur ses lèvres décolorées. « As-tu peur ?

— De cette fausse couche ?... » Et, la soulevant sans effort, il la tourna de façon à faire face à la porte, et il dégagea sa main droite. Elle ne sembla pas s'apercevoir qu'il avait bougé.

« Dis. Dis. Dis. Dis. Ne me fais pas attendre. Je suis toute en feu.

— Ça va. Retourne. Attends que je te fasse signe. Veux-tu t'en retourner ?

— Je ne peux pas attendre. Vas-y, vas-y. Ça me brûle. » Elle s'accrochait à lui. Ensemble ils traversèrent la pièce en trébuchant, se dirigèrent vers la porte, lui la tenant écartée de son côté droit, elle, défaillante de volupté, sans se rendre compte qu'ils marchaient, tendue vers lui comme si elle eût tenté de coller à lui par toute la surface de son corps. Il se dégagea, la poussa dans le couloir.

« Va, fit-il. Je te rejoins dans une minute.

— Tu ne seras pas longtemps ? Je suis en feu. Je n'en peux plus.

— Non. Pas longtemps. Va-t'en, maintenant. »

L'orchestre jouait. Elle suivit le corridor en chancelant un peu. Elle se croyait appuyée contre le mur, lorsqu'elle s'aperçut qu'elle dansait de nouveau ; puis qu'elle dansait avec deux hommes en même temps ; puis elle se rendit compte qu'elle ne dansait pas, mais qu'elle se dirigeait vers la porte entre l'homme au chewing-gum et celui au veston boutonné. Elle tenta de s'arrêter, mais ils la tenaient sous les bras. Jetant un dernier regard rempli de désespoir sur la salle qui tournoyait, elle ouvrit la bouche pour crier.

« Crie, fit l'homme au veston boutonné. Essaye un peu voir. »

Red était à la table de jeu. Elle l'aperçut, la tête tournée, le cornet dans sa main levée. Avec le cornet, il lui fit un petit bonjour amical et bref. Il la regarda disparaître par la porte entre les deux hommes. Puis il jeta un rapide coup d'œil autour de lui dans la salle. Son visage était calme et hardi, mais il avait deux petites lignes blanches sous les narines et son front était un peu moite. Il agita le cornet et jeta résolument les dés.

« Onze, annonça le croupier.

— Je laisse ma mise, fit Red. Je jouerai un million de fois, ce soir. »

Ils firent monter Temple dans la voiture. L'homme au veston boutonné prit le volant. A l'endroit où l'allée rejoignait l'avenue qui menait à la grand-route, une longue auto de tourisme était rangée. En la dépassant, Temple reconnut, penché sur une allumette flambant dans la coupe de ses mains, le profil malingre et crochu de Popeye sous son chapeau incliné de côté. L'allumette fila comme une minuscule et mourante étoile, aspirée ainsi que le profil par les ténèbres qui se refermèrent dans le sillage de leur voiture.

XXV

On avait repoussé les tables à un bout de la salle de danse. Sur chacune d'elles, on avait mis un drap noir. Les rideaux étaient encore tirés ; une lumière épaisse, d'un rose saumon, filtrait au travers. Le cercueil était posé juste au-dessous de l'estrade des musiciens. C'était un cercueil de luxe, noir avec des garnitures d'argent ; les tréteaux disparaissaient sous un monceau de fleurs. Couronnes, croix, et autres formes du cérémonial mortuaire, cette houle de fleurs semblait lancer à l'assaut du catafalque, de l'estrade, du piano, comme une vague symbolique, sa lourde et accablante odeur.

Le propriétaire de l'établissement circulait parmi les tables, adressait quelques mots aux arrivants au moment où ils entraient ou lorsqu'ils cherchaient des sièges. Les garçons noirs, en chemise de deuil, sous leurs vestons empesés, allaient et venaient déjà avec des verres et des bouteilles de bière au gingembre. Leurs gestes étaient empreints d'une réserve bien-séante et ostentatoire ; la scène était déjà pleine d'animation, avec un je ne sais quoi de silencieux, de macabre et d'un peu fébrile.

La voûte qui donnait accès à la salle de jeu était

drapée de noir. Un drap noir était étendu sur la table de jeu où commençait à s'entasser le trop-plein des offrandes florales. Des gens entraient constamment, des hommes en complets sombres d'une sobriété cérémonieuse, d'autres en teintes claires et printanières, ajoutant quelque chose de paradoxal à cette ambiance mortuaire. Les femmes — les jeunes — arboraient également des chapeaux et des écharpes de couleurs éclatantes. Les vieilles, en jupes gris foncé, noires et bleu marine, étincelantes de diamants, avaient des airs respectables de ménagères endimanchées.

La salle commençait à s'emplir d'un bourdonnement de conversations étouffées. Les garçons circulaient, le plateau à bout de bras, en un équilibre hasardeux, ressemblant, avec leurs chemises noires et leurs vestes blanches, à des négatifs de photos. Le patron allait de table en table, avec son crâne chauve, sa cravate noire piquée d'un énorme diamant, suivi du videur, un type trapu, aux muscles noueux, à la tête ronde comme un boulet, qui semblait sur le point de crever le dos de son smoking comme un simple cocon.

Dans une salle à manger particulière, sur une table tendue de noir, était posé un immense saladier plein de punch où flottaient des morceaux de glace et des tranches de fruits. A la table s'appuyait un gros homme vêtu d'un complet verdâtre et informe, des manches duquel pendaient des manchettes sales retombant sur des mains aux ongles noirs. Le faux col crasseux s'effondrait en plis mous, retenu par un nœud noir graisseux orné d'une épingle de faux rubis. La face reluisante de sueur, il s'adressait d'une voix éraillée aux assistants groupés autour de la table :

« Allez-y, les amis. C'est la tournée à Gene. Ça ne vous coûtera pas un rotin. Avancez boire. Y a jamais eu sur terre un meilleur gars que lui. »

Ils burent, se retirèrent, remplacés par d'autres aux chopes tendues. De temps en temps, un garçon entrait avec de la glace et des fruits qu'il versait dans le saladier. D'une valise cachée sous la table, Gene sortait de nouvelles bouteilles qu'il versait dans le saladier, puis d'un air pontifiant, solennel et suant, il reprenait son râpeux monologue en s'essuyant la figure avec le bas de sa manche. « Approchez, les amis. Tout ça c'est à Gene. J' suis rien qu'un bootlegger, mais il n'a jamais eu de meilleur ami que moi. Avancez boire, les amis. Y en a en réserve. »

De la salle de danse parvint un air de musique. Des gens entrèrent et s'assirent. Sur l'estrade avait pris place l'orchestre d'un hôtel de la basse ville ; les musiciens étaient en smoking. Le patron et un second homme s'entretenaient avec le chef d'orchestre.

« Faites-leur jouer des airs de jazz, disait le second. Red n'avait pas son pareil pour aimer danser.

— Non, non, faisait le patron. Dès que Gene les aura tous bien imbibés de whisky à l'œil, y s' gêneront pas pour danser, et ça fera du propre.

— Que diriez-vous du *Danube bleu*? proposa le chef d'orchestre.

— Non, non ; pas de blues, que je vous dis, fit le patron. Y a un mort dans cette bière.

— Ça n'est pas un blues, expliqua le chef d'orchestre.

293

— Qu'est-ce que c'est, alors ? demanda le second homme.

— Une valse. De Strauss.

— Un métèque ? protesta le second homme. Ben merde alors. Red était américain. P't' être que vous ne l'êtes pas, mais il l'était, lui. Vous n' connaissez rien d'américain ? Jouez *I Cant Give You Anything but Love.* Ça lui faisait toujours plaisir.

— Et les faire tous danser ? » fit le patron. Et il jeta un coup d'œil derrière lui vers les tables où les femmes commençaient à parler un peu trop fort. « Vous feriez mieux de commencer par *Nearer, My God, To Thee,* histoire de les calmer un brin. J'ai dit à Gene que l' coup du punch c'était bien risqué, que ça venait trop tôt. Moi j'étais d'avis d'attendre jusqu'à ce qu'on soye repartis pour la ville. Mais j'aurais dû m' douter qu'il se trouverait quelqu'un pour faire tourner ça en carnaval. Vaut mieux commencer solennellement et s' tenir un peu jusqu'à ce que je fasse signe.

— Ça n'aurait point plu à Red que ce soye solennel. Vous l' savez bien, dit le second homme.

— Ben, qu'il aille ailleurs, alors, répondit le patron. J'ai fait ça que pour faire plaisir ; j' suis pas un entrepreneur de pompes funèbres. »

L'orchestre joua *Nearer, My God, To Thee.* L'auditoire s'apaisa. Une femme en robe rouge apparut à la porte en titubant. « Youpi ! cria-t-elle. Bon voyage, Red. Il sera en enfer avant que j'aie pu arriver à Little Rock.

— Chchchchut ! » firent des voix. La femme s'effondra sur une chaise. Gene alla près de la porte et s'y tint jusqu'à ce que la musique s'arrête.

« Venez, les amis, cria-t-il avec un geste majestueux, de ses gros bras. V'nez vous faire servir. C'est la tournée à Gene. J' veux pas qu'y ait ici un gosier ou un œil de sec dans dix minutes. » Ceux qui étaient à l'arrière-plan se dirigèrent vers la porte. Le patron bondit sur ses pieds, faisant signe de la main à l'orchestre. Le cornet à piston se leva et joua en solo *In That Heaven of Rest,* mais la foule qui était au fond de la salle continua de s'engouffrer par la porte près de laquelle Gene était planté à faire de grands gestes. Deux femmes d'âge moyen pleuraient silencieusement sous des chapeaux à fleurs.

Autour du saladier, dont le contenu diminuait à vue d'œil, c'était une ruée pleine de bruyantes exclamations. De la salle de danse parvenaient les éclats sonores du cornet. Deux jeunes gens crasseux, qui portaient des valises, se frayèrent un chemin vers la table en criant d'une voix monotone : « Dégagez, dégagez, s'iou plaît. » Ils ouvrirent les valises, en tirèrent des bouteilles qu'ils posèrent sur la table, tandis que Gene, qui pleurait maintenant toutes les larmes de son corps, les débouchait et les vidait dans le saladier. « Approchez, les amis. J' l'aurais pas plus aimé s'il avait été mon propre fils », sanglotait-il d'une voix éraillée en se passant la manche sur la figure.

Un garçon se faufila vers la table avec une jatte de glace et de fruits qu'il se préparait à verser dans le saladier de punch. « Qu'est-ce que tu viens foutre ? s'écria Gene. Flanquer cette lavasse là-dedans ? Veux-tu bien foutre le camp !

— Hur-r-r-r-rah ! » hurlèrent les buveurs entrechoquant leurs chopes avec un fracas qui couvrait tous les bruits, réduisant à la pantomime le geste de Gene arrachant la jatte de fruits des mains du garçon

295

et se remettant à inonder d'alcool pur le saladier en éclaboussant les chopes et les mains tendues. Les deux jeunes gens débouchaient frénétiquement les bouteilles.

Comme s'il eût été apporté par un éclat des cuivres de l'orchestre, le patron parut à la porte, la figure bouleversée, agitant les bras. « Allons, cria-t-il. Allons, par ici, les amis. Terminons le programme musical. Ça nous coûte de l'argent.

— Tu nous emmerdes ! cria-t-on.

— Ça coûte de l'argent à qui ?

— On s'en fout !

— Ça coûte de l'argent à qui ?

— Qui est-ce qui rouspète ? Je le payerai, moi. Nom de Dieu ! J' lui en payerai deux enterrements.

— Messieudames ! Messieudames ! vociférait le patron. Est-ce que vous oubliez qu'il y a une bière dans cette salle ?

— Ça coûte de l'argent à qui ?

— D' la bière ? fit Gene. D' la bière ? répéta-t-il d'une voix brisée. Y en aurait-y ici qui chercheraient à m'insulter en prétendant que...

— Y r'grette le fric qu'y dépense pour Red.

— Qui ça ?

— Joe, e' radin d'enfant d' putain.

— Y en aurait-y ici qui voudraient m'insulter...

— Allons faire l'enterrement ailleurs, alors. C'est pas l' seul endroit d' la ville.

— Enlevez Joe.

— Foutons c't' enfant d' garce dans un cercueil. Comme ça, ça f'ra deux enterrements.

— D' la bière ? D' la bière. Y a-t-il quelqu'un...

— Foutons c' con-là dans un cercueil. Qu'on voye la gueule qu'y f'ra.

— Mettez-le dans un cercueil », hurla la femme en rouge. Ils se ruèrent vers la porte où le patron agitait les mains au-dessus de sa tête et s'efforçait de dominer le vacarme en criant à tue-tête. Puis, il fit demi-tour et s'enfuit.

Dans la grande salle, un quatuor de chanteurs de music-hall était en train de se faire entendre. Ils chantaient avec un ensemble parfait des chansons maternelles. Ils entonnèrent *Sonny Boy*. Les vieilles femmes sanglotaient à l'unisson. Les garçons leur apportaient maintenant des chopes de punch, et elles restaient assises, fondues en larmes, les chopes dans leurs mains grasses rutilantes de bagues.

L'orchestre joua de nouveau. La femme en rouge entra dans la salle d'un pas mal assuré. « Eh dis, Joe ? cria-t-elle. Ouvre le jeu. Sors-nous ce sacré macchabée et ouvre le jeu. » Un homme essaya de la retenir, elle se retourna vers lui, déversant un flot de paroles ordurières, alla droit à la table de jeu couverte d'un drap noir et envoya promener par terre une des couronnes. Le patron bondit vers elle, suivi du videur. Il empoigna la femme au moment où elle s'emparait d'une autre couronne. L'homme qui avait essayé de la retenir voulut intervenir, mais la femme, tout en proférant des jurons d'une voix perçante, se mit à les frapper impartialement à coups de couronne. Le videur saisit le bras de l'homme, celui-ci, se retournant, se mit à cogner sur son agresseur qui l'envoya s'étaler au milieu de la salle. Trois hommes vinrent à la rescousse. Le quatrième se releva et ils se ruèrent tous ensemble sur le videur.

Il abattit le premier, pivota sur lui-même et s'élança dans la grande salle avec une incroyable célérité. L'orchestre était en train de jouer. Il fut instantanément étouffé dans un pandémonium subit de cris et de grincements de chaises. Le videur pivota de nouveau, fit face à la ruée des quatre hommes. Il y eut une mêlée ; un second homme projeté en dehors alla s'affaler sur le dos tout de son long sur le plancher. Le videur se dégagea d'un bond, fit un tour sur lui-même, se rua sur ses trois adversaires qui, dans un plongeon vertigineux, allèrent donner tête baissée dans le catafalque et s'aplatirent contre lui avec fracas. L'orchestre s'était tu, les musiciens grimpaient sur leurs chaises sans lâcher leurs instruments. Les couronnes et les gerbes voltigeaient de toutes parts. Un instant, le cercueil oscilla sur les tréteaux. « Retenez-le », cria une voix. Ils bondirent en avant, mais le cercueil glissa, s'écrasa lourdement sur le sol, s'ouvrit. Lentement, posément, le cadavre en sortit, culbuta, vint s'arrêter, la figure au beau milieu d'une couronne.

« Jouez quelque chose ! braila le patron en agitant les bras. Jouez ! Jouez ! »

Quand on releva le corps, la couronne vint avec, accrochée à lui par un bout de fil de fer invisible qui s'était piqué dans la joue. On lui avait laissé une casquette. En tombant, elle découvrit un petit trou bleu au milieu du front. Il avait été proprement bouché avec de la cire et repeint couleur chair, mais le choc avait fait sauter la cire. Il fut impossible de la retrouver. Toutefois, en détachant le bouton-pression de la visière, on parvint à lui rabattre la casquette sur les yeux.

Comme le convoi approchait de la ville basse, d'autres autos vinrent s'y joindre. Le corbillard était suivi de six torpédos Packard aux capotes rabattues, conduites par des chauffeurs en livrée, et remplies de fleurs. Elles se ressemblaient exactement, et étaient du modèle qu'on loue à l'heure dans les agences de première catégorie. Ensuite venait une file anonyme de taxis, de roadsters, de conduites intérieures, qui augmentait à mesure que le cortège avançait lentement à travers le quartier réservé, peuplé de têtes curieuses derrière les stores baissés, vers l'artère principale qui ramenait à la sortie de la ville dans la direction du cimetière.

Arrivé à l'avenue, le corbillard accrut sa vitesse ; rapidement, le cortège s'allongea. Bientôt les voitures particulières et les taxis commencèrent à l'abandonner. A chaque croisement, ils tournaient à droite ou à gauche, jusqu'à ce qu'enfin il ne demeurât plus que le corbillard et les six Packard sans autres occupants que les six chauffeurs en livrée. La rue était maintenant large et peu fréquentée, avec, au milieu de la chaussée, une ligne blanche qui allait s'amenuisant, là-bas, sur la surface lisse et vide de l'asphalte. Au bout d'un instant, le corbillard atteignit les quarante miles à l'heure, puis quarante-cinq, puis cinquante.

L'un des taxis s'arrêta à la porte de Miss Reba. Elle sortit de la voiture, suivie d'une femme mince en vêtements foncés et sévères, avec un pince-nez en or, d'une autre femme petite et rondelette, en chapeau à plumes, le visage caché derrière un mouchoir, et d'un petit garçon de cinq ou six ans à la tête ronde comme une bille. La femme au mouchoir continua de sangloter en hoquetant pendant que le groupe remontait l'allée et pénétrait sous la tonnelle. A l'intérieur de la maison, les chiens s'agitaient en glapissant sur un mode aigu. Lorsque Minnie ouvrit la porte, ils se précipitèrent dans les jambes de Miss Reba. Elle les repoussa d'un coup de pied. Ils revinrent à la charge, pleins d'ardeur, les dents en avant. Un nouveau coup de pied les envoya s'aplatir contre le mur avec un bruit mat.

« Entrez, entrez », dit-elle, une main sur la poitrine. Une fois dans la maison, la femme au mouchoir se mit à sangloter tout haut.

— Ce qu'il était mignon ! larmoyait-elle. Ce qu'il était mignon !

— Allons, allons, fit Miss Reba en les guidant vers sa chambre, entrez prendre un peu de bière. Cela vous fera du bien. Minnie ! » Le groupe pénétra dans la chambre à la commode décorée, au coffre-fort dissimulé, au paravent et au portrait drapé de crêpe. « Asseyez-vous, asseyez-vous », haleta Miss Reba en avançant des chaises. Elle s'assit pesamment elle-même et se courba vers ses pieds avec un effroyable effort.

« Uncle [1] Bud, mon chéri, fit la femme qui pleurait en se tamponnant les yeux, va délacer les chaussures de Miss Reba. »

Le gamin s'agenouilla et retira les chaussures. « Si tu voulais seulement atteindre ces pantoufles d'intérieur, là, sous le lit, mon chéri », dit Miss Reba. Le

1. *Uncle*, aux États-Unis, comme *père* en France, peut être une appellation familière qui n'implique pas la parenté. Pourtant, il est probable que Faulkner joue ici du fait que Buddy, quoique nettement plus jeune, est vraiment l'oncle de Miss Myrtle.

petit alla chercher les pantoufles. Minnie entra suivie des chiens. Ils se ruèrent sur Miss Reba et se mirent à jouer avec les chaussures qu'elle venait de quitter.

« Fous le camp ! » fit l'enfant en donnant une tape à l'un d'eux. La tête du chien pivota brusquement, ses dents claquèrent, ses yeux à demi cachés brillèrent méchamment. Le gamin recula. « Tu m'as mo'du, 'tit enfant de putain ! s'écria-t-il.

— Uncle Bud ! » fit la femme grasse, tournant vers l'enfant avec une surprise offusquée sa ronde figure engoncée dans des replis de graisse et sillonnée de larmes, tandis que les plumes de son chapeau s'agitaient au-dessus d'elle d'inquiétante façon. La tête d'Uncle Bud était ronde comme une boule, avec un nez tavelé de taches de rousseur semblables aux gouttes d'une grosse pluie d'été sur un trottoir. L'autre femme se tenait assise, très droite, avec une raideur affectée. Son pince-nez en or était retenu par une mince chaîne de même métal, ses cheveux étaient grisonnants et bien tirés. Elle avait l'air d'une institutrice. « Tout de même ! fit la femme grasse. J' sais pas comment qu'y peut apprendre des mots pareils dans une ferme de l'Arkansas.

— Y' z'apprennent des vilaines choses partout », conclut Miss Reba. Minnie était penchée sur un plateau qui portait trois chopes écumantes. Chacune des femmes en prit une, tandis qu'Uncle Bud les guignait d'un œil rond couleur de fleur de blé. La grosse femme se remit à pleurer.

« Il avait l'air si mignon ! meugla-t-elle.

— Nous sommes tous nés pour souffrir, fit Miss Reba. Bon. A la bonne vôtre », ajouta-t-elle en levant sa chope. Elles burent en s'adressant mutuel-

lement des saluts cérémonieux. La grosse femme
sécha ses yeux. Les deux invitées s'essuyèrent les
lèvres avec une distinction maniérée. La maigre
toussa poliment de côté, derrière sa main.

« Quelle bière excellente, dit-elle.

— S' pas ? renchérit la grosse. Je dis toujours que
c'est un grand plaisir de rendre visite à Miss Reba. »

Elles se mirent à faire assaut de politesses, en
phrases cérémonieuses coupées de petits sifflements
approbatifs. Le gamin désœuvré s'en était allé à la
fenêtre et regardait par-dessous le store soulevé.

« Combien de temps allez-vous le garder, Miss
Myrtle ? demanda Miss Reba.

— Jusqu'à samedi seulement, répondit la grosse
femme. Alors y r'tournera à la maison. Ça lui fait un
bon p'tit changement de passer une semaine ou deux
avec moi. Et ça m' fait plaisir de l'avoir.

— Les enfants sont une telle consolation, fit la
maigre.

— Certainement, dit Miss Myrtle. Est-ce que ces
deux gentils jeunes gens sont encore chez vous, Miss
Reba ?

— Oui, répondit Miss Reba. Je crois pourtant
qu'y va falloir que je m'en débarrasse. C'est pas que
j'aie spécialement le cœur tendre, mais, après tout,
c'est pas la peine d'aider la jeunesse à connaître les
vilaineries de c' monde avant qu'elle y soye obligée.
L'a déjà fallu qu' j'empêche les p'tites de s' balader
sans rien sur elles à travers la maison, et ça n' leur
plaît pas. »

Elles burent de nouveau, cérémonieusement,
tenant leurs chopes du bout des doigts, sauf Miss
Reba qui empoigna la sienne comme si c'eût été une
arme, son autre main perdue dans sa vaste poitrine.

Elle reposa la chope vide. « Y m' semble que je m' dessèche, fit-elle. En voulez-vous une autre, mesdames ? » Elles protestèrent en minaudant. « Minnie ! » cria Miss Reba.

Minnie entra et remplit de nouveau les chopes. « En vérité, je suis absolument confuse, fit Miss Myrtle. Mais Miss Reba a de si bonne bière. Et puis, nous avons toutes eu un après-midi bien mouvementé.

— J' suis même surprise que ça n'ait pas plus mal tourné, déclara Miss Reba, à distribuer à l'œil tout cet alcool, comme l'a fait Gene.

— Ça a dû coûter des sous, fit la femme, maigre.

— J'vous crois, approuva Miss Reba. Et à qui ça a profité ? J' vous demande un peu. A part le privilège de voir sa boîte envahie par un tas de gens qui n'ont pas dépensé un sou. » Elle avait posé sa chope sur la table à côté de sa chaise. Soudain, elle tourna brusquement la tête et la regarda. Uncle Bud était maintenant derrière elle, penché au-dessus de la table. « Tu n'as pas barboté dans ma bière, dis donc, petit ? fit-elle.

— Voyons, Uncle Bud, dit Miss Myrtle. Tu n'as pas honte ? J' vous dis qu' c'est au point que je n'ose plus l'emmener nulle part. J'ai jamais vu pareil gosse pour siffler la bière. Allons, viens jouer par ici.

— Voui, mam' », répondit Uncle Bud. Il se déplaça sans aucun but précis. Miss Reba vida la chope, la reposa sur la table et se leva.

« Puisqu'on a été comme qui dirait toutes retournées, fit-elle, puis-je vous faire accepter, mesdames, une petite goutte de gin ?

— Non, en vérité, répondit Miss Myrtle.

— Miss Reba est la plus accomplie des hôtesses,

déclara la maigre. Combien de fois ne me l'avez-vous pas entendu proclamer, Miss Myrtle ?

— Je n'osais pas le dire, ma chère », répondit Miss Myrtle.

Miss Reba disparut derrière le paravent.

« Avez-vous jamais vu un mois de juin aussi chaud, Miss Lorraine ? demanda Miss Myrtle.

— Jamais », fit la femme maigre. La figure de Miss Myrtle se contracta tout à coup. Reposant sa chope, elle chercha fébrilement son mouchoir.

« Ça me revient comme ça, dit-elle, et eux qui chantaient *Sonny Boy* et tout ça. Il était si mignon, larmoya-t-elle.

— Allons, allons, conseilla Miss Lorraine. Prenez un peu de bière, ça vous remettra. Voilà encore que ça reprend Miss Myrtle, dit-elle en élevant la voix.

— J'ai le cœur trop tendre », déclara Miss Myrtle. Elle reniflait derrière son mouchoir en tendant la main vers la chope. Elle tâtonna un instant, puis sentit qu'on lui touchait la main. Elle releva vivement les yeux. « Ah, toi, Uncle Bud, dit-elle. Est-ce que je ne t'avais pas dit de sortir de là, derrière, et d'aller jouer ? Croiriez-vous ça ? L'autre après-midi, quand nous sommes partis d'ici, j'étais si mortifiée que je ne savais que faire. J'avais honte qu'on me voie dans la rue avec un gamin saoul comme tu l'étais. »

Miss Reba surgit de derrière le paravent avec trois verres de gin. « V'là qui va nous remonter le cœur, fit-elle. On est assises là comme trois vieilles chattes malades. » Elles s'inclinèrent avec civilité et burent à petits coups, en se tapotant les lèvres. Puis elles se mirent à parler. Elles parlaient toutes à la fois, de nouveau en phrases à moitié inachevées, mais, cette fois, sans pauses approbatives.

« Ah, mes petites, déclara Miss Myrtle, les hommes ne peuvent pas nous prendre et nous laisser pour ce qu'on est. C'est eux qui nous font comme on est, et puis ils voudraient qu'on soye différentes. Y voudraient qu'on r'garde jamais un autre homme quand eux y vont et viennent à leur guise.

— Une femme qui veut faire des blagues avec plus d'un homme à la fois n'est qu'une imbécile, fit Miss Reba. Y n' sont tous cause que d'ennuis ; alors, pourquoi vouloir doubler ceux qu'on a ? Et la femme qui n' peut pas rester fidèle à un brave homme quand elle l'a trouvé, à un type qui dépense sans compter, qui n' lui donne jamais une heure de désagrément, ou n' lui dit jamais une vilaine parole... » En les regardant, ses yeux s'emplissaient d'une indescriptible expression de tristesse et de résignation.

« Allons, allons », fit Miss Myrtle penchée en avant et caressant la grosse main de Miss Reba. Miss Lorraine fit entendre un petit claquement de langue. « Vous allez encore vous mettre dans tous vos états.

— C'était un si brave homme, reprit Miss Reba. On était comme deux tourtereaux. On a été comme deux tourtereaux pendant onze ans.

— Allons, ma bonne, allons, dit Miss Myrtle.

— C'est quand ça me revient comme ça, fit Miss Reba, à voir ce garçon couché là-bas sous ces fleurs.

— Y a jamais eu plus brave homme que Mr. Binford, affirma Miss Myrtle. Allons, allons, buvez un coup de bière. »

Miss Reba passa sa manche sur ses yeux et but une gorgée.

« Il aurait pourtant bien dû savoir qu'il ne fallait pas essayer de batifoler avec l'amie de Popeye, fit Miss Lorraine.

— Les hommes n'apprennent jamais rien, ma chère, déclara Miss Myrtle. Où croyez-vous qu'ils sont allés, Miss Reba.

— Je n'en sais rien et je m'en moque, répondit Miss Reba. Et quand ils l'attraperont et le feront brûler pour avoir tué ce garçon, je m'en ficherai également. J' m'en fiche complètement.

— Il s'en va tous les étés jusqu'à Pensacola voir sa mère, fit Miss Myrtle. Quand on fait ça, on n' peut pas être tout à fait mauvais.

— J' sais pas comment y faut qu'on soye, avec vous, pour être mauvais, alors, déclara Miss Reba. J' m'échine à diriger une maison respectable après avoir géré un stand de tir pendant vingt ans, et voilà qu'il essaye de transformer cette maison en boîte à voyeurs !

— C'est nous autres pauvres femmes, dit Miss Myrtle, qui sommes cause de toutes les histoires et qui récoltons toutes les tuiles.

— J'ai entendu dire il y a deux ans qu'il était bon à rien de ce côté-là... fit Miss Lorraine.

— Il y a longtemps que je m'en doute, répondit Miss Reba. Un jeune homme qui dépense son argent pour les filles comme un panier percé et qui n' couche jamais avec aucune, c'est pas naturel. Toutes les p'tites se figuraient que c'était parce qu'il avait une petite femme quelque part, là-bas en ville, mais je disais, écoutez bien c' que j' vous dis, y a quelque chose en lui qu'est pas ordinaire. Y a quelque chose chez lui qui n' tourne pas rond.

— Il avait tout de même l'argent facile, dit Miss Lorraine.

— Toutes les toilettes et les bijoux qu' cette petite achetait, c'en était une honte, fit Miss Reba. Y avait une robe chinoise qu'elle a payé trois cents dollars, importée, qu'elle était, et du parfum à dix dollars l'once. Le lendemain matin quand j' suis montée dans sa chambre, les robes étaient toutes en bouchon dans le coin, et le parfum et le rouge étaient tout en morceaux par-dessus comme après un cyclone. V'là c' qu'elle faisait quand elle se mettait en rogne contre lui, quand il l'avait rossée. Après, il la bouclait et l'empêchait d' sortir de la maison. Le d'vant de chez moi était gardé comme si ç'avait été un... » Elle prit la chope sur la table et la porta à ses lèvres, mais elle s'arrêta, clignant les yeux. « Où est passée ma... ?

— Uncle Bud ! » s'écria Miss Myrtle. Et, saisissant le gamin par le bras, elle l'extirpa de derrière la chaise de Miss Reba et se mit à le secouer, sa tête ronde ballant sur ses épaules avec une expression de sereine stupidité. « Tu n'as pas honte ? Tu n'as pas honte ? Tu n' peux donc pas laisser la bière de ces dames ? J'ai bonne envie de t' confisquer ce dollar et de te faire payer un pot de bière à Miss Reba. Oui, j'en ai bonne envie. Maintenant, tu vas aller à cette fenêtre et y rester. Tu m'entends ?

— Bah, fit Miss Reba, il n'en restait pas beaucoup. Vous aussi, mesdames, vous n'en avez presque plus, n'est-ce pas, Minnie ? »

Miss Lorraine porta son mouchoir à sa bouche. Derrière ses lorgnons roulait un regard vague et voilé. Elle posa son autre main sur sa plate poitrine de vieille fille.

« Nous ne pensions plus à votre cœur, ma chère, dit Miss Myrtle. Est-ce que vous ne croyez pas que vous feriez mieux de prendre un peu de gin, cette fois-ci ?

— En vérité, je..., fit Miss Lorraine.

— Oh, je vous en prie » s'écria Miss Reba. Elle se leva lourdement et alla chercher trois autres verres de gin derrière le paravent. Minnie entra et remplit les chopes. Elles burent à petites gorgées en se tapotant les lèvres.

« C'est comme ça qu'ils faisaient, alors demanda Miss Lorraine.

— La première fois que je m'en suis doutée, c'est quand Minnie m'a dit qu'il se passait quelque chose de drôle, raconta Miss Reba, que c'était à peine s'il venait la voir, qu'il était absent une nuit sur deux, et que, quand il était là, y en avait pas la moindre trace le lendemain matin quand elle faisait la chambre. Elle les entendait se disputer et elle disait que c'était parce que la p'tite voulait sortir et que lui ne voulait pas la laisser. Avec toutes ces toilettes qu'il lui payait, vous vous rendez compte, il ne voulait pas qu'elle sorte d'ici, et ça la mettait hors d'elle. Alors, elle bouclait sa porte pour l'empêcher d'entrer.

— P't-être qu'il est allé se faire greffer une de ces glandes, de ces glandes de singe, et que ça n'a pas réussi, fit Miss Myrtle.

— Alors, un matin, il est venu avec Red et l'a amené là-haut. Ils sont restés à peu près une heure, puis ils sont repartis et Popeye ne s'est pas remonté avant le lendemain matin. Alors Red et lui sont revenus et sont restés là encore pendant une heure à peu près. Quand ils sont repartis, Minnie est venue me raconter ce qui se passait. Alors, le lendemain, je

les ai attendus. J' l'ai appelé ici et j' lui ai dit :
« Dites voir, petit saligaud... » Elle s'arrêta. Pendant un instant, les trois femmes demeurèrent
assises, immobiles, légèrement penchées en avant.
Puis elles tournèrent doucement la tête et regardèrent le petit garçon qui était appuyé contre la table.

« Uncle Bud, mon chéri, dit Miss Myrtle, est-ce
que tu ne voudrais pas aller jouer dans la cour avec
Miss Reba et Mr. Binford ?

— Voui, mam' », fit le gamin, et il se dirigea vers
la porte. Elles le suivirent des yeux jusqu'à ce qu'elle
se fût refermée sur lui. Puis Miss Lorraine rapprocha
sa chaise et elles se penchèrent en avant pour
écouter Miss Reba.

« Alors, c'est comme ça que ça se passait ? reprit
Miss Myrtle.

— J' lui dis : ça fait vingt ans qu' j' tiens une
maison, mais c'est la première fois qu'il s'y passe une
chose comme ça. Si vous avez envie d' faire coucher
un mâle avec vot' poule, allez faire ça ailleurs, que
j' lui dis. J' tiens pas à ce qu'on prenne mon
établissement pour une maison de spécialités [1].

— Quel saligaud ! s'écria Miss Lorraine.

— Il aurait dû au moins avoir assez de bon sens
pour choisir un vieux type bien laid, fit Miss Myrtle.
Nous tenter comme ça, nous autres pauvres filles !

— Les hommes comptent toujours que nous résis-
terons à la tentation, déclara Miss Lorraine, assise
très droite comme une maîtresse d'école. Le vilain
petit saligaud.

— Sauf à celles qu'ils nous offrent eux-mêmes,

1. Littéralement, la phrase signifie : « Je n' tiens pas à ce qu'on
prenne mon établissement pour un bordel à la française. »

corrigea Miss Reba. Alors, il les r'gardait faire...
Tous les matins pendant quatre jours ça a continué
comme ça, et puis ils ne sont pas revenus. Pendant
une semaine, Popeye n'a pas reparu du tout, et la
p'tite ne s' possédait plus, elle 'tait comme une jeune
pouliche. Moi je le croyais absent de la ville, en
affaires, peut-être, jusqu'à ce que Minnie m'apprenne que c'était pas ça et qu'il lui avait donné cinq
dollars pour qu'elle empêche cette petite de sortir de
la maison ou de se servir du téléphone. Et moi qui
essaye de lui faire dire de venir la retirer de cette
maison, parce que je ne veux pas qu'il s'y passe des
affaires comme ça. Parfaitement, Minnie m' disait
qu'ils étaient tous deux nus comme des vers et
qu' Popeye, penché par-dessus le pied du lit, sans
avoir même enlevé son chapeau, il faisait comme
une espèce de hennissement.

— C'est peut-être qu'il les encourageait, fit Miss
Lorraine. Le sale petit dégoûtant. »

Un bruit de pas parvint du vestibule ; on entendit
la voix de Minnie gonflée d'indignation. La porte
s'ouvrit. Elle entra, tenant par la main Uncle Bud,
raidi, flageolant sur ses jambes, se laissant traîner,
l'œil vitreux, les traits figés dans une expression de
complet abrutissement. « Miss Reba, s'écria Minnie,
c' gamin a pénétré dans la glacière, il a bu toute une
bouteille de bière. Sale gamin ! tiens-toi un peu ! »
dit-elle en le secouant. Il se dandinait mollement,
impassible et bavant. Tout à coup une détresse
profonde se peignit sur sa figure. Minnie n'eut que le
temps de l'écarter d'elle, et il se mit à vomir.

XXVI

Le soleil se leva sans qu'Horace se fût couché ni même déshabillé. Il venait de terminer une lettre pour sa femme, adressée au père de celle-ci, dans le Kentucky, et demandant le divorce. Il était assis à sa table, contemplant la feuille toute couverte d'une écriture soignée et illisible et, pour la première fois depuis qu'il s'était trouvé face à face avec Popeye par-dessus la source, quatre semaines plus tôt, il se sentait calme et vide. Une odeur de café, venue de quelque part, chatouilla ses narines. « Je vais terminer cette affaire, et puis je partirai pour l'Europe. J'en ai assez. Je suis trop vieux pour cela. Je suis né trop vieux pour cela. Je ne désire plus que la paix. »

Il se rasa, fit du café, en but une tasse et mangea un peu de pain. En passant devant l'hôtel, il aperçut, arrêté le long du trottoir, l'autobus qui assurait la correspondance avec le train du matin. Un groupe de commis voyageurs y montait. Parmi eux, il reconnut Clarence Snopes, une valise fauve à la main.

« J' vais passer deux ou trois jours à Jackson pour une petite affaire, dit-il. Pas d' veine de vous avoir manqué hier soir. J' suis rentré en voiture. Vous êtes

311

probablement resté toute la nuit, n'est-ce pas ? » Il toisait Horace, énorme, adipeux, sans qu'on pût se méprendre sur son intention. « J'aurais pu vous emmener dans un endroit que bien peu de gens connaissent. Où on peut faire absolument tout ce qu'on peut se permettre. Mais ce sera pour une autre fois, quand on aura fait plus ample connaissance. » Il baissa légèrement la voix en se tournant un peu à l'écart. « Vous en faites pas. J' suis pas bavard. Quand j' suis ici à Jefferson, j' suis un certain type ; c' que j' suis là-bas à la ville avec une bande de copains, ça ne regarde personne qu'eux et moi. C'est pas vrai ? »

Dans le courant de la matinée, Horace aperçut de loin sa sœur dans la rue. Elle marchait devant lui, il la vit tourner et disparaître dans une porte. Il essaya de la retrouver, inspecta tous les magasins dans lesquels elle aurait pu entrer, demanda aux employés. Elle n'était nulle part. Le seul endroit qu'il eût négligé était un escalier montant entre deux magasins vers un couloir du premier étage occupé par des bureaux. L'un d'eux était celui du district attorney, Eustace Graham.

Graham avait un pied bot, ce qui l'avait fait élire à la charge qu'il occupait actuellement. Il avait fait son chemin jusqu'à et par l'université de l'État. Les gens de la ville se le rappelaient jeune homme, alors qu'il conduisait des camions et des voitures de livraison pour des épiceries. Au cours de sa première année à l'université, il s'était acquis une réputation de débrouillard. Il servait à table aux réfectoires et était officiellement chargé de porter et de rapporter le courrier entre le bureau de poste local et la gare à l'arrivée de chaque train. Il s'en allait ainsi, clopinant le long de la route, le sac sur l'épaule, plaisant garçon à la physionomie ouverte, avec un mot aimable pour chacun, et dans les yeux un air de rapacité toujours en éveil. Durant la seconde année, il se démit de ses fonctions officielles de courrier et rendit son tablier de serveur au réfectoire ; de plus il acheta un nouveau complet. Les gens se réjouirent qu'il ait pu économiser par son travail de quoi subvenir à ses études. Il était alors à la Faculté de Droit et ses professeurs le dressèrent comme un cheval de course. Il passa honorablement ses examens, mais sans mention. « C'est parce qu'il a eu des débuts difficiles », disaient ses professeurs. « S'il avait pu débuter comme les autres... Il ira loin », ajoutaient-ils.

C'est seulement après son départ de l'université que l'on apprit que, depuis trois ans, il jouait au poker derrière les rideaux tirés dans le bureau d'un loueur de voitures. Lorsque, deux ans après son départ de la Faculté, il fut élu député à la Chambre de l'État, une anecdote sur sa vie d'étudiant commença à circuler.

C'était pendant une partie de poker, dans le bureau du loueur de voitures. La parole était à Graham. Il regarda par-dessus la table le propriétaire de l'écurie, le seul adversaire qui lui restait.

« Combien avez-vous ici, Mr. Harris ? demanda-t-il.

— Quarante-deux dollars, Eustace », répondit le voiturier. Eustace ajouta quelques jetons au pot. « Ça fait combien ? fit le loueur de voitures.

— Quarante-deux dollars, Mr. Harris.

— Hum », fit le voiturier. Il examina son jeu. « Combien de cartes avez-vous pris, Eustace ?

313

— Trois, Mr. Harris.

— Hum. Qui a donné les cartes, Eustace ?

— Moi, Mr. Harris.

— Je passe, Eustace. »

Bien qu'il ne fût district attorney que depuis peu de temps, il avait déjà fait savoir qu'il briguerait un siège au Congrès et qu'il soutiendrait sa candidature avec le nombre de condamnations obtenues ; aussi, lorsqu'il se trouva en face de Narcissa dans sa minable étude, son expression fut-elle analogue à celle qu'il avait eue en ajoutant les quarante-deux dollars au pot.

« J'aurais préféré que ce soit votre frère, dit-il. Ça m'ennuie de voir un frère d'armes, pour ainsi dire, embarqué dans une mauvaise cause. » Elle l'observait avec un regard vague, enveloppant. « Après tout, nous devons protéger la société, même quand il semble que la société n'a pas besoin de protection.

— Êtes-vous sûr qu'il ne peut pas gagner ? fit-elle.

— Ma foi, le premier principe de la loi est que Dieu seul sait ce que peut faire le jury. Bien entendu vous ne pouvez pas escompter...

— Alors, vous ne croyez pas qu'il va gagner ?

— Naturellement, je...

— Vous avez de bonnes raisons de penser qu'il ne peut pas. Vous avez sans doute des informations qu'il ne possède pas. »

Il lui jeta un rapide coup d'œil. Puis il prit une plume sur son bureau et se mit à en gratter la pointe avec un coupe-papier. « Ceci est absolument confidentiel. Je viole le secret professionnel. Je ne devrais pas vous le dire. Mais cela peut vous épargner des

314

ennuis de savoir qu'il n'a pas la moindre chance. Je me doute de ce que sera sa déception, mais on n'y peut rien. Nous avons la preuve formelle que l'homme est coupable. Donc, si, à votre connaissance, il existe quelque moyen de faire abandonner cette cause à votre frère, je vous conseille d'en user. Un avocat qui perd un procès est comme n'importe quel perdant, joueur de football, commerçant ou médecin, son rôle, c'est de…

— Ainsi, plus vite il perdra et mieux cela vaudra, n'est-ce pas ? demanda-t-elle. Si on pend l'homme ; que ce soit fini. » Les mains d'Eustace étaient redevenues parfaitement immobiles. Il ne leva pas les yeux. Elle poursuivit, de son ton froid et égal. « J'ai des raisons pour désirer qu'Horace ne soit plus mêlé à ce procès. Le plus tôt sera le mieux. Il y a trois jours, ce Snopes, le sénateur, nous a téléphoné le soir à la maison pour essayer de le trouver. Le lendemain, il est allé à Memphis. Je ne sais dans quel but ; ce sera à vous de le découvrir. Je désire simplement qu'Horace en finisse avec cette affaire le plus tôt possible. »

Elle se leva, se dirigea vers la porte. Il la devança en clopinant pour la lui ouvrir. De nouveau, elle abaissa sur lui un regard froid, calme, impénétrable, comme s'il se fût agi d'un chien ou d'une vache et qu'elle attendît qu'il s'écartât de son chemin. Puis elle s'en alla. Il referma la porte et se mit à esquisser gauchement une gigue en claquant des doigts, lorsque tout à coup la porte se rouvrit. Il porta vivement ses mains à sa cravate, regardant Narcissa sur le pas de la porte qu'il tenait entrouverte.

« Quel jour pensez-vous que ce soit terminé ? demanda-t-elle.

— Voyons, je, heu... La session s'ouvre le vingt, fit-il. Ce sera la première affaire. Mettons... deux jours. Ou trois, tout au plus, grâce à votre aimable assistance. Et je n'ai pas besoin de vous assurer que ceci restera entre nous et strictement confidentiel... » Il fit un pas vers elle, mais son regard vide et calculateur entoura Eustace comme un mur.

« Ce sera donc le vingt-quatre. » Puis elle le regarda de nouveau. « Merci », fit-elle. Et elle ferma la porte.

Ce soir-là, elle écrivit à Belle qu'Horace rentrerait à la maison le vingt-quatre. Elle téléphona à Horace pour demander l'adresse de Belle.

« Pour quoi faire ? questionna Horace.

— Je désire lui écrire », répondit-elle d'une voix calme et naturelle. Bon Dieu, pensa Horace, tenant encore l'écouteur une fois la communication terminée, comment veut-on que je lutte contre des gens qui ne veulent pas même user de subterfuge. Mais bientôt il eut oublié cela, oublié qu'elle l'avait appelé au téléphone. Il ne la revit pas avant l'ouverture du procès.

Deux jours avant les assises, Snopes sortait du cabinet d'un dentiste et crachait au bord du trottoir. Il tira de sa poche un cigare gainé d'or, retira la feuille qui l'enveloppait, et plaça délicatement le cigare entre ses dents. Il avait un œil au beurre noir et le nez tapissé de taffetas gommé déjà sale. « Je me suis fait renverser à Jackson par une voiture », raconta-t-il chez le coiffeur. « Mais n' croyez pas que j'aie pas fait cracher ce salaud-là » ; ajouta-t-il en montrant une liasse de billets jaunes. Il les mit dans son portefeuille et le tout dans sa poche. « J' suis américain, déclara-t-il. J'en fais pas un plat parce que j' suis né comme ça. J'ai également toute ma vie été un baptiste honorable. Oh, j' suis pas un pilier d'église ni une vieille fille ; j'ai pas mal traîné avec les copains, mais j' prétends que j' suis pas pire que des foules de types qui font semblant de chanter à tue-tête à l'église. Mais la chose la plus basse, la plus vile qu'il y ait sur la terre, c'est pas un nègre, c'est un Juif. Il nous faut des lois contre eux. Des lois draconiennes. Quand un de ces sales petits Juifs peut venir s'installer dans un pays libre comme celui-ci, et tout simplement parce qu'il a un diplôme de droit, il est temps de mettre un terme à des choses comme ça. Un Juif est ce qu'il y a de plus vil dans la création, et ce qu'il y a de plus vil parmi les juifs, c'est un avocat juif. Et la plus basse espèce d'avocat juif est un avocat juif de Memphis. Quand un avocat juif peut emmerder un Américain, un Blanc et ne pas lui donner seulement dix dollars pour quelque chose que deux Américains, des gentlemen du Sud — un juge habitant la capitale du Mississippi et un avocat qui sera un jour un type aussi important que son papa, et qui sera juge aussi — pour quelque chose qu'ils lui payent dix fois plus que le sacré juif, il nous faut une loi. J'ai dépensé sans compter toute ma vie, et ce que j'ai eu a toujours été aussi à mes amis. Mais quand je vois qu'un sacré fumier de Juif se refuse à payer à un Américain le dixième de ce qu'un autre Américain, et un juge par-dessus le marché...

— Pourquoi le lui avez-vous vendu, alors ? demanda le coiffeur.

— Quoi ? » fit Snopes. Le coiffeur le regardait.

317

« Qu'est-ce que vous étiez en train d'essayer de vendre à cette voiture quand elle vous a écrasé ? dit le coiffeur.

— Vous voulez un cigare ? » fit Snopes.

XXVII

Le procès avait été fixé au vingt juin. Une semaine après son voyage à Memphis, Horace téléphona à Miss Reba. « Seulement pour savoir si elle est toujours là, dit-il, afin de pouvoir la trouver si j'en avais besoin.

— Elle est ici, répondit Miss Reba. Mais d' la faire chercher, ça n' me plaît point. Je ne veux pas de flics par ici, excepté si c'est moi qui les d'mande.

— Ce sera seulement un huissier, expliqua Horace. Quelqu'un pour lui remettre un papier en mains propres.

— Eh bien, que le facteur s'en charge, dit Miss Reba. Il ne manque jamais de passer. En uniforme aussi. Y n'est pas plus moche qu'un flic sur son trente et un. Qu'il s'en charge.

— Je ne vous ennuierai pas, assura Horace. Je ne vous causerai aucun dérangement.

— J'y compte bien », fit Miss Reba. La voix était menue et rauque dans le téléphone. « Je n' vous l' permettrai pas. Minnie a piqué une crise de larmes, ce soir, à cause de ce saligaud qui l'a plaquée, et moi et Miss Myrtle, qu'on était assises là, et on s'est mises à chialer aussi. Moi, Minnie et Miss

Myrtle. Du coup, on a bu une bouteille de gin tout entière. J' peux pas me permettre ça. Aussi n' nous envoyez pas vos culs-terreux de flics déguisés avec des lettres pour personne. Vous n'aurez qu'à m' téléphoner et j' les ficherai tous les deux dehors dans la rue où vous pourrez les faire cueillir. »

Le soir du dix-neuf, il lui téléphona de nouveau. Il eut quelque peine à obtenir la communication.

« Y sont partis, dit-elle ; tous les deux. Vous n' lisez donc pas les journaux ?

— Quels journaux ? demanda Horace. Allô. Allô !

— Y sont plus ici, que j' vous dis, fit Miss Reba. Je n' sais rien sur eux et je n' veux rien savoir sauf qui m' réglera la s'maine de loyer qu'ils...

— Mais vous ne pouvez pas découvrir où elle est allée ? Il se pourrait que j'aie besoin d'elle.

— Je n' sais rien et je n' veux rien savoir », répondit miss Reba. Il perçut le déclic du récepteur. Pourtant, la communication ne fut pas coupée tout de suite. Il entendit l'écouteur cogner contre la table où était posé l'appareil, puis Miss Reba appeler à grands cris : « Minnie ! Minnie ! » Puis une main releva l'écouteur et le raccrocha ; le téléphone lui cliqueta dans l'oreille. Au bout d'un instant, une voix Delsartienne [1], détachée, prononça : « Pine Bluff... merci. »

Le procès commença le lendemain. Sur la table étaient étalées les maigres pièces à conviction qu'of-

1. Il s'agit probablement de François Delsarte (mort en 1871), professeur français d'expression dramatique et musicale, qui inventa une méthode utilisant les mouvements du corps (et sans doute aussi les inflexions de la voix) pour exprimer les émotions.

frait le district attorney : la balle extraite du crâne de Tommy, une cruche en terre contenant du whisky de maïs.

« Je vais appeler Mrs Goodwin à la barre », dit Horace. Il ne détourna pas la tête. Il pouvait sentir dans son dos les yeux de Goodwin, tandis qu'il faisait asseoir la femme sur la chaise. On lui fit prêter serment, l'enfant sur les genoux. Elle répéta le récit tel qu'elle l'avait fait à Horace le jour où l'enfant était tombé malade. Deux fois Goodwin tenta de l'interrompre, mais la Cour lui imposa silence. Horace ne voulut pas le regarder.

La femme acheva son récit. Elle était assise droite sur la chaise, avec son costume gris, usé et propre, son chapeau à la voilette reprisée et la broderie mauve sur l'épaule. L'enfant était couché sur ses genoux, les yeux clos, dans une immobilité léthargique. Un moment, la main de la femme s'attarda autour du visage de l'enfant en un geste maternel inutile et comme inconscient.

Horace prit place au banc de la défense, et s'assit. Alors seulement il regarda Goodwin. Celui-ci se tenait tranquille, maintenant, les bras croisés, la tête légèrement penchée, mais Horace pouvait voir que ses narines étaient devenues blêmes de rage et paraissaient de cire dans sa sombre figure. Il se pencha vers lui et lui dit quelques mots à voix basse. Goodwin ne bougea pas.

Le district attorney était maintenant tourné vers la femme.

« Mrs. Goodwin, demanda-t-il, à quelle date vous êtes-vous mariée avec Mr. Goodwin ?

— Je proteste ! s'écria Horace en se levant.

321

— Le ministère public peut-il justifier de l'utilité de la question ? demanda la Cour.

— Je la retire, votre Honneur », déclara le district attorney en jetant un coup d'œil du côté du jury.

Lorsque l'audience de ce jour fut terminée, Goodwin dit avec amertume : « Eh bien, vous avez dit un jour que vous me tueriez, mais je ne croyais pas que c'était sérieux. Je ne me doutais pas que...

— Ne faites donc pas l'imbécile, dit Horace. Ne voyez-vous pas que votre cause est gagnée ? Qu'ils en sont réduits à attaquer le caractère de votre témoin ? » Mais, en sortant de la prison, il trouva la femme. Elle le regardait avec une sorte de réserve gênée et l'air de s'attendre à quelque chose. « Ne soyez pas inquiète le moins du monde, vous dis-je. Vous en savez peut-être plus long que moi sur la fabrication du whisky et sur l'art de faire l'amour, mais moi j'en sais plus long que vous en matière de procédure criminelle ; n'oubliez pas ça !

— Vous ne croyez pas que j'ai fait une bêtise ?

— Je suis certain que non. Vous voyez bien que cela réduit à néant leur accusation. Ce qu'ils peuvent espérer de mieux pour le moment est un jury indécis. Mais il n'y a pas une chance sur cinquante qu'il en soit ainsi. Je vous le répète, il sortira demain de cette prison complètement libre.

— Alors, je crois qu'il est temps que je pense à vous payer.

— Oui, fit Horace, c'est ça. J'irai vous voir ce soir.

— Ce soir ?

— Oui. Il peut vous rappeler à la barre demain. En tout cas, mieux vaut nous y préparer. »

A huit heures, il entra dans la cour de la folle. Une seule lampe brûlait dans les profondeurs délabrées de la maison, comme une luciole prise dans un buisson de ronces, mais il eut beau appeler, la femme ne parut pas. Il alla à la porte et frappa. Une voix perçante cria quelque chose ; il attendit un moment. Il allait frapper encore, lorsqu'il entendit de nouveau la voix, perçante, insensée, fluette, comme si elle venait de très loin, comme un pipeau enterré sous une avalanche. Il fit le tour de la maison parmi les herbes folles qui lui arrivaient jusqu'à la ceinture. La porte de la cuisine était ouverte. La lampe était là, trouble, avec un verre enfumé, emplissant la pièce — un fouillis de formes vagues empuanti d'un relent de vieille chair de femme — non de lumière, mais d'ombre. Deux yeux blancs roulaient dans une face étroite et haute, au crâne rond, toute en reflets de bronze, au-dessus d'un gilet de corps déchiré fourré sous les bretelles d'une salopette. Derrière le Noir, la folle apparut devant une armoire ouverte, rejetant en arrière avec son avant-bras sa maigre chevelure.

« Votre putain a foutu le camp à la prison, dit-elle. Allez donc la rejoindre.

— A la prison ? fit Horace.

— A ce qu'elle a dit. Là où sont les braves gens. Quand on a un mari, y a qu'à le garder en prison, pour qu'il vous foute la paix. » Elle se tourna vers le Noir, une petite fiole à la main. « Tiens, mon chéri. Tu peux bien m' donner un dollar pour ça. T'es plein d'argent. »

Horace rentra en ville et se rendit à la prison. On le fit entrer. Il monta l'escalier ; le geôlier poussa le verrou derrière lui.

323

La femme le reçut dans la cellule. L'enfant était étendu sur la couchette. A côté de lui était assis Goodwin, les bras croisés, les jambes allongées, dans l'attitude d'un homme parvenu au dernier degré de l'épuisement.

« Pourquoi êtes-vous assis là devant cette fenêtre ? dit Horace. Fourrez-vous donc dans le coin et nous mettrons le matelas sur vous !

— Vous v'nez pour le voir faire, hein ? fit Goodwin. Ma foi, vous avez bien raison. C'est vot' boulot. Vous m'avez promis que j' serai pas pendu, n'est-ce pas ?

— Vous avez encore une heure, dit Horace. Le train de Memphis n'arrive pas ici avant huit heures trente. Il n' sera tout de même pas assez fou pour venir ici dans cette voiture jaune serin. » Il se tourna du côté de la femme. « Mais vous. J'avais meilleure opinion de vous. Je sais que lui et moi nous sommes des imbéciles, mais je m'attendais à mieux de votre part.

— Vous êtes bien bon pour elle, fit Goodwin. Elle aurait pu rester avec moi jusqu'à ce qu'elle soit devenue trop vieille pour raccrocher un brave type. Si vous vouliez seulement m' promettre de trouver au môme un p'tit boulot dans les journaux quand il sera en âge de gagner sa croûte, j'aurais l'esprit plus tranquille. »

La femme était revenue à la couchette. Elle prit l'enfant sur ses genoux. Horace alla vers elle. « Venez, maintenant, dit-il. Il ne va rien se passer, Goodwin sera bien tranquille ici. Il le sait. Il faut rentrer et dormir un peu, parce que vous partirez d'ici tous les deux demain. Allons, venez.

— J' crois que j' ferais mieux d' rester, fit-elle.

— Bon Dieu, vous ne savez donc pas que redouter une tuile c'est le meilleur moyen de l'attirer ? Est-ce que votre propre expérience ne vous l'a pas appris ? Lee le sait bien, lui. Lee, faites-lui entendre raison.

— Va donc, Ruby, dit Goodwin. Rentre chez toi te coucher.

— J' crois que j' ferais mieux d' rester », répéta-t-elle.

Horace se tenait debout près d'eux. La femme, le visage penché, tout le corps immobile, regardait rêveusement l'enfant. Goodwin était appuyé le dos contre le mur, ses poignets bronzés enfouis dans les manches passées de sa chemise. « Voyons, vous êtes un homme, dit Horace. Hein ? Je voudrais que ce jury pût vous voir en ce moment, enfermé dans une cellule de béton, en train de faire peur aux femmes et aux enfants avec des histoires de revenants pour gosses. Il verrait bien que vous n'avez jamais eu assez de cran pour tuer qui que ce soit.

— Vaudrait mieux aller vous coucher vous-même, fit Goodwin. On pourrait p't'être dormir ici, s'il n'y avait pas tant de bruit.

— Non ; c'est trop simple pour nous », dit Horace. Il sortit de la cellule. Le geôlier lui ouvrit la porte, et il quitta la prison. Dix minutes plus tard, il revint avec un paquet. Goodwin n'avait pas bougé. La femme le regarda défaire le paquet, il contenait une bouteille de lait, une boîte de bonbons et des cigares. il donna un cigare à Goodwin, en prit un pour lui. « Vous avez apporté son biberon, n'est-ce pas ? »

La femme retira le biberon d'un paquet fourré sous la couchette. « Il en reste un peu dedans », dit-

325

elle. Elle l'emplit à la bouteille. Horace alluma son cigare et celui de Goodwin. Quand il leva les yeux, le biberon avait disparu.

« Ce n'est pas encore l'heure de la tétée ? demanda-t-il.

— Je le réchauffe, dit la femme.

— Ah », fit Horace. Il prit la chaise et s'installa au pied de la couchette, le dossier incliné contre le mur.

« Il y a de la place sur le lit, dit la femme, c'est plus doux. Un peu.

— Pas assez pour changer, en tout cas, répondit Horace.

— Voyons, conseilla Goodwin, rentrez donc chez vous. Cela ne vous sert à rien de rester.

— Nous avons un petit travail à faire, expliqua Horace. Cet avocat va la citer à nouveau dans la matinée. La seule chance qui lui reste est d'invalider, si possible, son témoignage. Vous devriez essayer de dormir un peu pendant que nous allons voir cela.

— Bon », dit Goodwin.

Tout en marchant de long en large dans l'étroite cellule, Horace indiqua à la femme ce qu'elle aurait à répondre. Goodwin termina son cigare et demeura de nouveau immobile, les bras croisés, la tête inclinée. L'horloge, sur la place, sonna neuf heures, puis dix. L'enfant geignit, s'agita. La femme interrompit la répétition, le changea, retira le biberon qu'elle avait réchauffé sous elle et donna à boire à l'enfant. Puis elle se pencha en avant tout doucement et observa la figure de Goodwin. « Il dort, fit-elle tout bas.

— Faut-il l'étendre ? demanda Horace.

326

— Non, laissez-le comme ça. » En se déplaçant avec précaution, elle allongea l'enfant sur la couchette, puis alla s'asseoir à l'autre bout. Horace apporta la chaise auprès d'elle. Ils continuèrent de parler à voix basse.

L'horloge sonna onze heures. Horace poursuivait sa leçon, reprenant sans cesse la scène imaginaire. Enfin, il dit : « Je crois bien que c'est tout. Pouvez-vous vous rappeler, maintenant ? S'il vous pose une question à laquelle vous ne puissiez pas répondre dans les termes mêmes que je viens de vous apprendre, abstenez-vous de parler. J' m'occuperai du reste. Vous vous rappellerez bien, n'est-ce pas ?

— Oui », murmura-t-elle. Il allongea le bras, atteignit la boîte de bonbons sur le lit et l'ouvrit, avec un léger craquement de papier glacé. Elle en prit un. Goodwin n'avait pas bougé. Elle le regarda, puis son regard se porta sur l'étroite fente qui servait de fenêtre.

« N'ayez donc pas peur, dit Horace. Une épingle à chapeau ne pourrait même pas passer par cette fenêtre, à plus forte raison une balle. Vous ne comprenez pas ça ?

— Si », répondit-elle. Elle tenait le bonbon dans sa main, sans regarder Horace. « Je sais à quoi vous pensez, fit-elle tout bas.

— Quoi donc ?

— Quand vous êtes allé à la maison et que vous ne m'y avez pas trouvée, je sais pourquoi c'était. » Horace la regarda ; elle avait la tête tournée de l'autre côté. « Vous avez dit que ce soir c'était le moment de commencer à vous payer. »

Il l'observa encore pendant un bon moment. « Ah ! fit-il. O tempora ! O mores ! Malédiction ! Ne pourrez-vous donc jamais, stupides femelles, croire qu'un homme, que tout homme… Alors, vous pensiez que c'était pour ça que j'étais venu ? Et vous vous figurez que si j'en avais eu l'idée j'aurais attendu si longtemps ? »

Elle le regarda furtivement. « Ça n' vous aurait servi à rien de n' pas attendre.

— Quoi ? Ah, bien. Mais vous auriez… ce soir ?

— Je croyais que c'était ce que…

— Vous consentiriez maintenant, alors ? »

Elle tourna la tête et regarda Goodwin. Il ronflait légèrement. « Oh ! je ne veux pas dire à cette minute précise, ajouta-t-il ; mais que vous me payeriez sur demande.

— J' croyais qu' c'était c' que vous vouliez. J' vous avais prévenu que nous n'avions pas… Si vous trouvez que ça n'est pas assez payé, je pourrais pas vous en vouloir.

— Il ne s'agit pas de ça. Vous le savez parfaitement. Mais vous ne pouvez donc pas comprendre que l'on peut faire quelque chose rien que parce qu'on sait que c'est bien, parce qu'il est nécessaire à l'harmonie universelle que cette chose soit faite ? »

La femme tourna lentement le bonbon dans sa main. « Je me figurais que vous étiez furieux contre lui.

— Contre Lee ?

— Non, contre lui. » Elle désigna l'enfant. « Parce qu'il avait fallu que je l'amène avec nous.

— Vous auriez voulu… avec lui au pied du lit, sans doute ? Et vous le tenant par la jambe pendant ce temps-là pour qu'il ne tombe pas, peut-être ? »

Elle posa sur lui un regard grave, vide, contemplatif. Dehors, l'horloge sonna minuit.

« Bon Dieu, murmura-t-il. Quelle espèce d'hommes avez-vous donc connue?

— J' l'ai fait sortir de prison comme ça une fois. De Leavenworth. Alors qu'on le savait coupable.

— Vous avez fait cela? dit Horace. Tenez. Prenez un autre bonbon. Celui-là ne vaut plus rien. » Elle abaissa les yeux sur ses doigts maculés de chocolat et sur le bonbon informe. Elle le jeta derrière le lit. Horace lui tendit son mouchoir.

« Je vais le salir, dit-elle. Attendez. » Elle s'essuya les doigts à la couche qu'elle avait enlevée à l'enfant, et se rassit, les mains jointes sur les genoux. Goodwin ronflait paisiblement. « Quand il est allé aux Philippines, il m'a laissée à San Francisco. J'ai trouvé une place et j'habitais un débarras où je faisais ma cuisine sur un réchaud à gaz, parce que je le lui avais promis. Je ne savais pas combien de temps il serait parti, mais je lui avais promis de le faire et il savait que je tiendrais ma promesse. Quand il a tué cet autre soldat, à propos de cette négresse, je ne l'ai même pas su. Je suis restée cinq mois sans avoir de lettre de lui. Ce n'est que lorsque j'ai jeté par hasard les yeux sur un vieux journal que je mettais sur une planche d'armoire dans la place où je travaillais, que j'ai appris que le régiment rentrait. Et, quand j'ai consulté le calendrier, je me suis aperçue que c'était le jour même. J'étais restée sérieuse tout le temps. C'était pourtant pas les bonnes occasions qui m'avaient manqué. Tous les jours j'en avais avec les hommes qui venaient au restaurant.

« On n'a pas voulu me laisser sortir pour aller attendre le bateau, et il a fallu que je quitte ma place. Alors, on n'a pas voulu me le laisser voir, on

329

n'a même pas voulu me laisser monter sur le bateau. Alors, je suis restée là, pendant qu'ils s'en allaient en défilant, à demander à ceux qui passaient s'ils savaient où il se trouvait. Et ils me répondaient des blagues, en me demandant si j'avais un rendez-vous pour ce soir-là. Y en avait qui me disaient qu'ils n'avaient jamais entendu parler de lui, ou qu'il était mort, ou qu'il avait filé au Japon avec la femme du colonel. J'ai essayé encore une fois de monter sur le bateau, mais on ne m'a pas laissée. Alors, ce soir-là, je me suis mise sur mon trente-et-un et je suis allée faire le tour des dancings jusqu'à ce que j'aie retrouvé l'un des soldats. Je me suis laissée inviter et il m'a tout raconté. C'était comme si j'étais morte. Je restais assise là, avec la musique qui jouait, et tout le reste, et ce soldat saoul qui me pelotait, et moi qui me demandais pourquoi je ne me laisserais pas aller, si je ne devrais pas partir avec lui, me saouler et ne jamais dessaouler. Et je pensais : voilà l'espèce d'animal pour qui j'ai gâché toute une année. Je crois que c'est pour ça que je ne l'ai pas fait.

« En tout cas, je ne l'ai pas fait. Je suis rentrée dans ma chambre, et, le lendemain, je me suis mise à sa recherche. J'ai tenu bon, tandis qu'eux ils me racontaient des mensonges et essayaient de m'avoir, jusqu'à ce que j'aie découvert qu'il était à Leavenworth. J'avais pas assez d'argent pour le billet, aussi il a fallu que je cherche une autre place. Ça m'a demandé deux mois pour que j'aie assez d'argent. Alors, je suis partie pour Leavenworth. J'ai trouvé une autre place comme serveuse dans un restaurant en équipe de nuit ; de cette façon, je pouvais voir Lee un après-midi de dimanche sur deux. On a décidé de prendre un avocat. On ne savait pas qu'un avocat ne pouvait rien faire pour un prisonnier fédéral. L'avocat ne me l'avait pas dit, et je n'avais pas raconté à Lee comment je payais l'avocat. Il se figurait que j'avais économisé un peu d'argent. J'ai vécu deux mois avec l'avocat avant de découvrir la vérité.

« Et puis, la guerre est arrivée ; on a laissé sortir Lee et on l'a envoyé en France. Alors je suis allée à New York, où j'ai trouvé du travail dans une usine de munitions. Je suis restée sage. Les villes étaient remplies de soldats avec de l'argent à dépenser, où la moindre petite roulure pétait dans la soie. Pourtant, je suis restée sage. Et puis, il est revenu. J'étais à l'attendre au bateau. Il en est sorti sous escorte et on l'a renvoyé à Leavenworth pour avoir tué un soldat trois ans auparavant. Alors, j'ai pris un avocat pour dénicher un membre du Congrès qui puisse le tirer de là. Je lui ai donné tout l'argent que j'avais économisé. Aussi, quand Lee est sorti de prison, nous n'avions pas un sou. Il a dit qu'on allait se marier, mais nous n'avions pas le moyen de le faire. Et quand je lui ai raconté ce qui s'était passé avec l'avocat, il m'a flanqué une tournée. »

De nouveau, elle jeta derrière la couchette un bonbon sucé et informe et s'essuya les doigts à la couche de l'enfant. Elle en choisit un autre dans la boîte et le mangea. Tout en le mâchant, elle se tourna vers Horace, fixa sur lui un long regard rêveur et vide. Par l'étroite fenêtre, les ténèbres entraient, froides et mortes.

Goodwin cessa de ronfler. Il se secoua, se mit sur son séant.

« Quelle heure est-il ? demanda-t-il.

— Comment ? » fit Horace. Il regarda sa montre.

Deux heures et demie.

— Il a dû avoir une crevaison », fit Goodwin.

Vers l'aube, Horace s'endormit également, assis sur la chaise. Quand il s'éveilla, un mince rayon de jour rosé tombait droit par la fenêtre. Goodwin et la femme, assis sur la couchette, parlaient à voix basse. Goodwin le regarda d'un air morne.

« Bonjour, dit-il.

— J'espère que votre cauchemar s'est dissipé en dormant, fit Horace.

— Si c'en était un, c'est le dernier que j'aurai. On dit qu'on n'a pas de rêves, là-bas.

— Vous en avez certainement eu assez comme ça pour n'en pas désirer d'autres, dit Horace. Je pense que vous nous croirez, maintenant.

— Croire, j' t'en fous ! » s'écria Goodwin, toujours assis, très calme, très maître de soi, le visage saturnin, indifférent dans sa salopette et sa chemise de coton bleu. « Est-ce que vous vous imaginez une minute, après ce qui s'est passé hier, que c' type-là va m' laisser sortir par cette porte, prendre la rue et entrer dans la salle d'audience ? Mais où donc avez-vous passé votre existence ? Dans une pouponnière ? Je ne le ferais pas moi-même.

— S'il fait cela, il passe déjà la tête dans le nœud, déclara Horace.

— Cela me ferait une belle jambe ! Que je vous dise...

— Lee, dit la femme.

— ... quelque chose : la prochaine fois que vous voudrez jouer aux dés avec la tête d'un bon-homme...

— Lee », fit-elle en lui caressant les cheveux. Puis

332

elle les lui lissa, lui fit une raie, défripa légèrement sa chemise sans col. Horace les regardait.

« Préférez-vous rester ici aujourd'hui ? fit-il doucement, je puis arranger cela.

— Non, dit Goodwin, j'en ai plein le dos. Je veux en finir. Dites seulement à ce sacré flic de ne pas marcher trop près de moi. Vous feriez bien, vous et elle, d'aller déjeuner.

— Je n'ai pas faim, fit la femme.

— Fais donc ce que je te dis, ordonna Goodwin.

— Lee.

— Venez, dit Horace. Vous pourrez revenir plus tard. »

Dehors, dans le frais matin, il respira profondément. « Emplissez vos poumons, conseilla-t-il. Une nuit passée dans cet endroit donnerait le cafard à n'importe qui. L'idée que trois grandes personnes... Mon Dieu, je me figure parfois que nous sommes tous des enfants, excepté les enfants eux-mêmes. Mais aujourd'hui ce sera le dernier jour. A midi, il sortira libre de là-bas. Vous en rendez-vous compte ? »

Ils sortirent, au soleil tout neuf, sous le ciel profond et doux. Tout là-haut, contre le bleu, de petits nuages replets arrivaient du sud-ouest, et la brise fraîche et régulière se jouait doucement dans les caroubiers depuis longtemps défleuris.

« Je ne sais pas trop comment on vous paiera, dit la femme.

— N'en parlons plus. Je suis payé. Vous ne me comprendrez peut-être pas, mais mon âme a fait un apprentissage qui a duré quarante-trois ans. Quarante-trois ans. Une fois et demie ce que vous avez vécu. Ainsi vous voyez que la folie, aussi bien que la pauvreté, se débrouille bien toute seule.

— Et vous savez qu'il... que...

— Allons, allons, calmez-vous. Ce cauchemar aussi est dissipé. Dieu nous joue parfois de drôles de tours, mais c'est tout de même un gentleman.

— Je l'avais toujours vu comme un homme », dit la femme.

La cloche retentissait lorsque Horace traversa la place pour se rendre au tribunal. Déjà, elle était remplie de chariots et d'autos ; une lente foule de combinaisons kaki se pressait sous le porche gothique. Comme il montait les marches, l'horloge, dans les combles, sonna neuf heures.

En haut de l'étroit escalier, la large porte était ouverte à deux battants. De la salle parvenait le brouhaha du public en train de s'installer. Par-dessus les dossiers, Horace apercevait des têtes, têtes chauves, têtes grises, têtes ébouriffées, têtes aux cheveux fraîchement coupés et ondulés, au-dessus de nuques hâlées par le soleil, têtes luisantes de pommade émergeant de cols citadins, et, çà et là, une coiffure de soleil ou un chapeau à plumes.

La rumeur des voix et des mouvements arrivait portée par le courant d'air perpétuel qui soufflait par la porte. L'air entrait par les fenêtres ouvertes et parvenait à Horace, près de la porte, tout chargé de relents de tabac, de sueur rance, de terre, de cette odeur *sui generis* des tribunaux : odeur moisie de convoitises, de cupidités, de chicanes et de rancunes déchaînées, puis cristallisées là, faute de mieux, en une pesante immutabilité. Les fenêtres donnaient sur des balcons au-dessous des portiques en forme d'arches ; la brise entrait à travers elles, apportant le pépiement des moineaux et le roucoulement des pigeons qui avaient fait leurs nids dans les gouttières, et, de temps en temps, le son d'une trompe d'auto sur la place, éclatant soudain, puis étouffé parmi le grondement sourd des pas dans le couloir d'en bas et dans l'escalier.

Le banc de la Cour était vide. A un bout de la longue table, Horace pouvait apercevoir les cheveux sombres, le visage hâlé et émacié de Goodwin, et le chapeau gris de la femme. A l'autre bout de la table était assis un homme occupé à se curer les dents. Une épaisse toison de cheveux noirs, fins et crépus, clairsemés au sommet, lui recouvrait le crâne comme un bonnet. Son nez était long et pâle. Il portait un complet de tussor beige ; sur la table, à côté de lui, était posée une élégante serviette et un chapeau de paille au ruban rouge et jaune. Le regard perdu par la fenêtre au-dessus des rangées de têtes, il se curait inlassablement les dents. Horace s'était arrêté dans l'embrasure de la porte. « C'est un avocat, pensat-il. Un avocat juif de Memphis. » Puis il jeta un coup d'œil sur les nuques autour de la table, là où étaient les témoins. « Je sais à l'avance comment je la trouverai, se dit-il. Elle aura un chapeau noir. »

Il monta l'allée centrale. Par la fenêtre du balcon, d'où semblait provenir le son de cloche et les roucoulements gutturaux des pigeons dans les gouttières, parvenait la voix du bailli.

« L'audience de l'honorable tribunal d'appel du comté de Yoknapatawpha est ouverte conformément à la loi... »

Temple portait un chapeau noir. L'huissier appela

deux fois son nom avant qu'elle se levât pour venir à la barre. Au bout d'un instant, Horace s'aperçut que le président s'adressait également à lui avec un peu d'humeur.

« Est-ce là votre témoin, M. Benbow ?

— Oui, votre Honneur.

— Désirez-vous qu'il prête serment et que le greffier enregistre sa déposition ?

— Oui, votre Honneur. »

Bien que la cloche eût cessé, par la fenêtre, au-dessous des paisibles pigeons, on entendait encore bourdonner la voix du bailli, réitérante, importune, lointaine.

XXVIII

Le district attorney se tourna vers le jury. « Je présente comme pièce à conviction cet objet trouvé sur le théâtre du crime. » Il tenait à la main un épi de maïs que l'on eût dit trempé dans de la peinture brun foncé. « Le motif pour lequel il n'a pas été produit plus tôt est que son rôle dans la présente affaire n'a été mis en lumière que par l'extrait des dépositions dont je viens, messieurs, de vous faire donner lecture : le témoignage de la femme de l'accusé.

« Vous venez d'entendre le rapport du chimiste et du gynécologue, lequel, vous le savez, messieurs, fait autorité en ce qui concerne les mystères les plus sacrés de ce qu'il y a de plus sacré dans la vie : la femme. Ce que mérite un tel crime, conclut-il, ce n'est pas le bourreau, mais du pétrole et un bûcher...

— Je proteste ! cria Horace, l'accusation cherche à influencer le jury...

— Accordé, dit le président. Veuillez, M. le greffier, supprimer la phrase qui commence par « Ce que mérite un tel crime... » Vous pouvez prier le jury de n'en tenir aucun compte, M. Benbow. Veuillez vous borner aux faits matériels, M. le district attorney. »

L'attorney s'inclina. Il se tourna vers le banc des témoins où Temple était assise. De sous son chapeau noir, les cheveux de la jeune fille s'échappaient en boucles serrées, d'un roux doré comme des larmes de résine. Le chapeau était orné d'un motif en strass. Entre ses genoux, sur le satin noir, gisait un sac à main platiné. Son manteau beige clair découvrait une épaulette rouge foncé. Ses mains reposaient immobiles sur ses genoux, la paume en dessus. Ses longues jambes blondes étaient écartées, la cheville souple, les deux souliers aux boucles étincelantes, immobiles, couchés sur le côté, comme vides. Au-dessus de la rangée des visages attentifs, blafards, blêmes comme des ventres flottants de poissons morts, elle était assise, l'air à la fois absent et soumis, regardant fixement quelque chose au fond de la salle. Dans la pâleur absolue de son visage, les deux touches de fard semblaient deux rondelles de papier collées sur ses pommettes. L'arc parfait de ses lèvres violemment peintes revêtait également l'apparence d'un mystérieux symbole soigneusement découpé dans du papier rouge et collé à cette place.

Le district attorney se planta devant elle.

« Votre nom »? Pas de réponse. Elle déplaça un peu la tête, comme s'il l'eût gênée pour voir ce qu'elle fixait au fond de la salle. « Votre nom ? » répéta-t-il, se déplaçant également lui-même dans la ligne de son regard. Temple remua les lèvres. « Plus haut, dit-il. Parlez. Personne ne vous fera de mal. Dites à ces braves gens, à ces pères, à ces maris, ce que vous avez à dire et faites-vous rendre justice du tort que vous avez subi. »

Le président, d'un haussement de sourcils, interrogea Horace. Mais Horace ne bougea pas. Il était assis, la tête légèrement inclinée, les mains croisées sur ses genoux.

« Temple Drake, répondit-elle.

— Votre âge ?

— Dix-huit ans.

— Votre domicile ?

— Memphis », dit-elle d'une voix à peine intelligible.

« Parlez un peu plus haut. Ces messieurs ne vous feront pas de mal. Ils sont ici pour punir l'attentat dont vous avez été victime. Où habitiez-vous avant d'aller à Memphis ?

— A Jackson.

— Y avez-vous de la famille ?

— Oui.

— Allons. Dites à ces braves gens...

— Mon père.

— Votre mère est décédée ?

— Oui.

— Avez-vous des sœurs ?

— Non.

— Vous êtes l'unique fille de votre père ? »

De nouveau le président regarda Horace, mais celui-ci ne bougea pas plus que la première fois.

« Oui.

— Où avez-vous habité depuis le douze mai de cette année ? » Elle déplaça légèrement la tête, comme si elle voulait voir derrière l'attorney. Mais lui, se plaçant dans son rayon visuel, capta son regard. Elle arrêta de nouveau les yeux sur lui, continuant de répondre comme un perroquet dressé.

« Votre père vous savait-il à Memphis ?

— Non.

— Où vous croyait-il ?

339

— Il me croyait au collège.

— Vous vous cachiez parce qu'il vous était arrivé quelque chose et que vous n'osiez pas...

— Je proteste ! dit Horace. La question est tendancieuse...

— Accordé, fit le président. Voici déjà quelque temps que je suis sur le point de vous avertir, M. l'Attorney, mais la défense, je ne sais pour quelle raison, n'a pas jugé à propos d'intervenir. »

Le district attorney s'inclina vers la Cour : puis, se tournant vers le témoin, la regarda de nouveau dans les yeux.

« Où étiez-vous le dimanche matin douze mai ?

— J'étais dans la grange. »

Un souffle passa sur la salle : expiration collective sifflant dans le silence vicié. De nouveaux arrivants entrèrent, mais s'arrêtèrent au fond de la salle, en groupe, et restèrent là. Temple venait encore de pencher la tête de côté. L'attorney s'empara de son regard et ne le lâcha plus. Il se tourna à demi, désignant Goodwin.

« Avez-vous déjà vu cet homme ? » Elle regarda l'attorney, l'œil fixe, les traits figés et sans expression. A quelque distance, ses yeux, les deux touches de fard, ses lèvres, apparaissaient comme cinq objets dépourvus de signification dans un petit plat en forme de cœur. « Regardez qui je montre.

— Oui.

— Où l'avez-vous vu ?

— Dans la grange.

— Que faisiez-vous dans la grange ?

— Je me cachais.

— De qui vous cachiez-vous ?

— De lui.

340

— De cet homme-ci ? Regardez qui je montre.

— Oui.

— Mais il vous a trouvée ?

— Oui.

— Y avait-il là une autre personne ?

— Il y avait Tommy. Il disait...

— Était-il dans la grange ou dehors ?

— Dehors, près de la porte. Il faisait le guet. Il disait qu'il ne laisserait pas...

— Un moment. Lui avez-vous demandé de ne laisser entrer personne ?

— Oui.

— Et il a fermé la porte du dehors ?

— Oui.

— Mais Goodwin est entré ?

— Oui.

— Avait-il quelque chose dans la main ?

— Il avait le revolver.

— Tommy a-t-il essayé de l'arrêter ?

— Oui. Il disait qu'il...

— Attendez. Qu'a-t-il fait à Tommy ? »

Les yeux de Temple ne bougèrent pas.

« Il avait le revolver à la main. Qu'a-t-il fait à ce moment-là ?

— Il l'a tué. » L'attorney fit un pas de côté. Immédiatement, le regard de la jeune fille se porta vers le fond de la salle et s'y fixa. L'attorney reprit sa place, rentra dans le rayon visuel de Temple. Elle déplaça la tête ; il s'imposa à son regard, le retint, éleva devant ses yeux l'épi de maïs maculé. L'assistance poussa un profond soupir ; on entendit le sifflement des respirations.

« Avez-vous déjà vu ceci ?

— Oui. »

341

Le district attorney se retourna. « Votre Honneur, et Messieurs, vous venez d'entendre le récit horrible, incroyable, que vient de vous faire cette jeune fille. Vous avez eu la preuve sous les yeux et entendu la déposition du médecin. Je ne soumettrai pas plus longtemps cette enfant outragée, sans défense, à la torture de... » Il s'arrêta. Toutes les têtes, d'un seul mouvement, s'étaient tournées, regardant un homme qui s'avançait posément dans l'allée centrale et se dirigeait vers le tribunal. Il marchait avec calme, chacun de ses pas suivi de l'ébahissement progressif des petits visages blêmes, d'un léger froissement des cols. Ses cheveux blancs étaient impeccablement taillés. Sa courte moustache coupée court, avait l'air, sur sa peau hâlée, d'une barre d'argent repoussé, et de petites poches se gonflaient sous les yeux. Son léger embonpoint était confortablement boutonné dans un complet de toile immaculé. D'une main il tenait un panama, de l'autre une mince badine noire. Sans regarder ni d'un côté ni de l'autre, il monta posément l'allée, au milieu d'un faible murmure qui se prolongea comme un soupir. Il passa devant le banc des témoins, sans un coup d'œil pour Temple qui continuait de fixer quelque chose dans le fond de la salle, traversa en plein le champ de sa vision comme un coureur qui franchit le ruban d'arrivée, et s'arrêta devant la barre au-dessus de laquelle le président se souleva à demi, les bras sur le pupitre.

« Votre Honneur, dit le vieillard, la Cour en a-t-elle fini avec ce témoin ?

— Parfaitement, monsieur le juge, répondit le président, parfaitement. Accusé, n'avez-vous rien à ajouter ? »

Le vieillard se tourna lentement, très droit au-dessus des respirations retenues, des petits visages blêmes, et laissa tomber son regard sur les six personnes assises à la table de la défense. Derrière lui, le témoin n'avait pas bougé. Elle était assise dans son attitude d'enfant bien sage, le regard fixe, comme sous l'empire d'un stupéfiant, dirigé, par-dessus les visages, vers le fond de la salle. Le vieillard se tourna vers elle et lui tendit la main. Elle ne fit pas un mouvement. Le public souffla, ravala vivement sa respiration, la retint de nouveau. Le vieillard lui toucha le bras. Elle tourna la tête vers lui, les yeux morts, tout en pupilles au-dessus des trois violentes taches de fard. Elle mit sa main dans celle du vieillard et se leva, le sac platiné glissant de ses genoux à terre avec un floc mou, son regard de nouveau fixé vers le fond de la salle. Du bout reluisant de son fin soulier, le vieillard envoya le sac dans le coin où le box des jurés touchait au tribunal et où il y avait un crachoir, puis il aida la jeune fille à descendre de l'estrade. Lorsqu'ils s'engagèrent dans l'allée centrale, la salle respira de nouveau.

A mi-chemin, la jeune fille s'arrêta, toute mince dans son joli manteau entrouvert, les traits durcis et vides d'expression ; puis elle se remit en marche, la main dans celle du vieillard. Ils avançaient, lui très droit à côté d'elle, ne regardant ni d'un côté ni de l'autre, leurs pas accompagnés par le lent froisse-ment des cols. Une seconde fois, la jeune fille s'arrêta, le corps rejeté en arrière, s'arc-boutant graduellement, le bras roidi sous l'étreinte du vieil-lard. Il se pencha vers elle, lui parla. Écrasée d'abjection, elle reprit sa marche hallucinée. Près de la sortie, raides, impassibles, se tenaient quatre hommes plus jeunes. Ils restèrent dans une sorte de garde-à-vous, le regard fixé droit devant eux jusqu'à ce que le vieillard et la jeune fille fussent arrivés à leur hauteur. Alors, ils s'ébranlèrent, encadrèrent les deux autres, puis, en un groupe compact, la jeune fille dissimulée au milieu d'eux, ils gagnèrent la porte. Là, nouvel arrêt ; et l'on put voir Temple s'arc-bouter encore, s'incruster, pour ainsi dire, dans le chambranle de la porte. Puis, de nouveau, les cinq corps la masquèrent, et, en groupe serré, la petite troupe franchit la porte et disparut. La salle respira : un bourdonnement confus comme un vent qui s'élève. Par-dessus la longue table à laquelle étaient assis l'accusé, la femme avec son enfant, Horace, le district attorney et l'avocat de Memphis, par-dessus le jury, contre le banc de la cour, il déferla lentement, comme une marée montante. L'avocat de Memphis, assis, très raide, regardait rêveusement par la fenêtre. L'enfant s'agita bruyamment et se mit à pleurnicher.

« Chut, dit la femme, chch...

XXIX

Le jury fut absent huit minutes. Lorsque Horace sortit du Tribunal, il commençait à faire sombre. Les charrettes qui stationnaient sur la place se disposaient à partir, certaines ayant douze ou seize miles à parcourir sur de petites routes campagnardes. Narcissa attendait Horace dans sa voiture. Il se dégagea lentement de la foule des paysans et monta, raidi, dans la voiture, vieilli, les traits tirés. « Veux-tu rentrer à la maison ? demanda Narcissa.

— Oui, répondit Horace.

— Laquelle ?

— Oui », répéta-t-il.

Elle était au volant. Le moteur tournait. Elle regarda son frère. Elle portait une toilette neuve, de teinte foncée, un sévère col blanc, un chapeau également foncé.

« Laquelle ?

— A la maison, fit-il. Je m'en fiche. Simplement à la maison. »

Ils passèrent devant la prison. Le long de la grille se tenaient les badauds, les paysans, les voyous et les petits vauriens qui avaient accompagné Goodwin et le policier depuis le tribunal. La femme était debout à côté de la grille, avec son chapeau gris à voilette, portant l'enfant dans ses bras. « Elle se tient à l'endroit où il peut l'apercevoir, dit Horace. Tiens, ça sent le jambon. Il va sans doute manger du jambon avant que nous soyons arrivés à la maison. » Puis, assis dans la voiture à côté de sa sœur, il se mit à pleurer. Elle conduisait, tranquillement, sans hâte. Bientôt ils furent hors de la ville et les rangées parallèles de plants de coton jeunes et vigoureux filèrent de chaque côté, reculèrent, disparurent. Il subsistait encore le long de la côte un peu de la neige fleurie des caroubiers. « Ça n'en finit pas, fit Horace. Ce printemps. On croirait presque qu'il y a une raison à tout cela. »

Il resta à dîner, mangea beaucoup. « Je vais aller jeter un coup d'œil à ta chambre », dit sa sœur affectueusement.

« Très bien, dit Horace. C'est gentil de ta part. » Elle sortit... La chaise de Miss Jenny était montée sur une planche munie d'encoches pour caler les roues. « C'est gentil de sa part, répéta Horace. Si j'allais dehors fumer ma pipe ?

— Depuis quand avez-vous perdu l'habitude de la fumer ici ? demanda Miss Jenny.

— Oui, reprit Horace. C'est gentil de sa part. » Il traversa la galerie. « J'avais pourtant bien l'intention de rester ici », fit-il. il se vit traverser la galerie, fouler aux pieds la neige éphémère des derniers caroubiers ; il franchit la grille de fer, sortit sur la route. Au bout d'un mile environ, une auto ralentit, lui offrit de l'emmener. « Je fais simplement un petit tour avant le dîner, dit-il. Je vais rentrer tout de suite. » Il fit encore un autre mile, au bout duquel il put apercevoir les lumières de la ville. C'était une lueur vague, basse et proche. Elle s'accroissait à mesure qu'il approchait. Avant d'arriver à la ville, il commença d'entendre les bruits, les voix. Puis il distingua des gens, une masse mouvante qui emplissait la rue et la cour, sinistre et plate, au-dessus de laquelle s'estompait le bloc trapu et les fenêtres étroites de la prison. Dans la cour, au-dessous de la fenêtre grillée, un homme en bras de chemise faisait face à la foule, rauque, gesticulant. A la fenêtre, personne.

Horace se dirigea vers la place. Le shérif était devant l'hôtel, parmi les commis-voyageurs, debout le long du trottoir. C'était un gros homme à la figure large et stupide que démentait l'expression inquiète de ses yeux. « Ils ne feront rien, dit-il. Trop de bavardage et trop de bruit, et puis il est trop tôt. Quand une foule entend mener les choses rondement, elle ne prend pas tant de temps ni de paroles. Et elle ne va pas traiter ses affaires là où tout le monde peut la voir. »

La foule stationna dans la rue jusqu'à une heure avancée. Elle était d'ailleurs parfaitement paisible. On eût dit que, pour la plupart, les gens n'étaient venus que pour voir, pour regarder la fenêtre aux barreaux de fer, ou pour écouter l'homme en bras de chemise. Au bout d'un instant, le shérif se trouva à court de paroles. Alors les badauds commencèrent à s'éloigner ; ils revinrent sur la place, quelques-uns rentrèrent chez eux, et il ne resta plus, sous le réverbère, à l'entrée de la place, qu'un petit groupe où l'on distinguait deux shérifs auxiliaires et le veilleur de nuit avec son large chapeau clair, sa lampe de poche, sa montre de pointage et son revolver. « Rentrez chez vous, maintenant, disait-il.

Le spectacle est fini. Allons, les gars, vous en avez eu pour votre argent. Allez vous coucher, à présent. »

Les commis-voyageurs demeurèrent encore un peu de temps assis devant l'hôtel au bord du trottoir. Horace était parmi eux. Le train à destination du Sud passait à une heure. « Ils ne vont tout de même pas le laisser filer comme ça ? » fit un commis-voyageur. « Avec cet épi de maïs ? Vous en avez de drôles de gens, par ici ! Qu'est-ce qu'il vous faut donc pour vous faire sortir de vos gonds ?

— Dans mon patelin, il n'y aurait même pas eu de procès, fit un second.

— Pas même de prison, renchérit un troisième. Et elle, qui c'était ?

— Une étudiante. Jolie fille. Vous ne l'avez pas vue ?

— Moi je l'ai vue. Elle était un peu là, la gamine. Foutre. Je m' s'rais pas servi d'un épi, moi. »

Puis la place redevint calme. L'horloge sonna onze heures ; les commis-voyageurs rentrèrent, le portier noir apparut et retourna les chaises contre le mur. « Vous attendez le train ? » demanda-t-il à Horace.

« Oui. Tu en as des nouvelles ?

— Il est à l'heure. Mais vous avez encore deux heures. Vous pouvez aller vous étendre, si vous voulez, dans le salon d'échantillonnage.

— Volontiers, fit Horace.

— Je vais vous le montrer », dit le Noir. Le salon d'échantillonnage était la pièce où les voyageurs de commerce exposaient leurs marchandises. Il contenait un sofa. Horace éteignit la lumière et s'allongea sur le sofa. Il pouvait voir les arbres qui entouraient

348

le tribunal, et une aile de bâtiment qui se dressait au-dessus de la place vide et silencieuse. Mais les gens ne dormaient pas. Il pouvait sentir l'insomnie et que, partout dans la ville, les gens ne dormaient pas. « De toute façon, je n'aurais pas dormi », se dit-il à lui-même.

Il entendit l'horloge sonner minuit. Puis — environ une demi-heure après, ou un peu plus — il entendit quelqu'un passer sous la fenêtre en courant. Les pas du coureur résonnèrent plus fort que ceux d'un cheval, répercutés à travers la place vide et les heures paisibles consacrées au sommeil. Ce qu'entendait maintenant Horace, ce n'était plus un simple bruit, c'était, dans l'air, comme une rumeur où se fondirent les pas du coureur.

Il enfila le corridor et se dirigea vers l'escalier. Il ne se rendit compte qu'il courait qu'en entendant une voix de l'autre côté d'une porte s'écrier : « Au feu ! c'est un... » Mais il était déjà loin. « Je lui ai flanqué la frousse, se dit Horace. Il doit être de Saint-Louis, sans doute, et il ne sait pas comment ça se passe ici. » Il quitta l'hôtel en courant et arriva dans la rue. Devant lui, le patron venait de sortir et courait aussi, grotesque et trapu, retenant son pantalon par-devant, tandis que ses bretelles ballottaient sur ses mollets sous sa chemise de nuit, et qu'une mèche de cheveux ébouriffés se dressait en désordre sur son crâne chauve. Trois autres hommes passèrent au pas de course devant l'hôtel. Ils semblaient venir de nulle part, surgir du néant, à longues enjambées, tout habillés au milieu de la rue, et au pas de course.

« C'est un incendie », se dit Horace. Il aperçut la

349

lueur sur laquelle la prison profilait sa silhouette massive et farouche.

« C'est dans ce terrain vague, fit le patron de l'hôtel tout en retenant son pantalon. J' peux pas y aller parce qu'il n'y a personne à la réception... »

Horace passa sans ralentir. Devant lui il vit d'autres silhouettes courir également et tourner dans une ruelle proche de la prison ; puis il entendit le bruit du feu, le fracas rageur de l'essence qui brûle. Il tourna à son tour. Il aperçut la lueur au milieu d'un terrain vague où l'on remisait les charrettes les jours de marché. Sur le brasier, des formes noires se silhouettaient fantastiquement. Il entendit des cris haletants. A un moment, la foule s'écarta et il put voir un homme faire demi-tour en courant, tout en flammes, sans lâcher le bidon de pétrole de vingt-cinq litres, qui, dans sa fuite, explosa entre ses mains avec un bruit de pétard.

Horace se jeta dans la foule, se mêla au cercle qui s'était formé autour d'une masse en flammes au milieu du terrain. D'un côté du cercle parvenaient les hurlements de l'homme sur qui le bidon de pétrole avait fait explosion, mais de la masse qui brûlait au milieu du brasier ne sortait plus le moindre bruit. Parmi les flammes qui tordaient leurs langues souples et grondantes autour de cette masse incandescente, on ne distinguait plus que la vague silhouette de quelques bouts de poteaux et de planches. Horace se rua à travers la foule. On le retint sans qu'il s'en rendît compte. On lui parla sans qu'il entendît les voix.

« C'est son avocat.

— C'est le type qui l'a défendu, qui a essayé de le faire acquitter.

— Flanquez-le dedans, lui aussi. Il en reste assez pour griller un avocat.

— Qu'on fasse à l'avocat comme on vient de lui faire à lui. Ce qu'il lui a fait à elle. Seulement nous, on ne s'est pas servi d'un épi. On lui a fait regretter que ce ne soit pas un épi de maïs. »

Horace ne les entendait pas. Il n'entendait pas les hurlements de l'homme qui s'était brûlé. Il n'entendait pas le feu, qui pourtant se tordait toujours vers le ciel avec la même violence, comme s'il eût trouvé en lui-même son propre aliment, silencieux comme une voix furieuse au milieu d'un cauchemar, comme un rugissement muet sorti des profondeurs paisibles du néant.

XXX

La correspondance des trains était assurée à Kinston par un vieux bonhomme chauffeur d'une auto à sept places : un grand maigre, aux yeux gris, à la moustache grise aux pointes cirées. Jadis, avant que la ville se transformât soudain en un centre d'exploitation forestière, il avait été planteur et propriétaire foncier. C'était le fils d'un des premiers colons. A la fois cupide et jobard, il avait perdu tout ce qu'il possédait et s'était mis à faire la navette avec un fiacre entre la ville et les trains, avec sa moustache cirée, son haut-de-forme et sa redingote râpée, tout en racontant aux voyageurs qu'il avait jadis été le guide de la bonne société de Kinston. Maintenant, il la guidait encore, mais dans sa voiture.

L'ère du cheval passée, il avait acheté une auto et continuait d'attendre les trains. Il portait toujours ses moustaches cirées, mais le chapeau haut de forme avait été remplacé par une casquette, et la redingote par un complet gris à rayures rouges confectionné par les Juifs du ghetto new-yorkais. « Ah, c'est vous », fit-il quand Horace descendit du train. « Mettez votre valise dans la voiture. » Il y monta lui-même. Horace s'installa à côté de lui sur

353

le siège de devant. « Vous êtes en retard d'un train, dit le conducteur.

— En retard ? fit Horace.

— Elle est arrivée ce matin. Je l'ai conduite à la maison. Votre femme.

— Ah, dit Horace. Elle est à la maison ? »

L'autre mit la voiture en route, recula et fit demi-tour. C'était une bonne et puissante voiture qui marchait bien. « Quand est-ce que vous l'attendiez ?... » Ils partirent. « J'ai vu qu'on avait brûlé ce type à Jefferson. Je pense que vous l'avez vu aussi.

— Oui, fit Horace. J'en ai entendu parler.

— Ça lui apprendra, dit le conducteur. Il faut que nous protégions nos jeunes filles. On pourrait bien en avoir besoin nous-mêmes. »

Ils tournèrent, suivirent une rue. Arrivés à un croisement, sous un réverbère, Horace dit :

« Je vais descendre ici.

— Je vais vous mener jusqu'à la porte, dit le chauffeur.

— Je vais descendre ici, insista Horace. Cela vous évitera d'avoir à tourner.

— C'est comme vous voudrez, fit le chauffeur. De toute façon, c'est le même prix. »

Horace descendit, s'empara de sa valise sans que le conducteur offrît de l'aider. La voiture repartit. Horace s'éloigna portant la valise, celle qui était restée dix ans chez sa sœur, dans le débarras, et qu'il avait emmenée avec lui en ville le matin où elle lui avait demandé le nom du district attorney.

La maison d'Horace était neuve, avec une assez belle pelouse et des arbres, tulipiers et érables, qu'il avait plantés et qui étaient encore jeunes. Avant d'arriver à la porte, il aperçut la clarté rose de l'abat-jour aux fenêtres de la chambre de sa femme. Il pénétra dans la maison par l'entrée de derrière, vint à la porte de la chambre, regarda. Elle était au lit en train de lire un volumineux magazine à couverture bariolée. La lampe avait un abat-jour rose. Sur la table était posée une boîte de chocolat, ouverte.

« Je suis rentré », fit Horace.

Elle le regarda par-dessus le magazine.

« As-tu fermé à clef la porte de derrière ?

— Oui, je pensais bien que ta... qu'elle serait... dit Horace. Est-ce que, ce soir, tu as...

— J'ai quoi ?

— A Little Belle. As-tu téléphoné ?...

— Pourquoi faire ? Elle est chez des amis. Pourquoi n'y serait-elle pas ? Pourquoi faudrait-il qu'elle modifie ses projets et qu'elle refuse une invitation ?

— Naturellement, dit Horace. Je pensais bien qu'elle serait... Est-ce que tu...

— Je lui ai téléphoné avant-hier soir. Va donc fermer à clef la porte de derrière.

— Oui, fit Horace. Je pensais bien qu'elle serait... Je voudrais seulement... » Le téléphone était posé sur une table dans le vestibule obscur. Le numéro faisait partie d'un secteur rural et il lui fallut quelque temps. Horace était assis à côté de l'appareil. Par la porte du vestibule, qu'il avait laissée ouverte, pénétraient, vagues et troublants, les souffles légers de la nuit d'été. « La nuit est dure pour les vieilles gens, dit-il tout bas en tenant l'écouteur. Les nuits d'été sont pénibles pour eux. Il faudrait faire quelque chose pour cela. Une loi. »

De sa chambre, Belle l'appela, de cette voix particulière qu'on a lorsqu'on est étendu. « Je lui ai téléphoné avant-hier soir. Pourquoi t'obstines-tu à la déranger ?

— Je sais, dit Horace. Je ne la retiendrai pas longtemps. »

Il tenait l'écouteur, les yeux fixés sur la porte par laquelle pénétraient les souffles obsédants et subtils. Il se mit à répéter une phrase d'un livre qu'il avait lu : « Moins fréquente est la paix, moins fréquente est la paix », murmurait-il.

Le téléphone répondit. « Allô ! Allô ! C'est Belle ? demanda Horace.

— Oui. » La voix parvenait grêle et faible. « Qu'est-ce qu'il y a ? Il y a quelque chose de cassé ?

— Non, non, dit Horace. Je voulais seulement te dire bonjour et bonne nuit.

— Me dire quoi ? Qu'est-ce que c'est ? Qui est à l'appareil ? » Horace tenait l'écouteur, assis dans le vestibule obscur.

« C'est moi, Horace. Horace. Je voulais seulement te dire... »

Par le mince fil arriva un bruit de bousculade ; il put entendre Little Belle haleter. Puis une voix parla, une voix masculine : « Allô, Horace ; je veux vous présenter un...

— Chut ! » fit la voix grêle et faible de Little Belle. De nouveau Horace les entendit se bousculer. Il y eut un instant de silence. « Assez ! fit la voix de Little Belle. C'est Horace ! J'habite chez lui ! » Horace tenait l'écouteur à son oreille. La voix de Little Belle était haletante, mais posée, calme, circonspecte, détachée. « Allô ! Horace. Maman va bien ?

— Oui. Nous allons tous bien. Je voulais seulement te dire...

— Ah ! bonne nuit.

— Bonne nuit. Tu t'amuses bien ?

— Oui, oui. J'écrirai demain. Est-ce que maman n'a pas reçu ma lettre aujourd'hui ?

— Je ne sais pas. Je viens seulement de...

— Peut-être ai-je oublié de la mettre à la boîte. Je n'oublierai pas demain, sûrement. J'écrirai demain. C'est tout ce que tu désirais ?

— Oui. Je voulais seulement te dire... »

Il entendit couper la communication ; il raccrocha l'écouteur. La lumière de la chambre de sa femme tombait en travers du vestibule. « Ferme la porte de derrière », dit-elle.

XXXI

Popeye allait voir sa mere a Pensacola, lorsqu'il fut arrêté à Birmingham sous l'inculpation du meurtre d'un policier dans une petite ville de l'Alabama, le 17 juin de la même année. On l'arrêta en août. C'était le soir du 17 juin que Temple, en passant, l'avait aperçu au volant d'une voiture garée non loin du restaurant routier, la nuit où Red avait été tué.

Tous les étés, Popeye allait voir sa mère. Elle le croyait employé de nuit dans un hôtel de Memphis. Sa mère était fille d'une tenancière de pension de famille. Son père avait été briseur de grèves professionnel, embauché par la compagnie des tramways pour briser une grève des transports en 1900. A cette époque, sa mère travaillait dans un bazar du centre de la ville. Trois soirs de suite, elle rentra chez elle dans le tramway, à côté du siège du conducteur où était assis le père de Popeye. Un soir, il descendit au même croisement qu'elle et l'accompagna jusque chez elle.

« Est-ce que vous n allez pas être mis à pied? demanda-t-elle.

— Par qui? » fit le briseur de grèves. Ils firent route ensemble. Il était bien mis. « Les autres

359

auraient vite fait de m'embaucher. Ils le savent bien, eux aussi.

— Qui est-ce qui vous embaucherait ?

— Les grévistes. L' patron du tacot, j' m'en fous, vous savez. J'irais aussi bien avec l'un qu'avec l'autre, surtout si je pouvais faire cette ligne tous les soirs à cette heure-ci. »

Elle marchait à côté de lui. « Vous ne parlez pas sérieusement, fit-elle.

— Bien sûr que si. » Il lui prit le bras.

« Vous vous marieriez sans doute aussi bien avec l'une qu'avec l'autre, de la même façon.

— Qui est-ce qui vous a dit ça ? fit-il. Est-ce que ces salauds-là ont parlé de moi ? »

Un mois après, elle lui déclara qu'ils allaient être obligés de se marier.

« Obligés ? Qu'est-ce que tu veux dire ?

— Je n'ose pas leur avouer. Je serais forcée de partir. Je n'ose pas.

— Bon, ne t'en fais pas. Moi, j'aime autant. Il faut que je passe par ici tous les soirs, de toute façon. »

Ils se marièrent. Il passait au croisement le soir et faisait sonner son timbre. Quelquefois il entrait chez elle, lui donnait de l'argent. Il plaisait à la mère de sa femme. Il arrivait à grand fracas, le dimanche à l'heure du dîner, et appelait tous les pensionnaires par leur petit nom, même les vieux. Puis, un beau jour, il ne revint plus ; on n'entendit plus retentir le timbre quand le tramway passait. La grève était terminée. Sa femme reçut une carte de lui à Noël ; une image représentant une cloche avec une guirlande dorée en relief. Elle était expédiée d'une ville de Georgie et disait : « Les copains essayent de

360

régler ça ici. Mais les gens du patelin n'ont pas l'air d'être pressés. Aussi je vais peut-être mettre les voiles et me chercher une bonne grève où m'échouer. Ah ah. » Le mot grève était souligné.

Trois semaines après leur mariage, elle commença à être malade. Elle était alors enceinte. Elle n'alla pas voir le docteur parce qu'une vieille négresse lui avait expliqué ce que c'était. Popeye naquit à Noël le jour même où elle reçut la carte postale. Tout d'abord, on le crut aveugle. Puis on découvrit qu'il ne l'était pas, mais il n'apprit à marcher et à parler que vers l'âge de quatre ans. Entre temps, le second mari de sa mère, une espèce de nabot fragile mais possesseur d'une magnifique et soyeuse moustache, qui bricolait dans la maison, rafistolait les marches cassées, bouchait les fuites et faisait mille autres choses utiles, sortit un après-midi avec un chèque signé en blanc pour aller payer chez le boucher une note de douze dollars. Il ne revint jamais. Il retira de la banque les quatorze cents dollars qu'avait économisés sa femme, et disparut.

La fille travaillait toujours en ville, tandis que la mère s'occupait de l'enfant. Un après-midi, en rentrant, un des pensionnaires trouva sa chambre qui brûlait. Il éteignit le feu. La semaine d'après, il trouva dans sa corbeille à papier un autre foyer qui couvait. La grand-mère prenait soin de l'enfant. Elle le portait partout avec elle. Un soir, on ne put la trouver nulle part. Toute la maisonnée se mit à sa recherche. Un voisin actionna un appel d'incendie et les pompiers la découvrirent dans le grenier en train d'éteindre en piétinant une poignée de paille de bois en flammes au milieu du plancher, tandis que l'enfant dormait à côté sur un vieux matelas.

« Ces salauds-là essayent de l'avoir, déclara la vieille femme. Ils ont fichu le feu à la baraque. » Le lendemain, tous les pensionnaires étaient partis.

La jeune femme quitta son travail pour rester toute la journée à la maison. « Tu devrais sortir un peu prendre l'air, disait la grand-mère.

— J'ai assez d'air comme ça, répondait la fille.

— Tu devrais aller acheter toi-même ton épicerie, disait la mère. Tu pourrais l'avoir à meilleur marché.

— Elles ne nous revient pas si cher que ça. »

Elle prenait contre le feu toutes les précautions possibles ; elle ne voulait pas avoir d'allumettes à la maison. Elle en gardait seulement quelques-unes, cachées derrière une brique dans le mur extérieur. Popeye venait d'avoir trois ans. On lui en eût donné un, quoiqu'il pût déjà parfaitement manger. Un docteur avait prescrit à sa mère de le nourrir d'œufs cuits dans l'huile d'olive. Un après-midi, le garçon épicier, en entrant à bicyclette dans la cour, dérapa et tomba. Quelque chose suintait du paquet. « Ce ne sont pas les œufs, fit le garçon. Vous voyez ? » C'était une bouteille d'huile d'olive. « Vous devriez acheter cette huile en bidons, dit-il. Il n'y verra que du feu. Je vais vous en rapporter une autre. Vous pourriez bien faire arranger cette grille. Est-ce que vous tenez à ce que je me casse le cou dessus ? »

A six heures, il n'y était pas encore revenu. C'était l'été. Il n'y avait pas de feu, pas une allumette à la maison. « Je serai de retour dans cinq minutes », dit la fille.

Elle sortit. La grand-mère la regarda s'éloigner. Alors elle entortilla l'enfant dans une légère couverture, et sortit à son tour. La rue donnait sur l'une des artères principales avec des magasins où s'arrêtaient les riches en conduites intérieures pour faire leurs achats en rentrant chez eux. La grand-mère arrivait au croisement de rue lorsqu'une auto s'arrêta juste devant elle au bord du trottoir. Un femme en sortit et entra dans un magasin, laissant au volant le chauffeur noir. La vieille s'approcha de la voiture.

« Je voudrais un demi-dollar », dit-elle.

Le Noir la regarda. « Un quoi ?

— Un demi-dollar. Le garçon a cassé la bouteille.

— Ah », fit le Noir. Il chercha dans sa poche. « Comment veut-on que je m'y reconnaisse si vous venez me taper ici ? C'est elle qui vous envoie pour l'argent ?

— Je voudrais un demi-dollar. Il a cassé la bouteille.

— Allons, je crois que je ferais mieux d'entrer, fit le Noir. Il me semble tout de même qu' vous pourriez faire attention à ce que vous achetez ; vous faites bien des achats depuis aussi longtemps qu' moi.

— C'est un demi-dollar », répéta la femme. Il lui donna un demi-dollar et pénétra dans le magasin. Elle le suivit des yeux. Alors, elle déposa l'enfant sur la banquette de l'auto et pénétra à la suite du Noir dans le magasin. C'était un self-service, où les acheteurs défilent lentement à la queue leu leu le long d'une balustrade. Le Noir prit place immédiatement derrière la femme blanche qui était sortie de la voiture. La grand-mère vit la dame repasser au Noir quelques flacons de sauce et de ketchup. « Ça fera un dollar un quart », fit-elle. Le Noir lui donna l'argent. Elle le prit, passa devant eux et traversa le magasin. Il y avait une bouteille d'huile d'olive importée d'Italie avec le prix sur l'étiquette. « Il me

363

reste encore vingt-huit cents », dit-elle. Et elle continua d'avancer, en regardant les prix marqués, jusqu'à ce qu'elle eût trouvé un article à vingt-huit cents. C'était une boîte d'une demi-douzaine de savonnettes. Munie de ses deux paquets, elle sortit du magasin. Un agent était au coin de la rue. « Je suis à court d'allumettes », lui dit-elle.

Le policier fouilla dans sa poche. « Pourquoi n'en avez-vous pas acheté avant de sortir ? lui demanda-t-il.

— J'ai tout bonnement oublié. Vous savez comme c'est quand on fait des courses avec un enfant.

— Un enfant ? Où est-il donc ?

— Je l'ai vendu dans le magasin, dit la femme.

— Vous devriez faire du théâtre, fit le policier. Combien qu'il vous faut d'allumettes ? J'en ai qu'une ou deux.

— Une seule, dit la femme. Il ne m'en faut jamais qu'une pour faire du feu.

— Vous devriez faire du théâtre, répéta le policier. Vous feriez crouler la salle.

— C'est bien ça, fit la femme. Je la fais crouler la salle.

— Quelle salle ? » Il la regarda. « L'asile de nuit ?

— Je la ferai crouler, répéta la femme. Regardez voir seulement demain dans les journaux. J'espère qu'ils mettront mon nom sans se tromper.

— Comment que c'est vot' nom ? Calvin Coolidge ?[1]

1. Calvin Coolidge (1872-1933), trentième président des États-Unis (de 1924 à 1928), était connu pour sa politique financière extrêmement serrée, voire avare.

— Non, Monsieur, c'est celui de mon fils.

— Ah, c'est pour ça que vous aviez tant de mal à faire vos achats, n'est-ce pas ? Vous devriez faire du théâtre... Est-ce que deux allumettes ça suffira ? »

Ils avaient déjà eu trois alertes à la même adresse, aussi ne se pressèrent-ils pas. La première arrivée fut la fille. La porte était fermée à clef, et lorsque les pompiers arrivèrent et la firent sauter à coups de hache, la maison commençait à se lézarder. La grand-mère était appuyée à une fenêtre d'en haut d'où s'échappaient déjà des volutes de fumée. « Les salauds, criait-elle. Ils s' figuraient l'avoir. Mais je leur avais dit que j' leur montrerais. J' leur avais dit. »

La mère pensait que Popeye avait péri également. On l'entraîna, hurlante, tandis que la face vociférante de la grand-mère disparaissait dans la fumée et que la carcasse de la maison s'effondrait sur elle-même. C'est dans ces ruines que la trouvèrent la femme et le policier qui portait l'enfant. Avec une expression de démence, la bouche béante, la jeune femme regardait stupidement son petit tout en repoussant ses cheveux en arrière de ses tempes d'un geste lent de ses deux mains. Elle ne se remit jamais complètement. Son dur travail, le manque d'air et de distraction, la maladie qu'elle avait héritée de son bref mari la rendaient incapable de résister à un pareil choc, et, à certains moments, bien qu'elle le tînt dans ses bras en lui chantant des chansons, elle était encore persuadée que l'enfant avait péri.

Popeye ne valait guère mieux, il n'eut pas un cheveu avant l'âge de cinq ans, époque à laquelle il était déjà externe dans une institution. C'était un enfant chétif, d'une taille au-dessous de la normale, à l'estomac si délicat que le moindre écart du sévère régime qui lui avait été fixé par le médecin le jetait dans des convulsions. « L'alcool le tuerait comme de la strychnine, avait dit le docteur. Et il ne sera jamais un homme à proprement parler. Avec des soins, il pourra vivre encore quelques années, mais il ne se développera jamais. » Il avait dit cela à la dame qui avait trouvé Popeye dans sa voiture le jour où la grand-mère avait mis le feu à la maison. C'était cette dame qui avait prié le docteur de prendre soin de l'enfant. Les après-midi et les jours de congé, elle l'envoyait chercher et le faisait amener chez elle, où il s'amusait tout seul. Elle décida de donner pour le distraire une matinée d'enfants. Elle lui en fit part, lui acheta un vêtement neuf. Le jour de la réunion étant venu, les invités arrivaient déjà quand on s'aperçut que Popeye avait disparu. Enfin, un domestique trouva la porte d'une des salles de bains fermée à clef. On eut beau appeler l'enfant, on n'obtint aucune réponse. On envoya chercher un serrurier, mais, en attendant, la dame inquiète fit enfoncer la porte à coups de hache. La salle de bains était vide. La fenêtre était ouverte. Elle donnait sur un toit dont la gouttière descendait jusqu'au sol. Mais Popeye avait disparu. Par terre était une cage d'osier qui avait contenu deux perruches insépara-bles ; à côté gisaient les oiseaux et les ciseaux ensanglantés qui lui avaient servi à les découper vivants.

Trois mois plus tard, à l'instigation d'un voisin de sa mère, Popeye fut arrêté et envoyé dans une maison de correction. Il avait dépecé de la même façon que les perruches un chaton déjà grand.

Sa mère n'était qu'une pauvre valétudinaire. La

dame qui avait tenté d'apprivoiser Popeye la faisait vivre en lui confiant des travaux d'aiguille et autres menus ouvrages. Lorsque Popeye fut sorti de la maison de correction — on le relâcha au bout de cinq ans, censément guéri, sa conduite ayant été irréprochable, — il écrivit à sa mère deux ou trois fois par an, d'abord de Mobile, puis de la Nouvelle-Orléans, et enfin de Memphis. Chaque été, il revenait au pays la voir, cossu, calme, mince, noir et distant dans ses complets noirs étriqués. Il lui avait raconté qu'il était employé de nuit dans des hôtels, et que, par profession, il allait de ville en ville, comme pourrait le faire un médecin ou un avocat.

Comme il se rendait auprès de sa mère, cet été-là, on l'avait arrêté pour avoir assassiné un homme dans une certaine ville, à une heure où, dans une autre ville, il assassinait un autre homme. On l'avait arrêté, lui qui gagnait de l'argent et ne savait qu'en faire ni à quoi le dépenser, car il était averti que l'alcool le tuerait aussi sûrement qu'un poisson, lui qui n'avait pas d'ami, qui n'avait jamais connu de femme et savait qu'il ne le pourrait jamais. « Nom de Dieu de bon Dieu » dit-il en jetant un coup d'œil circulaire autour de la cellule, dans la prison de la ville où le policier avait été assassiné, tandis que sa main libre (l'autre était attachée par une chaînette à l'agent qui l'avait amené de Birmingham), jouait avec une cigarette qu'il venait de tirer de son veston.

« Qu'il fasse demander son avocat, déclara-t-on, et qu'il se mette à table. Tu veux télégraphier ?

— Nan », dit-il, en inspectant rapidement, de son regard glacial et voilé, la couchette, la fenêtre étroite et haute, la porte à barreaux par laquelle tombait la lumière. On lui retira les menottes. De sa main sembla jaillir dans l'air raréfié une petite flamme. Il alluma la cigarette, lança d'une chiquenaude l'allumette vers la porte. « Qu'est-ce que vous voulez que j'en fasse d'un avocat ? Je n'ai jamais mis les pieds à... Comment appelez-vous ce trou ? »

On le lui dit. « Tu avais oublié, hein ?

— Il ne l'oubliera plus désormais, fit un autre.

— Et il se rappellera le nom de son avocat demain matin », dit le premier.

Ils quittèrent la cellule, le laissant fumer sur la couchette. Il entendit les portes claquer. De temps en temps, des voix lui parvenaient des autres cellules ; quelque part au bout du couloir, un Noir chantait. Popeye s'étendit sur la couchette, croisa ses pieds aux petites chaussures noires reluisantes. « Nom de Dieu de bon Dieu », fit-il.

Le lendemain matin, le juge lui demanda s'il désirait un avocat.

« Pour quoi faire ? répondit-il. Je leur ai dit, hier soir, que je n'avais jamais de ma vie mis les pieds ici. Je n'aime pas assez votre patelin pour y faire venir un pauvre type pour rien. »

Le juge et le bailli s'entretinrent à l'écart.

« Il vaudrait mieux faire venir un avocat, dit le juge.

— Très bien », fit Popeye. Il se tourna et laissa tomber : « Y en a-t-il un de vous, les ritals, qui veuille une journée de boulot ? »

Le juge frappa sur la table. Popeye lui tourna le dos, ses maigres épaules se haussèrent légèrement sa main se dirigea vers la poche du veston où se trouvaient les cigarettes. Le juge lui désigna un avocat d'office, un jeune homme tout frais émoulu de la Faculté de droit.

« Et j' me fous qu'on me balance, fit Popeye. Qu'on en finisse tout de suite.

— En tout cas, vous n'obtiendrez pas de moi la liberté sous caution, déclara le président.

— Ouais ? fit Popeye. Vas-y, Jack, dit-il à son avocat, vas-y : on m'attend en ce moment à Pensacola.

— Remmenez l'inculpé à la prison », ordonna le juge.

Son avocat avait un visage sérieux, ardent et laid. Il parlait intarissablement avec une sorte d'enthousiasme compassé, tandis que Popeye fumait, allongé sur la couchette, son chapeau sur les yeux, immobile comme un serpent qui se chauffe au soleil, n'eût été le mouvement intermittent de la main qui tenait la cigarette. A la fin, Popeye dit : « 'Coute. C'est pas moi, l' juge. Va lui raconter tout ça.

— Mais il faut bien que je...

— Comment donc. Va leur dire. Moi j' sais rien. J'y étais même pas. Va donc faire un tour, ça te fera passer ça. »

Le procès dura un jour. Tandis que déposaient un collègue du policier, un marchand de cigares et une téléphoniste, et que son propre avocat répliquait avec un maigre mélange de chaleur maladroite et de stupidité solennelle, Popeye avachi sur sa chaise regardait par la fenêtre au-dessus de la tête des jurés. De temps en temps, il bâillait ; sa main faisait le geste de fouiller dans la poche aux cigarettes, puis elle se retenait et restait là, désœuvrée, contre l'étoffe noire de son complet, cireuse, inerte, informe et minuscule, comme une main de poupée.

Le jury fut absent huit minutes. Debout, tournés vers lui, ils le déclarèrent coupable. Immobile, dans la même position, pendant un long moment il leur rendit leur regard, en silence. « Alors quoi, nom de Dieu de bon Dieu » dit-il enfin.

Le juge frappa quelques coups de son marteau. Le policier toucha le bras de Popeye.

« Je ferai appel, bafouillait l'avocat qui s'était précipité à ses côtés. Je les traînerai devant toutes les juridictions...

— Comment donc ! » fit Popeye en s'allongeant sur la couchette et en allumant une cigarette, « mais pas ici. Fous-moi l' camp, maintenant. Va te faire cuire un œuf ».

Le district attorney prenait déjà ses dispositions en vue de l'appel. « Ça a été trop facile, disait-il. Il a pris ça... Vous avez vu comme il a pris ça ? Comme s'il avait écouté une chanson et qu'il fût trop indolent pour qu'elle lui plût ou lui déplût ; alors que la Cour lui disait quel jour on allait lui rompre le cou ! Il y a probablement à Memphis en ce moment un avocat qui fait le pied de grue à la porte de la Cour suprême en attendant un coup de téléphone. Je les connais. Ce sont des truands de cette espèce qui ont fait de la justice un objet de risée, au point que, même quand on obtient une condamnation, chacun sait parfaitement qu'elle ne sera pas maintenue. »

Popeye envoya chercher le guichetier et lui donna un billet de cent dollars. Il désirait de quoi se raser et des cigarettes. « Garde la monnaie et fais-moi savoir quand j'aurai tout fumé, dit-il.

— J' crois bien que t'en a plus pour longtemps à fumer avec moi, dit le guichetier. Tu vas prendre un bon avocat, cette fois-ci.

— N'oublie pas cette lotion, recommanda

Popeye. De l'Ed Pinaud. » Il prononçait cela « Païnaaude ».

Il avait fait un été gris, un peu frais. La cellule était pauvrement éclairée, et une lampe brûlait à toute heure dans le couloir. Sa lumière s'épandait à l'intérieur de la cellule en un large et clair dallage, et tombait sur la couchette à la hauteur des pieds de Popeye. Le guichetier lui donna une chaise. Il s'en servit en guise de table. Sur elle étaient posées la montre à un dollar, une cartouche de cigarettes et une écuelle fêlée remplie de mégots. Popeye allongé sur la couchette fumait en contemplant ses pieds tandis que les jours s'écoulaient. L'éclat de ses souliers avait terni et ses vêtements auraient eu besoin d'un coup de fer, parce qu'il couchait avec jour et nuit, car il faisait frais dans la cellule de pierre.

Un jour, le guichetier lui dit : « Y a des gens par ici qui racontent que c' flic avait cherché à s' faire descendre. Il a fait deux ou trois choses pas propres que tout le monde connaît. » Popeye fumait, son chapeau incliné sur la figure. Le guichetier reprit : « Y pourraient des fois n' pas envoyer ton télégramme. Faut-il que j'en envoye un autre pour toi ? » Appuyé contre la grille, il pouvait voir les pieds de Popeye, ses jambes minces et noires allant se perdre dans la forme délicate de son corps allongé, le chapeau de guingois sur son visage détourné, la cigarette dans une main menue. Les pieds étaient dans l'ombre que projetait le corps du gardien, et qui se découpait sur les barreaux. Au bout d'un moment, le guichetier s'éloigna sans rien dire.

Quand il ne lui resta plus que six jours, le

guichetier s'offrit à lui apporter des magazines et un jeu de cartes.

« Pour quoi faire ? » dit Popeye. Pour la première fois il regarda le guichetier, la tête levée, les yeux, dans son visage lisse et blême, ronds et doux comme les bouts des fléchettes des carabines à air comprimé. Puis il se rallongea. Désormais, chaque matin, le guichetier glissa par la porte un journal roulé. Les journaux tombaient à terre et restaient là, s'accumulant, se déroulant, s'aplatissant peu à peu par leur propre poids, chaque jour un peu plus.

Quand il ne lui resta plus que trois jours, un avocat de Memphis arriva. Sans y avoir été convié, il se précipita dans la cellule. Toute cette matinée-là, le guichetier entendit sa voix discuter, tempêter, adjurer ; vers midi, il était presque aphone, sa voix n'était plus qu'un murmure.

« Est-ce que vous allez vous cententer de rester là vautré à attendre...

— J' suis très bien comme ça, dit Popeye. J' t'ai pas envoyé chercher. R'tire ton museau de d'là.

— Est-ce que vous tenez à être pendu ? Est-ce cela ? Cherchez-vous à vous suicider ? Êtes-vous si fatigué de gagner du pèze que... Vous, le plus malin...

— J' te l'ai déjà dit. j' t'ai assez vu.

— Vous, vous laisser condamner à mort par un blanc-bec de juge de paix ! Quand je serai de retour à Memphis et que je raconterai ça, personne ne voudra me croire.

— Alors, ne le raconte pas. » Il demeura couché un moment, pendant que l'avocat le regardait avec une incrédulité déconcertée et furieuse. « Sacrée bande de culs-terreux ! fit Popeye. Nom de Dieu...

Allez, fous le camp ! J' te l'ai déjà dit. J' suis très bien comme ça. »

La veille, un pasteur entra.

« Voulez-vous me permettre de prier avec vous ? demanda-t-il.

— Comment donc, dit Popeye ; vas-y. T' gêne pas pour moi. »

Le pasteur s'agenouilla près de la couchette où Popeye était étendu en train de fumer. Au bout d'un moment, le pasteur l'entendit se lever et traverser la cellule, puis revenir à la couchette. Quand il se releva, Popeye était étendu sur la couchette, fumant toujours. Le pasteur regarda derrière lui, là où il l'avait entendu aller, et il aperçut au bas du mur douze marques tracées à égale distance les unes des autres, comme si elles avaient été faites avec des bouts d'allumettes brûlées. Deux des intervalles étaient remplis de mégots alignés en rangs méticuleux. Dans le troisième, il y avait deux mégots. Avant de s'en aller, il vit Popeye se lever, écraser deux mégots de plus et les poser soigneusement à côté des autres.

Cinq heures venaient de sonner lorsque le pasteur revint. Tous les intervalles étaient remplis à l'exception du douzième, déjà plein aux trois quarts. Popeye était étendu sur la couchette. « On y va ? demanda-t-il.

— Pas encore, dit le pasteur. Essayez de prier. Essayez.

— Comment donc, fit-il. Vas-y toujours. » Le pasteur s'agenouilla de nouveau. Il entendit Popeye se lever une fois, traverser la cellule et revenir.

A cinq heures et demie, le guichetier arriva. « Je t'ai apporté... » dit-il. Silencieusement, il tendit son

373

poing fermé à travers les barreaux. « Voici ta monnaie sur les cent dollars que tu m'avais... J'ai apporté... Ça fait quarante-huit dollars, fit-il. Attends, j' vais r'compter. Je ne me rappelle plus très bien, mais j' peux te donner une liste... ces reçus...

— Garde, dit Popeye sans bouger. Va t'acheter un cerceau. »

A six heures, on vint le chercher. Le pasteur accompagna Popeye, la main sous son coude, et il demeura en prières au bas de l'échafaud pendant qu'on ajustait la corde et qu'on la faisait passer par-dessus la tête huilée et luisante de Popeye en dérangeant sa coiffure. Comme il avait les mains liées, il se mit à secouer la tête pour rejeter ses cheveux en arrière chaque fois qu'ils retombaient par-devant. Le pasteur priait, les autres étaient à leur poste, immobiles, la tête inclinée.

Popeye se mit à faire de petits signes de tête. « Pssst ! » fit-il, et ce pssst passa comme une lame à travers le bourdonnement de la voix du pasteur ; « pssst ! ». Le shérif le regarda ; il cessa de secouer la tête et demeura raide comme s'il avait eu un œuf en équilibre sur le crâne. « Arrange-moi un peu les cheveux, Jack, dit-il.

— Comment donc, fit le shérif. Je vais t'arranger ça. » Et il bascula la trappe.

C'était la fin d'une journée grise, d'un été gris, d'une année grise. Dans la rue, de vieux messieurs avaient mis leur pardessus et, au jardin du Luxembourg où passaient Temple et son père, les femmes étaient assises à tricoter, un châle sur les épaules ;

pardessus = overcoat

même les hommes qui jouaient au croquet portaient capes ou manteaux et, dans la morne pénombre des marronniers, le claquement des boules qui s'entre-choquaient et les cris d'enfants fusant çà et là disaient la vaillance, l'évanescence, la détresse de l'automne. Dans un lieu situé au-delà du rond-point aux balustres néo-grecs envahi par la foule mou-vante et inondé par une lumière grise de la même teinte et de la même texture que le jet d'eau du bassin, montait le fracas d'une musique ininterrom-pue. Sans s'arrêter, ils passèrent devant le bassin où des enfants et un vieux monsieur vêtu d'un pardessus marron tout râpé jouaient avec de petits bateaux ; ils s'enfoncèrent de nouveau sous les arbres et trouvè-rent des chaises où s'asseoir. Aussitôt, avec une promptitude sénile, arriva une vieille femme qui encaissa quatre sous [1].

Dans le kiosque un orphéon en uniforme bleu horizon jouait du Massenet, du Scriabine et du Berlioz comme une mince couche de Tchaïkovski tourmenté sur une tranche de pain rassis [2], tandis que le crépuscule paraissait se dissoudre, reflets mouillés tombant des branches sur le kiosque et sur les sombres champignons des parapluies. Suaves et vibrants, les accents des cuivres éclataient et mou-raient dans le crépuscule glauque, déferlant sur Temple et son père en un flot de tristesse éperdue. Temple porta la main à sa bouche pour étouffer un bâillement, sortit son poudrier : un visage lui appa-

1. *Sous* est en français dans le texte.
2. C'étaient probablement les compositeurs que jouait l'or-phéon du Luxembourg en 1925, à l'époque où Faulkner vivait à Paris.

rut en miniature, triste, maussade, insatisfait. A côté d'elle était assis son père, les mains croisées sur le pommeau de sa canne, la barre rigide de sa moustache perlée d'humidité, comme de l'argent dépoli. Elle referma le poudrier et, par-dessous son coquet chapeau neuf, elle semblait suivre des yeux les flots de musique, se fondre dans la mourante clameur des cuivres, se perdre au-delà du bassin et de la terrasse en demi-cercle où, dans de sombres trouées entre les arbres, rêvaient les reines mortes figées dans leur marbre terni, jusque dans le ciel prostré, vaincu par l'étreinte de la saison de pluie et de mort.

DU MÊME AUTEUR

L'ARBRE AUX SOUHAITS, *conte*.

CORRESPONDANCE AVEC MALCOLM COWLEY

ŒUVRES ROMANESQUES, I (Sartoris — Le bruit et la fureur —
  Appendice Compson — Sanctuaire — Tandis que j'agonise.)

LETTRES CHOISIES

Impression Bussière à Saint-Amand (Cher),
le 24 mars 1989.
Dépôt légal : mars 1989.
1er dépôt légal dans la collection : novembre 1972.
Numéro d'imprimeur : 7792.
ISBN 2-07-036231-0./Imprimé en France.